누구나 그 섬에 갈 수 없을까

현길언

제주에서 출생하여 제주대학교와 한양대학교에서 25년간 교수 생활을 했고 현재 『본질과
현상』 발행인 겸 편집인이다. 성경과 제주설화의 토양에서 소설을 쓰고 연구해온 그는 땅
의 가치를 초월하는 기독교를 만남으로써 문학과 신앙의 합일점을 찾기에 이른다.
1980년 『현대문학』으로 등단한 후, 『용마의 꿈』, 『나의 집을 떠나며』, 『유리벽』 등 여러 권
의 소설집과 『한라산』, 『열정시대』, 『섬의 여인, 김만덕 — 꿈은 누가 꾸는가?!』, 『숲의 왕국』
등 장편소설을, 소설의 이론과 창작의 접점을 찾기 위해 소설 연구 작업을 계속하여 『문학
과 사랑과 이데올로기』, 『한국현대소설론』 등 여러 권의 이론서와 연구서를 썼다. 『문학과
성경』, 『인류 역사와 인간 탐구의 대서사, 어떤 작가의 창세기 읽기』, 『솔로몬의 지혜』를 쓰
면서 성경과 문학의 관계를 모색하였고, 성장소설 『전쟁놀이』, 『그때 나는 열한 살이었다』,
『못자국』 3부작을 통해 어린이 소설의 새로운 양식을 도모했다. 현대문학상, 대한민국문학
상, 기독교문학상, 김준성문학상, 녹색문학상, 백남학술상 등을 수상했다.

누구나 그 섬에 갈 수 없을까

초판 1쇄 인쇄 | 2014년 2월 14일
초판 1쇄 발행 | 2014년 2월 28일

지은이 | 현길언
펴낸이 | 지현구
펴낸곳 | 물레
등 록 | 제 406-2006-00007호
주 소 | 경기도 파주시 광인사길 223
전 화 | (031) 955-7580~2(마케팅부) · 955-7590(편집부)
전 송 | (031) 955-0910
블로그 | http://blog.naver.com/spin_wheel
전자우편 | spin_wheel@naver.com

ISBN 978-89-88653-36-4 03810

이 책은 경기문화재단으로부터 제작비 일부를 지원 받았습니다.

이 도서의 국립중앙도서관 출판시도서목록(CIP)은 서지정보유통지원시스템 홈페이지
(http://seoji.nl.gp.kr)와 국가자료공동목록시스템(http://www.nl.go.kr/kolisnet)에서
이용하실 수 있습니다.(CIP제어번호: CIP2014004669)

누구나
그 섬에 갈 수
없을까

현길언 소설집

물레
books

오래전에 써둔 작품들 중에서 섬과 바다에 대한 것만을 추려 고치고 문장을 다듬으면서 지난날의 내 모습을 엿보게 되었다. 작품은 자기를 뛰어넘을 수 없기에 불만스럽기는 하지만 그래서 사랑하지 않을 수 없음을 새삼스럽게 알았다.

고향에 대한 원초적 심상을 섬이라는 공간을 통해 이야기했다. 섬은 내 고향이면서, 갈 수 없는, 가려고 해도 받아주지 않는다. 그래서 고향에 대한 집착을 버리지 못하고 살아간다. 이렇게 복잡한 자의식은 틀에 잡히지 못한 사람들의 정직한 모습이 아닐까?

누구나 고향을 잘 안다고 하지만 제대로 모르고 살아간다. 고향뿐인가? 자신에 대해서도 그렇다. 고향은 아무리 붙잡아두려고 하지만, 나와 상관없이 변해간다. 자신도 그렇다. 내가 나를 변화시킬 수 없다는 것을 알기까지 오랜 시간이 걸렸다.

그렇다면 고향을 향한 관심은 자신에 대한 본질적 관심이 아니라, 나를 지금 여기 있게 한 현존성이 만들어낸 관심일 뿐이다. 고향을 통해서 자기를 찾아보려고 했지만, 결국 자신에 대한 배신을 만나게 되었기 때문이다. 그래도 그 배신을 사랑하지 않을 수 없다. 이렇게 고향에 대한 내 복잡한 생각은 거친 겨울바람에 흔들리는 제주 들판의 나무들처럼 춥고 외롭다.

나이를 잊어버리고 살아갈 즈음이면 고향 이야기를 자신 있게 쓸 수 있을까? 이 소설집을 엮으면서 고향처럼 나와 함께해준 아내에게 감사한다. 언젠가 손녀 서영이가 이 책을 읽으면서 바람에 흔들리는 나무처럼 살아온 할아버지를 생각할까?

책을 만들어준 지현구 사장님과 권향미 상무님, 충실한 독자가 되어 꼼꼼히 읽어 해설을 써준 이재복 교수, 책을 꾸미느라 애써준 이보아 부장과 김보미 대리, 한 식구처럼 대해주는 출판사 여러분들께 감사를 드린다.

2014년 2월
현길언

차례

누구나 그 섬에
갈 수 없을까

1.

　비는 그쳤으나 바람은 오늘도 여전했다. 온통 회색에 잠겨 있는 하늘과 바다는 거친 바람으로 혼란스럽게 흔들거렸다. 추석과 개천절에 주말까지 겹친 황금연휴를 맞아 청해도와 인근 섬으로 떠나려던 사람들은 뱃길이 끊기자 이틀째 청해호텔에 갇혀 있다.

　한 사내가 호텔 현관에서 나와 콘크리트 광장으로 천천히 걸어나갔다. 그는 잠시 부두 쪽을 향해 서 있는데, 거친 바람에 몸이 자꾸 비틀거렸다. 호텔 카페 '청해' 계산대에 앉아 있던 여자는 너울로 뒤덮인 어지러운 바다를 망연히 바라보다가 벌떡 일어났는데, 까만 롱스커트를 입은 하반신이 불안정하게 휘청거렸다.

　호텔 광장을 빠져나간 사내의 뒷모습이 커브 길로 접어들자 잠시 사라졌다가 곧 부두 터미널 앞길에 나타났다. 상가 문들이 모두 닫혀 있는 거리에는 내왕하는 사람이 뜸하다. 이따금 자동차들이 바람 속을 뚫고 달리느라 속력을 내었다. 사내는 바람을 피해 얼굴을 모로 돌린 채 아스팔트 넓은 길을 지나 터미널 안으로 들어갔다. 여자는 내항에 대피해 있는 선박들을 향해 멍청하게 서 있는 사내를 바라보다가, 혹시 그가 파도 속으로 뛰어들지 않을까 조바심이 일었다.

호텔에 묵은 사람들은 태풍의 진로가 동해안 쪽으로 바뀌었다는 뉴스에 기대를 갖고 로비로 몰려왔다. 이따금 텔레비전 뉴스에 귀를 기울이거나 여객선 출항 여부를 알기 위해 호텔 측에 재촉을 했지만 날씨는 쉽게 개일 것 같지 않았다.

"태풍 예니호는 그 진로를 동해 쪽으로 바꾸었으나, 아직도 남해 연안에는 육 미터 내지 팔 미터가량의 파도가 일고 있으므로, 각 항 포구에 대피해 있는 선박들은 기상 통보에 유의해서 안전에 각별히 주의하시기 바랍니다. 아침 아홉 시를 기해서 남해 연안에 발효되었던 태풍경보는 태풍주의보로 바뀌었지만, 당분간 연안 여객선의 출항이 어렵게 되겠으니……."

뉴스가 끝나자 로비에 모여 있던 사람들이 소란을 떨었다. 그들의 표정은 허탈과 초조와 긴장으로 뒤얽혀 있다. 지상낙원 같다는 청해도 관광에 잔뜩 기대를 가졌던 그들은 혹시나 이 좋은 기회를 놓칠까 초조했다. 내일도 모르겠군? 태풍이 진로를 바꾸었다는데 웬 바람이 이 모양이지? 모두들 한마디씩 내뱉었다. 몇 사람이 안내 데스크로 다가가 호텔 종업원에게 여객선 출항 여부를 알아봐달라고 성화를 부렸다.

백연수는 창가에서 멍하니 바람 부는 창밖을 내다보고 있다. 바다는 온통 회색이다. 이러다가는 날씨가 언제 개일지 모르겠다. 40년 만에 찾아가는 고향길인데, 아마 고향이 나를 거부하는가 보다. 세월 좋게 지낼 때에는 까맣게 잊고 있다가, 모든 것을 잃어버리고 빈 몸이 되어서야 찾아간다고 나섰으니 고향이 반갑게 맞아주겠나? 그는 회색 공간 너머에 있는 고향 청해도로 마음을 띄워보내는데 뽀얀 물보라가 눈앞으로 몰려들었다.

50대쯤 된 사내가 현관으로 들어왔다. 금테 안경을 쓴 얼굴이 바닷바람에 빨갛게 달아올랐다. 지배인이 얼른 나서서 허리를 굽혔다. 사내의 모습이 연수에게는 익숙했다. 권성균 의원이 여길 왜 왔을까?

"이렇게 바람이 거친데 어디를 혼자 다녀오십니까?"

사내는 한숨을 내쉬면서 손수건을 꺼내 부옇게 김이 서린 안경을 닦고 나서 얼굴에 묻은 물기를 훔쳤다. 얼어붙었던 얼굴이 차츰 풀렸다.

"부두 구경이나 할까 했는데 여간 바람이 거세야지. 청해도 취항 여객선은 지금도 청해호인가?"

"예, 그렇습니다."

"예전에 취항하던 여객선보다는 아주 크고 단단하더군."

사내는 이틀에 한 번씩 취항하던 옛날 목선이 생각났다.

"예, 요즈음 연안 도서를 출입하는 승객이 많아서요. 청해도, 남청도, 보청도 등 여러 섬을 왕래하지요."

"예전 청해하숙 주인이 이 호텔을 경영하시나?"

"그 아드님께서 사업을 맡으셨는데 다른 사업 때문에 거의 서울에 사시고, 여기 일은 그 따님이……."

지배인은 마주 보이는 카페 '청해' 쪽으로 눈길을 주었다.

"예전에도 여기만 오면 삼팔선 이남에 흩어져 있던 청해도 사람들을 다 만났지. 명절 때면 고향 가는 배를 타기 위해 여기 다 모였으니까."

그는 호텔 로비 주변을 두루 살피다가 카페 계산대에 앉아 있는 여자의 옆모습에 잠시 시선을 두었다. 창가에 서 있던 연수가 그에게 두어 걸음 다가갔다. 그는 금테 안경을 벗었다가 다시 쓰더니 신문 판매대에서 조간신문 몇 종을 한 부씩 빼어 들었다. 그리고 천 원을 카운터에 맡기고는 엘리베이터 쪽으로 걸어갔다. 사람들 눈길이 모두 그의 등 뒤에 쏠렸다.

"저 손님 언제 여기에 오셨죠?"

엘리베이터가 올라가자 연수가 지배인에게 물었다.

"어제 오셨는데요, 혹시 아는 분이세요?"

연수는 권 의원이 마치 낭인처럼 혼자 호텔에 묵은 사연이 궁금했다. 지금은 비록 야당의원이지만, 작년만 해도 그가 가는 곳에는 어디든지 사람들이 모여들었다.

"어제 아침에 혼자 오셨는데요. 아마 청해도로 가려는가 봐요."

지배인은 어제 일을 말했다.

갑자기 불어 닥친 태풍 때문에 오전 출항 예정인 연안 여객선들이 모두 결항되었다. 9시가 좀 넘어서부터 바람을 동반한 폭우가 하늘이 뚫린 것처럼 쏟아졌다. 그 빗속에 영업용 택시 한 대가 호텔 현관 앞에 서더니, 낚시꾼 복장에 배낭을 짊어진 50대 초반 사내가 내렸다. 방을 정한 그는 샤워를 하고 방으로 커피를 한 잔 시켰다. 2시간쯤 후에 그는 티셔츠 차림으로 로비로 내려와서는 판매대에서 신문을 종류대로 사면서 지배인에게 청해도 사정을 자상하게 물었다.

연수는 지배인 말을 들으면서 권 의원이 궁금했다. 떠나온 지 40년이 지나도록 청해도를 고향으로 생각하지 않던 그가 이제 그 섬을 찾아간다니 이상하다.

2.

로비에서 떠들던 손님들이 흩어져버리자 기상 상황을 알리는 TV 화면만이 지루하게 같은 화면을 반복하였다. 연수는 바람 부는 바다를 내다보고 있다. 정물화처럼 앉아 있던 여자가 연수의 옆모습을 보더니 멈칫 놀랐다. 그녀의 시선이 허공을 맴돌면서 흔들거렸다.

권 의원이 신문을 한 뭉치 들고 카페로 들어왔다.

"전화를 좀……."

그는 금테 안경 너머 짙은 눈동자를 천천히 굴리면서 계산대에 앉아 있는 여자에게 미소를 짓다가 주춤했다. 여자의 얼굴에서 문득 성처녀의 정결함을 느꼈다. 뒤로 묶은 생머리와 하얀 블라우스에 까만 롱스커트, 화장기 없는 얼굴은 중년의 나이인데도 여고생 인상이다.

"시외 전화시죠. 이 전화로 시외는 안 되거든요. 이거라도 쓰시겠어요."

여자는 핸드폰을 계산대 위로 내놓았다.

"감사합니다."

그는 핸드폰을 들고 구석자리로 갔다.

"이 보좌관이야. 응, 다 알고 있어. 아직 기사는 안 났더군. 누가 찾으면 잠깐 지방에 내려갔다고 그래. 형편 보면서 결정하겠어? 소문과는 다르니까 혹 기자들이 묻더라도 당당하게 대답하고 자네도 안심하게. 그리고 누구를 시켜서 우리 집에 연락 좀 해줘. 전화가 감청될지도 모르니까 내가 직접 못 하겠어."

권 의원이 통화하는 동안 여자의 시선은 그에게서 떠나지 않

16

았다.

"잘 썼습니다."

통화를 끝낸 권 의원이 계산대로 와서 핸드폰을 내밀었다. 여자는 그의 눈길을 피하면서,

"쓰실 일이 있으시면 다시 쓰세요"

하고 나지막하게 말했다.

그는 다시 제자리로 돌아와 신문을 펼쳐들었다.

"저 손님, 지난밤 언니가 들어간 다음에 혼자 와서는 양주를 반병이나 비웠어요. 오늘 떠나지 못하면 다시 와서 마시겠다고 남은 술을 저기 맡겨두었는데요."

차를 나르던 여자 종업원이 술병이 진열되어 있는 진열장을 가리켰다. 여자는 그 말에 무심한 척했으나 모두 새겨들었다.

관광객인 듯한 손님들 한 패가 카페 안으로 들어왔다. 중년 남녀 세 쌍과 안내원인 듯한 청년 한 사람이다.

"오늘 청해도로 떠나지는 못했지만 카페 '청해'에서 기분 좀 풀어봅시다."

그들은 자리를 잡자 큰 소리로 떠들듯이 이야기를 시작했다.

"대낮부터 술을 마신단 말인가?"

"청해도가 신선만이 사는 별천지라고 꼬신 사람이 누구야? 이러다간 정말 노천 온천이고, 낚시고, 남녀 혼욕이고 다 틀렸고, 호텔에서 추석 쇠게 되었으니 어떻게 하지? 무작정 바다가

잔잔하기만을 기다릴 수는 없고."

사람들은 청년에게 따지듯이 말했다.

"글피가 추석이니까, 모레까지 기다리다가 결정하지요."

청년은 담담하게 대답했다.

"다른 팀들은 돌아가려는 것 같은데, 우리만 섬에 가서야 무슨 재미가 있겠어?"

"그런데 정말 그 섬에 가면 희한한 구경 다 할 수 있어요?"

"아이, 오 사장님 음흉하셔라. 무슨 희한한 구경이에요? 낚시하고 온천에 목욕하고 아름다운 섬이나 관광하면 그만이지."

빨간 모자를 멋스럽게 쓴 여자가 눈을 흘기면서 사내에게 핀잔을 주었다.

"가보십시오. 아마 되돌아오고 싶지 않을 것입니다. 한마디로 지상 낙원이고, 에덴동산입니다. 이번이 처음이니까 그렇지 앞으로 소문이 퍼지면 가기 어려울 것입니다."

청년이 자신 있게 말하자 사람들은 다소곳해졌다.

"그곳은 우선 기후가 대만이나 오키나와처럼 따뜻합니다. 섬 사람들은 천사처럼 순박하고 인심이 좋지요. 숙박 시설이 약간 빈약합니다만, 그것은 오히려 그 섬 분위기와 어울립니다. 거기서는 뭍에서 지녔던 버릇이나 습관 같은 것을 모두 버려야 합니다. 그 점이 약간 괴롭기는 하시겠지만, 사실 그래야만 다른 데서는 맛볼 수 없는 즐거움을 누리게 되지요."

청년은 이들에게 몇 번이고 청해도 자랑을 반복했다.

"우선 그곳은 우리가 지금까지 구경했던 관광지와는 판이하게 다르다는 점을 아서야 합니다. 낚시를 해도 한 사람이 세 마리밖에 가져올 수 없습니다. 물론 많이 낚을 수는 있어도 세 마리 외에는 모두 놓아줘야 합니다. 술이나 담배 같은 기호식품을 절대 이용하지 못합니다. 사실은 섬 관광을 즐겁게 하노라면 그러한 기호식품이 필요 없게 되겠지요. 남녀관계도 철저합니다. 이 섬에는 술집도, 노래방도, 다방도 없습니다. 큰 노천 온천에서 남녀가 함께 목욕을 해도 목욕 그 자체에만 마음을 두어야지 달리 생각하면 낭패를 당할 수도 있습니다."

"감시자가 있나요?"

"아니, 눈으로만 즐기는데 누가 알아요?"

"전부 발가벗고 목욕을 해요?"

노천 온천에서 남녀가 혼욕한다는 말에 사람들의 관심은 대단했다.

"별달리 생각 마세요. 수영복 입고 수영하는 것과 같은데, 사람들은 혼욕이라는 그 말에 벌써 마음은 딴 데 가 있지요."

사람들은 부풀어오르던 은밀한 마음을 숨겨버렸다.

"탈의장도 남녀 구별이 없고, 숙소도 남녀 따로 없어요. 넓은 대강당 같은 방에 일인용 매트리스만 마련되어 있어요. 부부나 애인끼리 함께 잠자리를 할 수 없어요. 뭍에서의 인간관계는 이 섬에 들어가는 순간부터 모두 무로 돌아갑니다. 그러니까 진정한 자유를 얻을 수 있지 않겠어요?"

안내자 말에 사람들은 고개를 끄덕였다.

"그다음에 육지에서 갖고 가신 물건은 하나도 쓸 수 없고, 모두 섬에서 제공하는 물품만 사용해야 합니다. 그렇다고 물건 값이 비싸지 않아요. 그 이유는 관광이나 낚시를 하러 오시는 분들에게 전적으로 그 원래의 목적에만 충실하도록 하기 위해서입니다. 우리는 아름다운 자연 경관을 보면서도 사실은 다른 데 더 마음을 쓰는 경우가 많지요. 멋진 옷차림을 자랑한다든가, 맛있는 음식을 즐긴다든가, 아니면 전혀 휴식이나 관광과는 관계없는 그런 일에 마음 두게 되는 경우가 많지요. 그런데 청해도에 들어가시면 세상일을 다 잊어버리고, 아름다운 자연 속에 묻혀서 며칠 동안 지내는 겁니다. 섬에 가서까지 뭍에서 살았던 그 방식대로 지내시려는 분은 구태여 그 먼 뱃길로 청해도까지 가실 필요가 없지요. 뭍에서도 마음껏 욕망을 충족하고 즐거움을 누릴 수 있지 않습니까? 이 섬에서 며칠을 지내보시면 정말 무엇이 행복인가를 깨닫게 될 것입니다. 그냥 빈 몸만 오셔서 쉴 수 있도록 섬은 모두 준비를 다 갖춰놓고 있지요."

"거 이상한 섬이군. 혹시 사이비 종교집단의 총 본산 아닌가?"

안내자는 사람들의 의구심을 알고는 빙긋이 미소만 지었다.

"떠나시는 날 다시 미진한 부분을 알려드리겠습니다. 한마디로 말씀드린다면 그 섬은 여러분이 사시는 세계와는 다른 별천지라고 생각하시면 됩니다."

청년이 말을 마치고 일어나자 듣던 사람들 얼굴에 생기가 돌았다.

"하여간 바람이 자야지. 하루만 더 기다려봅시다."

사람들은 그렇게 결론을 내리니 홀가분했다. 그들은 차를 마시면서도 안내원 청년의 말에 자꾸 궁금증이 더했다.

바람 소리가 창을 갈기면서 지나쳤다. 계산대를 지키는 여자는 표정도 없이 온통 파도로 뒤덮여 있는 바다를 바라보고 있다.

"이 호텔도 청해도와 무슨 관련이 있나요?"

손님들 중에 한 여자가 계산대 쪽을 향해서 그녀가 들으라는 듯이 크게 소리를 질렀다.

"맑은 날이면 여기 앉아서도 청해도가 보이지 않을까요? 설사 눈으로는 못 본다 하더라도 가슴으로는 꿈꿀 수 있지 않겠어요?"

파란 파카를 입은 여자가 눈웃음을 치면서 따라 말했다.

여자는 빙긋이 웃기만 했다. 이 카페에 앉으면 꿈을 꿀 수 있다. 전망도 좋고, 표정이 부드럽고 마음이 백지처럼 순수한 여자가 곁에 있으니 손님들은 즐겁다. 여자의 눈에는 언제나 꿈이 피어오른다고 여기를 거쳐 가는 사람들은 생각한다.

연수가 카페 안으로 들어왔다. 여자의 눈길이 심하게 흔들렸다. 그녀는 굳어지려는 얼굴을 억지로 펴면서 어느 손님에게나 하듯이 미소를 지었다. 그가 구석자리에 앉아 있는 권 의원에게 다가갔다. 당황한 여자의 시선이 몹시 흔들리면서 그의 등을 좇았다.

"권성균 의원 아니신가?"

읽던 신문을 접어 탁자 한편으로 밀쳐놓던 권 의원이 고개를 들었다.

"아니, 백 사장이 여길!"

그는 병색이 완연한 연수의 얼굴에서 탄탄한 체구에 힘이 넘치던 예전 모습을 생각했다.

"이 청해호텔에 오면 지금도 고향 친구들을 다 만나게 되는군."

권 의원이 연수 손을 잡고 흔들면서 중얼거렸다. 그 말을 계산대에 앉아 있는 여자도 들었다.

3.

밤이 되어도 바람의 기세는 누그러지지 않았다. 어둠에 묻힌 바다는 쉬지 않고 함성처럼 소리를 질렀다. 두 사람은 호텔 현관에서 어둠이 꽉 찬 항구를 내려다보며 서 있다. 카페 여자는 두 사람의 모습을 놓치지 않았다. 두 사내는 호텔 광장을 가로질러 거리로 나섰다. 여자의 눈에는 이 고개를 넘나들던 더벅머리 소년의 모습이 나타났다.

"그동안 소식은 늘 들으면서도 만나지 못했네."

성균은 연수의 쉰 목소리에서 그를 만난 것이 운명처럼 생각되었다.

"난 이 도시로 내려오면서 혹 아는 사람이라도 만날까 두려워했는데, 결국 자네를 만나게 되었군."

고향을 떠난 후 둘이 처음 만난 것은 1980년대 초 성균이 서울 강북에서 국회의원에 출마했을 때였다. 그 즈음 연수는 사업이 호황을 누리고 있어서 꽤 많은 현금을 싸들고 그의 선거 사무실을 찾았다.

"나 알아보겠어? 청해도 백연수야."

그는 북적이는 사람들 틈에서 조심스럽게 자기를 밝혔다. 성균의 앞에서 당당하게 나타날 처지가 못 되었다.

"자네 소식은 듣고 있었는데, 이렇게 찾아와주어 고맙네."

성균은 그를 진정으로 반기면서 찬조금을 더없이 고마워했다.

"고향 출입은 종종 하나? 나는 청해도를 떠나 이제 삼십 년이 다 되었는데도 한 번도 찾아가지 못했다. 어른들도 오래전에 서울로 솔가를 하셨고 또 호적까지 옮겼으니, 내게는 청해도 사람이라고 내세울 것이 없지. 또 이렇게 서울에서 출마를 했으니 이제 서울 사람임에 틀림없다."

성균은 다소 어눌한 말투로 제 처지를 말했다. 그동안 재야 변호사로 활동하던 그가 여당 공천을 받아 서울 지역에서 출마한 것이다.

"자네가 내 처지를 이해할 줄 알고 하는 말인데, 내가 청해도 출신이라는 말을 누구에게도 하지 말아줘. 아내나 자식들도 모르는 사실이야. 일부러 숨긴 것은 아니지만 꼭 알릴 필요도 없어서 그렇게 되었는데, 그래도 청해도 출신이라고 내세우지 않더라도 청해도 사람 만나면 반가우니 내가 그 섬 출신이라는 것은 떨쳐버릴 수도 없는 일 아니겠어?"

성균은 여러 말을 하다가 문득 생각난 듯이 부탁했다.

"권 변호사야 초등학교 사 학년 때부터 목포로 전학 와서, 중학 이후는 서울 명문학교에서 공부했으니 누가 봐도 서울 사람이지. 더구나 선친께서 고향을 위해 많은 일을 하셨으니, 청해도 사람들도 자네가 꼭 당선될 것을 바라고 있을 거야."

연수는 성균의 처지를 이해했다. 이제 그는 3선 의원으로 정치적 입지도 탄탄해졌다. 그런데 그 이후로는 서로 만나지 못했다. 성균은 작년 대선 때 당시 여당 후보의 측근 참모로서 활동했는데, 최근에는 비리 정치인으로 구설수에 오르내리고 있다.

두 사람은 호텔 광장을 빠져나와 부두로 통하는 상가 거리에 들어섰다.

"내가 목포로 전학 왔을 때 청해하숙에서 삼 년 동안 밥을 먹었지. 그 당시에는 왜식 목재 이층집이었는데……."

연수는 바람 소리에 흩어져버리는 성균의 말을 들으려 귀를 모았다. 그의 말은 제대로 들을 수 없었으나, 연수에게 멀리 달아나버린 시간을 끌어다주었다. 당시에 산비탈이었던 이 주위에는 무허가 건물들이 밀집해 있었다. 연안부두로 내려가는 골목길은 이 도시의 유명한 사창가였다. 지금은 호텔 주변이 구획정리가 잘 되어 상가들이 즐비하게 늘어서 있다.

"권 의원은 내가 어떻게 청해도에서 나왔는지 알아?"

연수는 양쪽에 늘어선 상가 빌딩들을 올려다보면서 말문을 열었다. 성균은 고개를 가로저었다. 초등학교 졸업 후 서울로 올라간 후여서 고향에서 일어난 일은 알지 못했다.

"내가 권 의원 선친께 큰 죄를 지었네. 하도 인정이 많으신 어르신이시라 그런 일을 마음에도 두시지 않으셨을 테지만, 늘 부끄럽고 죄스러워서 무거운 맷돌을 등에 지고 사는 것처럼 괴로웠네."

연수는 그 일 때문에 고향 찾기를 주저할 수밖에 없었다. 하다못해 고향 학교에 희사할 마음을 갖고 있으면서도 선뜻 나서지 못했다. 다시 마을 사람들 입에서 그때 일이 이야기될 것이 두려웠다.

연수는 초등학교 졸업 후에 성균 부친의 호의로 어업조합 출장소에서 급사로 일했다. 어느 토요일 오후, 그는 출장에서 돌아오는 소장을 마중하러 부두로 나갔다가, 다른 직원과 함께 작은 마대 부대를 어깨에 메고 돌아왔다. 그 안에는 조합원들에게 나눠줄 돈이 들어 있었다. 어협 출장 소장은 연수에게 소장실에 있는 마대를 저녁이 될 때까지 지키라고 했다.

연수는 모두들 집으로 돌아가버리고 혼자 되었을 때 돈 뭉치가 들어 있는 마대를 풀어헤쳤다. 빳빳한 백 원권 만 원 다발이 마대 안에 차곡차곡 쌓여 있었다. 그는 한 다발에서 백 원권 한두 장씩 빼어 1만 원을 만들었다.

조합원들은 그들이 받은 만원 다발에서 백 원짜리 한두 장씩이 모자란 것을 알았다. 그러나 사람들은 혹 그럴 수도 있을 것이라고 여기고 별로 마음 쓰지 않았다. 그런데 차츰 그 사실이 입과 입으로 전해지면서 소장은 사람의 소행임을 알게 되었다. 그때 연수는 이미 섬을 떠난 뒤였다. 성균의 부친은 누가 그 짓을 했는지 알면서도 내놓고 말하지 않았지만 사람들은 연수를 의심했다.

"난 서울로 올라와 낮에 일하고 밤에 야간 중학교를 다니면서 꼭 성공해서 그 돈을 갚으려고 결심했지만, 돈은 꽤 벌었어도 차마 섬을 찾아가 용서를 빌지 못했네."

연수의 말소리가 바람을 타고 하늘로 퍼졌다.

"고향 사람들은 다 용서해줄 거야. 그 돈 일만 원으로 자네가 성공했지 않나?"

"성공? 다 지나간 일이네."

성균은 연수의 탁한 목소리가 낯설게 들렸다. 작년까지만 해도 그는 사업을 다각도로 확장했다. 그런데 이제 추석을 앞두고 혼자서 고향을 찾아간다니 무슨 사연이 있는지 궁금했다.

"옛날을 생각하면 도둑질한 추억까지도 정겹고 아름답다. 고향에서 일어난 일이니 부끄러울 것도 없지. 누구든 아버지 호주머니에서 지폐 몇 장을 훔쳐보지 않은 사람이 없겠어? 또 오랜 후에 그 사실을 부모님께서 아셨다고 자식을 책망하시겠어? 고향은 바로 육친의 부모야. 거기에서는 어떤 죄도 정죄되지 않아. 청해도가 완전히 딴 나라가 되었다는데, 자네 일 정도야 모두 사랑과 이해로 덮어버리겠지. 나도 하도 피곤해서 며칠 그곳에 가서 쉬어볼까 하는데, 섬이 받아줄지 모르겠어."

연수는 권 의원 신상에 어떤 일이 벌어지고 있다는 것을 눈치채었다. 그동안 신문에 사정 대상으로 '서울 출신 Y의원'이 오르내렸다.

"권력은 무상해. 바람 부는 대로 흘러가는 거야. 지금 생각으로는 정치고 뭐고 다 집어치우고 고향에 가서 쉬고 싶지만, 이렇게 바람이 거칠게 부는 것을 보니 청해도에 가는 것도 두려워지는데……."

성균은 어둑한 제 가슴에서 바람 소리를 들었다.

둘은 연안부두 터미널 가까이 이르렀다. 바람 소리가 마치 지축까지 흔드는 것처럼 거칠었다.

"사람들은 막다른 처지에서야 고향을 생각하게 되는 건가? 그동안 난 청해도를 고향으로 생각하지 않고 살아왔는데도, 막상 이 지경이 되고 보니 찾아가고 싶어서 나섰는데 왠지 두렵네."

성균의 말소리는 바람 때문에 연수에게 제대로 들리지 않았다. 그는 누가 들어주기를 바라서가 아니라 스스로 자신에게 말하는 것이었다.

"같이 가자. 그러면 나도 좀 마음이 편할 것 같아. 내가 고향 사람들에게 그때 일을 사죄받아야 하는데, 자네가 같이 있으면 용서받기 쉽지 않을까?"

연수는 섬을 기피하는 성균의 마음을 알고서 일부러 그럴듯한 이유를 달았다.

"청해도에 눌러 살 생각이야?"

"다 정리했어."

"정리?"

"빈손으로 시작했던 사업이니 빈털털이가 되어도 손해는 없어. 오히려 빈 몸이니까 홀가분한 마음으로 돌아갈 수 있어 다행이야."

그 말을 듣고 보니, 성균은 자신이 너무 많은 것을 짊어지고 있고, 또한 그것들을 버릴 수 없어서 고향으로 돌아가기는 틀렸다고 생각되었다.

"식구들은?"

"모두 서울에서 살기를 원하니까 나만 혼자 돌아가는 거야. 식구들은 청해도 사람이 아니니까 돌아갈 필요도 없지. 그런데 그때 내가 훔친 돈을 갚아야 하는데, 사십 년간 일만 원 이자를 계산하면 얼마나 될까?"

"갚지 않아도 될 거야. 자네는 그 일을 부끄러워하며 지금까지 살아왔으니까 청해도를 잊어버리지 않았지. 그러한 마음을 고향 사람들이 다 알고 있으니 벌써 용서를 받은 거야. 고향에 대해 부끄러움도 없이 오히려 고향을 잊고 살아온 나에 비하면 자네는 참 행복해. 찾아갈 고향이 있으니."

성균은 문득 자신에게는 찾아갈 고향이 없다는 것을 느꼈다.

"자네, 고향 길이 이번이 처음인가?"

"몇 번 기회가 있었지. 그러나 다 실패했어."

"왜?"

"모두 버리고 나서야 비로소 돌아갈 수 있다는 사실을 몰랐기 때문이지."

모든 것을 버린 사람만이 돌아갈 수 있다는 그 말이 거센 바람 소리에 섞여 성균의 귓바퀴를 크게 울렸다.

4.

3일이 지나도 여객선은 출항하지 못했다. 바람은 잔잔했으나 너울이 심했다. 연휴를 즐기려던 여행객들은 청해도행을 포기하고 돌아갈 준비를 서둘렀다. 모레가 추석이니, 추석 쇠러 귀향하는 사람들은 하루를 더 기다리기로 했다. 로비에는 되돌아가는 사람들로 떠들썩했다.

"오히려 잘되었어. 이상한 섬에 갇혀 공연히 고생만 할 뻔했지. 뭐 그곳이 지상 천국이라도 된다고?"

노천 온천에서 혼욕을 즐기려던 여행객들은 말로는 다행이라고 위로하면서도 아쉬운 마음이 여전했다.

"한겨울에도 그곳은 봄 날씨입니다. 연말에 한 번 기회를 잡아보지요."

여행사 안내원이 미련을 남겨두기 위해서 손님들을 달래었다.

연수는 창가에서 떠드는 소리를 들으면서도 무심했다. 모두 떠나버린다면 홀가분하게 섬으로 돌아갈 수 있을 것 같았다.

그때 계산대에 앉아 있던 여인이 일어나더니 오른팔 겨드랑이에 목발을 끼고 연수에게 다가왔다.

"돌아가시지 않으시고 배가 뜰 때까지 기다릴 작정이세요?"

무심히 바다를 내다보던 연수는 목발을 짚은 여자를 보더니 얼굴이 파랗게 질렸다. 까만 롱스커트 자락에 가려서 오른쪽 다리가 보이지 않았다. 아니, 저 여자는? 그는 며칠 동안 이 카페를 드나들면서도 계산대에 앉아 있는 여자가 걸어다니는 것은 처음 보았다.

"민애순?"

"연수 오빠죠? 언젠가는 만날 줄 알았어요."

"그런데 왜 오늘에야 나를 알아봤지?"

연수는 늘 계산대에 앉아 있는 성처녀 같은 여자가 청해하숙 주인의 딸 민애순일 줄은 전혀 생각하지 못했다. 권성균을 만나고, 험악한 날씨를 걱정하고, 그리고 청해도에 대한 절절한 마음 때문에 여유가 없었던 것인가.

"저는 오빠가 저를 먼저 알아주실 때까지 기다렸지요."

여자의 얼굴에 부끄러운 미소가 스쳤다.

"난 애순이가 여기 앉아 있으리라고는 상상도 못했지. 카페를 드나들면서 너무나 아름답고 우아한 여자가 앉아 있어서 감히 얼굴을 바로 볼 수도 없었고. 그보다도 내 생각에 애순이는 늘 아홉 살 된 귀여운 아이로만 남아 있으니까 그랬을 거야."

그렇게 변명을 하면서도 연수는 이 여자를 알아보지 못한 자신이 의아했다.

"제가 호텔을 맡은 후에도 저기 앉아 있는 것은 오빠가 언젠가는 여기를 거쳐 청해도로 갈 것이라고 믿었기 때문이에요. 예전에 우리 여관에서 며칠 머물렀던 일 기억나세요?"

그제야 연수는 이 여자에게 진 빚이 생각났다. 왜 그 생각을 즉시 하지 못했던가? 그 정황도 아리송했다.

"참, 내가 큰 빚을 졌었지?"

"기억하고 계시군요?"

여자는 선혈이 묻은 것처럼 붉은 입술을 달싹이며 소리 없이 웃었다. 연수는 그 일을 기억하고 있는 여자 앞에서 얼굴 들기가 거북했다.

1975년이었던가. 그는 중동 건설현장에서 돈을 꽤 모으고 새로운 사업을 구상하고 있었다. 그 즈음에 갑자기 청해도가 그리웠다. 집안 식구들도 다 서울로 솔가한 후여서 구태여 섬을 찾을 일이 없었는데도 말이다.

고향에 대한 부끄러움이 심장 깊숙이 진득하게 끼어 있었기에 그는 되도록 그 섬을 생각하지 않으려고 노력했다. 그런데 돈을 모으고 보니 생각이 달라졌다. 고향에 들러서 학교에 피아노도 한 대 사놓고 동네 사람들을 모아 돼지라도 몇 마리 잡아 잔치를 벌이면서 그때 일을 사죄하고 싶었다. 그것은 일종의 오기요, 돈을 번 자신을 내세우고 싶은 교만이 뒤섞인 심사였다.

목포에 내려와보니 청해하숙이 청해여관으로 변해 있었다. 그런데 날씨 탓으로 여객선이 사흘 동안 뜨지 않았다. 여관에서 꼬박 사흘을 지내는 동안 가지고 있는 돈을 다 날려버렸다. 여관 골목 양편에 늘어서 있는 술집에서 한 여자와 하룻밤 정을 통했는데, 그녀의 소개로 화투판에 끼어들게 되었다. 나중에 알고 보니 사기 도박판이었다. 그는 꼬박 이틀 밤을 새우고 빈털터리가 되어 여관으로 들어오는데, 네모난 창구 안에 앉아서 계산을 보고 있던 애순과 눈이 마주쳤다. 여자는 백지 같은 얼굴로 고개를 내밀더니 까만 눈동자를 굴리면서 뭐라고 말했다. 연수는 일부러 들으려 하지 않았다.

여자는 방 열쇠와 함께 여비와 차표를 내밀었다.

"청해도로 가시지 말고 어서 서울로 올라가세요."

연수는 사연도 묻지 않았으나 여자의 말을 거역할 수 없었다.

애순은 연수가 청해도를 뛰쳐나와 이 집에서 허드렛일을 하면서 밥이나 얻어먹고 지낼 때 친해졌다. 그녀는 초등학교 2학년이었는데, 소아마비로 오른편 다리가 심하게 허약해서 늘 어머니 등에 업혀 학교를 오갔다. 이따금 그녀의 어머니가 일이 바쁘면 그가 대신 아이를 업고 학교를 드나들었다.

연수는 애순이를 등에 업어도 조금도 무겁지 않아서 편했다. 애순도 그를 오빠처럼 잘 따랐다.

"오빠 등은 어머니 등처럼 넓어서 편하고 좋아요."

어떤 때는 두 팔로 연수 목을 꽉 껴안으면서 그의 귓가에 종알거렸다. 그렇게 업어주는 일만이 아니라 학교에서 돌아오면 공부도 도와주었다.

"연수야, 우리 집에서 같이 살자. 내가 소장 어른께 잘 말해서 별일 없게 하겠다. 여기 살면서 밤에 야간 중학교에 다녀라."

한 달째 되는 날 애순의 어머니는 그에게 얼마의 용돈을 주면서 간곡하게 부탁했다. 그러나 소장 어른께 말하겠다는 바람에, 연수는 이 집에서도 자신에 대해 모두 알고 있다고 생각되자 부끄러워 더 이상 머물 수 없었다.

뒷날 그는 하숙을 뛰쳐나와 서울로 올라와버렸다.

"저는 지금도 오빠의 그 넓고 따뜻한 등의 편안함을 기억하고 있어요."

연수는 40여 년 전 그 일이 어제처럼 다가왔다. 여자의 하얀 얼굴과 그 핏빛 입술은 여전했다. 그런데 참 이상한 일이다. 왜 나는 이 여자에게 빚진 그 돈과 친절을 기억하지 못하고 있었을까?

그때 성균이 조간신문을 들고 들어섰다.

"이놈들, 나를 무엇으로 보는가. 해볼 테면 해보라지. 똥 묻은 개가 겨 묻은 개를 비웃는다더니, 참 내 어이가 없어서."

그는 들고 있던 신문을 연수 앞에 펼쳐놓으면서 분통을 터뜨렸다.

'권성균 의원 5억 수뢰 포착. 구속영장 신청. 행방 묘연.'

5.

추석 전날도 배는 뜨지 않았다. 섬이 고향인 귀성객들도 청해도 가는 것을 포기하고 모두 되돌아갔다. 호텔에서 추석을 쇨수는 없었다. 권 의원과 연수, 그리고 청해도와 인근 섬사람들만이 호텔에 남아 있다.

추석날 아침에 바람은 자취도 없이 사라졌고 하늘과 바다도 맑고 잔잔했다.

애순은 권 의원과 연수를 집으로 초대해 아침이나 같이 먹으려고 일찍 호텔로 나왔다. 연안 여객선은 예정대로 10시 30분에 출발한다고 했다.

그녀는 노상 앉아 있는 그 자리에서 두 사람이 투숙하고 있는 객실로 각각 전화를 걸었다. 연수와는 통화가 되었으나 권 의원은 받지 않았다.

잠시 후에 연수는 짐을 다 챙겨 로비에 맡겨두고는 카페로 들어왔다.

"그 몸으로 청해도에 들어가셔도 괜찮으시겠어요?"

연수는 며칠 사이에 눈에 띄게 몸이 허물어졌다.

"그 아름다운 바다와 하늘이 내 망가진 건강을 차근차근 회복시켜줄 테지."

두 사람은 나란히 서서 오랜만에 활짝 개인 바다와 하늘과 외항을 둘러싼 섬들을 바라보았다. 연수의 귀에는 잔잔한 물결에서 아홉 살 난 애순이 까르르 까르르 웃는 소리가 들려왔다.

그때였다. 권 의원이 호텔 현관에 나타났다. 혼자가 아니었다. 그의 양쪽에는 건장한 청년이 붙어 서 있었다. 그들은 미리 대기해놓은 검은색 승용차에 올랐다.

"어떻게 여기 계신 줄 알았을까? 어제 신문에 구속영장 신청 기사가 났던데……."

그 순간 여자는 며칠 전에 권 의원이 휴대폰으로 전화 걸었던 일이 떠올라서 가슴이 두근거렸다.

"엊저녁에 그렇게 청해도로 가고 싶다고 하더니, 청해도는 아무나 갈 수 없는 곳인가 봐."

연수는 혼자 중얼거렸다. 검은색 승용차가 막 호텔 정문을 빠져나갔다.

"우리도 같이 청해도로 들어갈까?"

사라지는 승용차를 망연하게 바라보던 연수가 불쑥 말했다.

"혼자 가세요. 전 너무 많은 것을 지니고 있어서 그 섬이 받아주지 않을 겁니다."

여자가 쓸쓸하게 웃었다.

3
일간의 자유

1.

사내는 정기 여객선 카페리가 내항을 벗어나 속력을 내기 시작했다. 배가 떠나자 무슨 큰일이 해결된 듯 홀가분했다. 혼자 며칠 더 섬에서 머물다 가겠다고 말해놓고도, 정말 그렇게 될까 자신이 없었다. 그는 두어 시간 전부터 항구가 내려다보이는 언덕배기 아래에 낚싯대를 드리워두고는, 배가 떠나기를 기다리고 있었다.

사내는 낚싯대를 거두고 앉아 있던 간이의자와 차양막을 챙겼다. 즐겨 쓰던 이태리제 낚시용 모자와 명품 선글라스도 벗고 대신 준비해 갖고 온 싸구려 모자를 깊숙히 눌러썼다. 그러고는 허리를 펴서 배가 지나간 바다를 바라보았다. 카페리호가 모터보트만하게 작아졌다.

회사 기획조정실 팀이 묵었던 호텔로 돌아오자 젊은 지배인이 경계하는 눈으로 그를 노려보다가 황급히 허리를 굽혔다.

"아니, 사장님! 전 누구신가 했습니다. 왜 떠나지 않으셨지요?"

지배인은 전혀 딴 모습으로 나타난 그를 보더니 의아해했다.

지난 이틀 동안 세웅그룹 기획조정실 간부들이 낚시 여행을 와서 이 호텔에 숙박했다. 구조조정 작업을 마무리하자 회장의 특별 배려로 얻은 휴가였다. 그는 처음 여행지를 사향도로 정했다는 보고를 받았을 때, 온몸에 전류가 흐르듯이 긴장했다. 무의식의 깊은 늪에 숨어 있던 '사향도'란 이름이 마치 고향 이름처럼 친숙하게 들렸기 때문이다. 이해할 수 없는 의식의 반응이었을까? 15년 전 어머니 임종 때 들었던 섬 이름이었으나, 그동안 기억에서 완전히 숨어 있었다.

그러나 막상 이 섬에 도착했을 때에는, 뛰어난 풍광과 일행들이 즐거워하는 분위기며 낚시하는 재미 때문에 처음에 가졌던 긴장은 어느 정도 해소되었다. 그런데 사건은 엊저녁 술자리에서 시중들던 여자 때문에 일어났다. 하청리 등대 다방에 있다는 스물둘의 그 여자는 술을 따르다가 서울로 돌아가고 싶다고 그의 귀에 대고 속삭이듯 말했다. 꿈속에 스쳐 지나간 듯한 그 한마디에 그는 며칠 동안 잊어버렸던 섬 이야기가 되살아났다. 서울로 돌아가면 늪처럼 깊은 일상에 빠져 이 섬이 잊힐 것이 안타까웠다. 아는 얼굴을 모두 떠나보내고, 혼자서 며칠을 이 섬에서 지내고 싶었다. 새로 발령받은 그룹 산하 전자회사 사장으로 부임하기까지 며칠 여유가 있다.

"혼자시면 조용하고 전망이 좋은 방을 준비할까요?"

지배인이 그의 눈치를 은밀히 살폈다.

"하청리에 가서 만날 사람이 있는데……."

그는 턱으로 섬 중앙에 있는 사향산을 너머 하청리 쪽을 가리켰다. 그곳은 서해안 고기잡이 중심 어항으로, 최근에 관광지로 개발된 이 상청리와는 대조되는 곳이다.

"그곳에는 변변한 숙박 시설이 없을 텐데 어쩌지요?"

"아무 데면 어떻소. 다 사람 사는 곳인데……."

그는 미리 맡겨둔 배낭을 어깨에 둘러메고 차로 모시겠다는 지배인의 호의를 사양하고 호텔을 나섰다. 지배인은 아쉬운 듯이 그의 뒤를 따라오면서 걱정스러운 표정을 지었다.

"참, 자네에게 부탁할 것이 있는데, 내가 혼자 떨어졌다는 말 누구에게도 하지 말게. 지금 나는 지배인을 만나지 않았어요. 그렇다고 내가 뭐 수배자는 아니니 안심하시고……."

그는 단단히 부탁하고서 지갑에서 수표 한 장을 꺼내 지배인의 호주머니에 찔러줬다.

"며칠 동안 우리 식구들이 신세 많이 졌는데, 명색이 사장인 내가 자네에게 인사를 제대로 못 차렸군. 그럼 다시 보세."

그는 가볍게 몸을 돌렸다. "안녕히 가십시오." 등 뒤에서 들려오는 지배인의 기분 좋은 인사말을 들으면서 휘파람이라도 불고 싶을 정도로 마음이 가벼워졌다. 이제는 자기를 세웅그룹 사장이라고 알 사람도 없다. 그는 오랫동안 어디를 가나 자신을 잊어버리고 '사장'으로만 살아왔다.

그는 콧노래를 흥얼거리면서 가다가 뒷주머니에서 휴대폰을 꺼내 전원을 끄고는 배낭 맨 아래에 숨겨놓듯 했다. 아침에 비서가 주고 간 것인데 이제는 쓸모가 없었다.

그는 여객선이 떠난 항구 쪽을 바라보았다. 초가을 햇살이 부서지고 있는데 바다에는 정적이 묵직하게 내려앉아 있었다. 바다와 하늘 사이에 섬이 두둥실 떠 있고, 그 안에 돌멩이처럼 뒹굴고 있는 자신을 보았다.

2.

호텔을 벗어나 마을로 들어선 그는 횟집들이 즐비하니 늘어서 있는 어시장 입구에서 잠시 머뭇거리다가 점퍼 안주머니에서 지갑을 꺼내었다. 10만 원권 수표 두 장과 1만 원권 몇 장, 그리고 금빛 카드가 하나 있다. 비서는 서울로 올라가면서 휴대폰과 이 카드를 주고 갔다. 얼마든지 써도 회사에서 다 갚아주는 법인 카드이다. 평소에 그는 돈이나 카드를 갖고 다니지 않았다. 지폐 몇 장만 있으면 호주머니가 섭섭하지 않았다. 그런데 앞으로 며칠 동안은 직접 돈을 써야 한다. 그는 돈을 직접 쓴다고 생각하니 낯선 딴 세상에 온 것처럼 긴장되었다.

그는 길가에 있는 '사향슈퍼'로 들어갔다. 낮은 천장과 벽 사이에 있는 진열장에 갖가지 물품이 가득 차 있다. 과자에서부터 술, 아이들 학용품과 과일이며 쌀과 채소까지 없는 것이 없었다. 세상이 이 좁은 슈퍼 안에 그대로 담겨 있었다. 그는 무엇을 살까 한참이나 두리번거리면서 궁리했다. 물건을 직접 사본 지도 꽤 오래다. 겨우 생각난 것이 껌 몇 통과 웃는 아이 얼굴이 그려신 비스킷 한 봉지를 집어들고 만 원권 한 장을 꺼내었다. 통통하고 얼굴이 가무잡잡한 중년 부인이 그를 흘끔 쳐다보았다. 잔돈 없소? 예, 없는데요? 그것밖에 살 것 없소? 그제서야 그는 생수 한 병과 오렌지 주스 두 캔을 집었다. 여자는 그의 물건을 고르는 품이 너무나 서툴러서 그가 혹시 이북에서 내려온 간첩이 아닐까 생각했다.

"아주머니, 혹시 이 섬에 사동이라는 동네가 어딥니까?"

여자는 사내의 차림새를 재빠르게 훑어보더니,

"뭣 땜에 찾으시죠?"

라고 퉁명스럽게 되물었다. 혹시 가출한 딸아이를 찾으러 온 것이 아닌가 생각한 모양이다.

"이 섬에서 사동이 하도 유명하다기에."

사내는 이 섬에 파시(波市)가 서면 사동이 끓는다는 말을 들은 적이 있다. 아직 파시철은 아니지만, 요즈음은 새우잡이 철이어서 그곳 역시 세월이 좋다는 말을 어젯밤 그 여자에게 들었다.

"돈 쓸 일이 없는가 봐."

여자는 비웃듯이 중얼거렸다. 물건 고르는 품을 보면, 그런 곳에 가서도 환영받기는 틀렸다. 잘못하다가는 애교 떠는 여자들에게 모두 빼앗겨서는 그것만 덜렁 갖고서 도망쳐 나올 위인처럼 생각되어 혀를 찼다.

"저리 가면 버스 정류소가 있는데……."

여자는 무슨 생각에서인지 사동 가는 길을 친절하게 안내해 주었다.

슈퍼를 나온 그는 그 옆 수협 사무실로 들어갔다. 현금인출기가 있느냐고 창구 아가씨에게 물었다. 얼굴이 길쭉하고 앳된 여직원은 사무실 한편을 가리켰다. 그는 회사 카드로 일일 인출 한도액에 이르도록 현금을 찾아 배낭 깊숙이 넣었다. 창구 여직원이 긴장한 눈길로 그를 눈여겨봤다.

그는 기분이 괜찮았다. 이렇게 혼자서 낯선 거리를 자유롭게 걸어본 것도 꽤 오랜만이다. 그는 항상 여러 사람과 함께 다녔다. 집에 들어와서도 부인이 늘 곁에 있었다. 하다못해 화장실에 다녀와도 부인은 배설물에 신경을 썼다. 그런데 이렇게 혼자이고 보니 지금까지 누리지 못했던 자유를 비로소 깨닫게 되었다. 그는 정류장에서 버스를 기다리며 슈퍼에서 산 주스 캔을 마셨다. 그 맛이 일품이었다. 주스를 받아들인 내장이 활기차게 움직이는 것이 눈에 보일듯이 선했다.

버스가 먼지를 날리면서 도착했다. 여자 승객이 대부분이다. 여인네들이 떠드는 소리가 귓가에 따가웠다. 이 차 사동 가는 거 맞지요. 맞습니더. 여자들 시선이 그에게 쏠렸다. 어디서 왔습니꺼? 서울입니다. 서울이라? 이 섬에 무얼 하러 왔는고? 낚시하러…… 그들 여인네 입에서는 말들이 거침없이 쏟아졌다. 새우잡이에서 도회지로 공부 보낸 아이들, 술집에서 망신당한 동네 영감 흉을 보더니 비아그라에 이르자 버스 안은 완전히 부인네들 이야기판이 되었다.

"야, 시끄럽소마. 잠 좀 자게."

그때 맨 뒷좌석에서 짜증 섞인 사내 음성이 버스 안을 흔들어놓았다. 서른도 채 안 된 젊은 청년이 검게 그을린 얼굴에 둥그런 눈동자를 두리두리 굴리면서 떠드는 부인네들에게 핀잔을 주었다. 아이고, 왜 기분이 시셨는가 좋은 분위기 망가뜨리려 그러시오. 계집이 말을 안 들웁디까? 선주가 돈 선불을 안 해줍디까? 부인네들은 이 젊은 애송이 청년에게 밀릴 수 없었다. 망할 계집애가 내 한잠 자는 동안에 퇴끼었지 뭡니까? 이년 내가 사동에 가서 잡기만 해봐라. 피를 볼 거다. 어이구, 무서워라. 피피, 그러지 마소. 말이 씨 된다는데. 여자 순정 믿은 사내가 잘못이지. 몸 팔아 사는 여자와 싸워본들 이기지 못합니다. 그저 적선했다 생각하고 얼른 잊어버리지, 허허허. 나이 든 부인이 아들 달래듯이 말했다. 청년은 아무 말도 하지 않았다. 잠시 버스 안은 조용했다.

버스가 마을을 벗어나 해안가를 끼고 달리는데, 저만치 횟집 앞에서 보자기에 커피 보온병을 든 아가씨가 길 한가운데로 나오면서 손을 들었다. 운전기사가 혀를 차면서 차를 세웠다. 여자가 얼굴에 웃음을 가득 띠고서 올라탔다. 노리끼리한 머리에 연분홍 스커트와 몸에 착 달라붙는 검정 스웨터에 몸매가 그대로 드러났다.

"망할 년 죽을라고 지랄하나!"

아까 그 청년이 눈을 흘기면서 버스에 오르는 여자에게 호령했다.

"야, 네 오토바이는 어디다 두고 무법자처럼 아무 데서나 차를 세우나?"

운전기사도 후사경으로 여자의 거동을 살피면서 소리를 질렀다. 차가 출발하는 바람에 여자의 가는 몸이 한번 기우뚱하더니, 그가 앉아 있는 자리 맞은편 빈자리에 쓰러질 듯이 주저앉았다. 다리를 꼬니 짧은 스커트 자락이 허리로 올라가 하얀 허벅지가 다 드러났다.

"티코는 고장이 났고, 오토바이는 언니가 타고 갔어예."

"수평선다방 요즈음 잘 되나 본데……."

운전기사는 아는 티켓 다방 아가씨라 기분이 괜찮았다.

"잘 돼봤자 별 볼 일 없어예. 지금도 시커운 놈들이 차비도 안주고 달랑 시간대만 받았어요."

여자는 혼자 앉아 있는 그를 힐끔거리면서 투덜거렸다. 그도 여자에게 관심을 갖고 있었다. 거친 말투처럼 속마음은 그렇게 막돼먹은 여자 같지는 않았다.

여자는 사람들 눈길을 외면하고 밖으로 눈을 주다가 그를 보고는 고개를 돌렸다. 그는 차창 밖 바다 풍경에 취해 있었다. 섬 가운데 앉아 있는 숲은 울창한 산을 중심으로 포장도로가 빙 둘러 있는데, 바다와 산을 양쪽에 끼고 달리면서 눈에 들어오는 것이 모두 아름다웠다. 바닷가에는 곳곳에 작은 모래사장들이 마치 한가을 벼를 널어놓은 마당처럼 펼쳐져 있다.

아니, 횟집에는 커피가 없냐? 보소. 커피 마실랴 다방 여자 부르겠소. 원 남정네들도 여자 없으믄 회도 못 먹나? 아이고, 누그 집 딸인지, 어린 나이에 시상 못볼 것 못헐 짓 다 허고서. 지가 좋아서 허는 일인디, 싫으면 억만금을 준다고 해여도 누가 저 짓 허겠소. 부인네들은 악다구니를 퍼붓다가 여자가 반응이 없자 시들해졌다. 그 틈을 그가 비벼들었다.

"이봐, 아가씨 횟집 가서 남자네 벗해주면 얼마 받으오?"

그는 커피를 보온병에 넣고 와서 팔면 얼마 받는지 궁금했다. 도저히 장사 원리로는 이해가 안 되었다.

"손님도 절 불러주실래요?"

여자가 옆으로 고개를 돌려 빙긋 웃었다.

"보아하니 체면 차려 사는 분 같은데, 이렇게 사방이 탁 막힌 섬에 왔으니 모처럼 체면 불구하고 좀 즐겨보시죠. 제가 마음에 든다면 지체 없이 행동으로 옮겨서 저를 찾아주세요. 아마 후회는 없을 겁니다."

여자는 아버지 나이 또래인 그를 친구 대하듯 하면서 얼른 보온병을 싼 보자기 안에서 명함을 한 장 꺼내 내밀었다. 순간 그는 이 시골 버스 안에서 딸아이보다 어린 여자와 농담 섞인 진담을 하고 있는 자신의 모습이 의외였다. 생각하니 우습다. 아니, 이거 내가 어떻게 되는 것인가? 아니면 세상 사람 눈길이 무서워서 잠자듯이 숨어 있던 또 다른 내 모습이 은밀하게 꿈틀거리고 있는 것인지? 그는 남의 얼굴을 보듯이 자기를 찬찬히 관찰해보았다.

"핸드폰이 있으니께 아무 데서나 불러주시죠."

여자는 진정으로 말했다. 그는 회사에 입사했을 때, 수습 코스의 하나로 영업 수련을 받던 일이 떠올랐다. 고객이 될 가능성이 있는 대상에게는 방법과 수단을 가리지 말고 무차별 공격한다. 그러한 그때의 모습을 이 여자에게서 봤다. 어쩐지 호감이 갔다. 그 순간, 부인네들이 떠드는 혼란한 소리 틈으로 그녀의 꾸밈없는 목소리를 들으면서 문득 육자배기 가락이 떠올랐다. 아버지와 어머니는 육자배기 가락을 좋아했다. 그러한 정황이 아련한 기억으로 떠오른다. 아버지는 어머니가 따라주는 술상 앞에서 혼자 육자배기를 부르다가, 야아, 맹의 엄마도 한 곡조 불러보라이. 그렇게 청을 하면, 어머니는 살포시 부끄러운 얼굴로 약간 모로 앉아서 목청을 뽑았다. 그때 그는 마루 건넌방에서 잠이 들락말락 꿈결에 헤매고 있다가, 어느새 어머니의 청승맞은 가락에 소르륵 잠이 들어버린다. 저런 년 앞에 이 섬에 있는 사내들이 몇 놈이나 신세 조질런지. 기집에 눈먼 사내는 조져도 싸지 싸. 니 영감네 잘 간수해라. 하하하. 부인들이 떠드는데, 버스는 느슨하게 펼쳐진 어항(漁港)을 에워싸고 있는 마을로 들어갔다.

그는 버스 안에서도 졸음에 헤매었다. 가을 바닷바람에 억새꽃들이 춤을 추듯이 너풀거리고, 길가에 먼지 쌓인 들국화들도 소리 없이 웃고 있다. 이럴 때 휘파람이라도 불고 싶다. 휘파람, 참 오랜만이다. 어릴 적에 이따금 집에 들르시는 아버지는 휘파람을 잘 불었다. 〈반달〉과 〈고향의 봄〉, 〈뜸북새〉 등 동요는 물론이요, 〈성불사의 밤〉과 〈고향 무정〉 등 유행가를 불 때에는 눈물이 날 만큼 좋았다. 나는 이따금 휘파람을 불어달라고 아버지께 떼를 썼다. 읍내를 다녀온 아버지는 어느 날 하모니카를 사다주면서 부는 법을 가르쳐주었다. 그리고 그 후에 전쟁이 터지더니 아버지는 돌아오지 않았다. 아득한 나날에 그 앞을 흘러갔던 시간의 강물 위에 어린 기억들을 더듬으며 그는 졸음에 빠졌다.

그는 휘파람을 불기 시작했다. 뜸북 뜸북 뜸북새, 논에서 울고, 뻐꾹 뻐꾹 뻐꾹새 숲에서 울 때, 서울 가신 오빠는 소식이 없고……. 그가 한참이나 휘파람을 불고 마을 좁은 길을 걸어가는데, 가슴은 한없이 넓어졌다. 그는 하루 종일이라도 이 낯선 섬마을 거리를 돌아다니면서 휘파람을 불고 싶었다.

"손님, 사동 다 왔습니다."

투박한 운전기사 목소리에 졸음에서 깨었다. 휘파람 소리가 들리지 않았다. 엉겁결에 차에서 내리는데, 횟집 앞에서 탄 여자도 뒤따라 내렸다. 높은 지대여서인지 눈앞에 마을과 항구와 바다가 쫙 펼쳐졌다. 바다는 마치 비단을 깔아놓은 것처럼 잔잔하니 눈이 부셨고, 마을도 한낮인데 조용했다. 그는 보온병을 든 여자를 따라 동네로 내려왔다. 도회지의 변두리처럼 줄줄이 식당이요 가게인데도 사람들은 뜸했다.

"사동이 어디지?"

그는 한발 앞장서 걸어가는 여자에게 다가가서 물었다.

"사동이요?"

여자는 그의 행색을 빠르게 훑어보았다.

"왜 대낮부터 거기를 찾으소. 거기 아니라도 좋은 곳 많은디?"

그 말에 그는 얼굴이 화끈거렸다. 그곳은 하청리의 어느 한 동네라고만 생각했다. 이 섬에서 유명하고 요상한 술집들이 있는 환락지대라는 것을 몰랐다.

"여기 혹시 등대다방 알아요?"

그는 부끄러움을 덜어보고 여자에게 호감을 얻기 위해 어젯밤 파트너였던 여자가 생각나서 물었다. 서울로 올라가고 싶다는 그녀의 코 막힌 듯한 음성이 귓가를 맴돌았다. 그녀는 등대다방에 있노라고 말했다.

"거기에 애인이라도 두었나, 홍."

그녀는 다시 한 번 그의 차림새를 훑어보면서 눈을 흘겼다. 나이는 처먹은 주제에 어린 계집에 빠져서 신세 망치려는 모습이 안타깝다는 표정이다. 그래도 그가 태연하자 얼굴빛이 달라졌다.

"어디서 오셨어요. 혹 소식 듣고 오신 거 아니에요?"

아마 가족 중에 누군가가 이곳 등대다방에서 일한다는 소식을 듣고 찾아왔는지 궁금했나 보다. 그는 그렇게 생각하는 여자가 귀엽고 착하게 보였다. 그렇다면 그녀도 언젠가는 자기를 찾으러 올 사람을 기다리고 있는 것인가? 그렇게 생각하니 여자가 애처롭게 보였다.

"가까운 데 있는 사람 두고 먼 데서 찾지 말아요. 심심하시면 연락주세요. 이렇게 만난 것도 인연인데. 제가 서비스는 완벽하게 하거든요?"

여자는 슬레이트 이층집을 올려다보면서 한쪽 눈을 살짝 감으며 싱긋 웃었다. 창문에 '커피숍 수평선'이라는 글자가 박힌 창문이 보였다. '커' 자와 '숍' 자 사이에 한 글자가 도망가고 없었다. 나는 고개를 끄덕였다. 여자는 건물 밖으로 난 계단을 빠르게 올라갔다. 그 뒷모습에 그는 얼른 고개를 돌려버렸다. 짧은 스커트 자락 틈으로 미끈한 하체가 온통 그의 눈을 덮쳐버렸다. 으흠. 그는 모르는 사이에 헛기침이 나왔다. 사장님, 제 다리가 이쁘죠? 언젠가 비서실 미스 윤이 너무 짧은 치마를 입고 왔을 때 당혹했던 일이 있다. 마치 그녀 스스로 그렇게 말하는 것 같아서, 그 뒷날부터 '품위 있는 복장'을 하도록 지시한 적이 있다. 그 소식이 사내에 화제가 되었다.

"사장님!"

소리 나는 쪽을 바라봤더니, 아까 그 여자가 계단을 다 오르고 다방으로 들어가려다가 아래를 내려다보고 있었다.

"저 여관, 방도 깨끗해요. 숙소를 잡으시면 차 시키세요."

여자는 온천 표시와 함께 '사동여관'이라는 간판이 붙어 있는 슬레이트 이층집을 가리키면서 다시 눈을 찡긋했다. 그제야 그는 마음이 놓였다.

"그래, 알았다. 차 외에 다른 것은 없냐?"

그는 갑자기 용기가 솟았다. 오랜만에 주위 눈총을 살피지 않고 농담을 흘리면서 낄낄 웃었다.

"돈만 있으면 이 섬에는 없는 것 없어요."

"너도 돈이 좋은가 보구나."

"돈 벌려고 갈매기 따라왔는데요, 뭐."

그는 배낭을 멘 채 여자와 시답지 않은 농담을 주고받다가 바다 쪽으로 몸을 돌렸다. 한낮의 보리밭처럼 오전 바다는 조용했다. 마치 고향집에 온 것처럼 한가하고 가슴이 넓어지면서 편안했다.

3.

그가 하루 숙박료로 만 원권 두 장을 내자, 내실에 있던 중년 여자는 숙박계와 볼펜을 내밀었다. 그는 그것을 받아놓고는 여자를 쳐다보았다. 제 신분을 그대로 쓰기가 마음에 걸렸다. 여자는 사내의 마음을 곧 읽었다.

"수배받는 처지가 아니시면 그냥 쓰세요."

여자는 장난스럽게 말하였다. 수배받는 처지가 아니면? 그는 큰아들 이름을 쓰고 나머지 항목은 사실대로 썼다.

"바다를 볼 수 있는 방을 주세요."

주문을 하고 물러서다가 내실 옆에 붙어 있는 섬 관광지도 앞에 섰다. 여자가 생수와 수건을 들고 앞장서 이층 계단을 오르다가 아직도 따라오지 않는 그를 유심히 내려다보았다.

"아주머니, 여기 사동이 어딥니까?"

하청리는 있는데 사동이라는 지명은 지도에 없었다. 아까 버스기사도 여기가 사동이라고 했다.

"사동은 왜 찾습니까. 여기 하청도가 옛날에는 사동이었대요."

그제야 그는 마음이 놓여서 여자를 따라 올라갔다. 2층 오른편으로 구석진 방 앞에서 여자는 열쇠로 방문을 열고 그에게 어서 들어가라고 했다.

"바다가 앞마당처럼 있습니다. 참, 사동에는 뭐 하려고 왔는디?"

생수병과 수건을 방바닥에 놓고 나가려던 여자가 물었다.

"아주 오래전에 이 하청리 사동에 큰 요릿집이 있었다는데, 이름이 뭐 사동집이라고 했던가요? 요릿집이랄 것까지는 없지만, 그래도 왜정시대부터 여자를 두고 파시 때에는 요란했다는데……"

그는 방에 들어가 마당처럼 펼쳐진 바다를 내다보면서 중얼거렸다.

"손님 별것을 다 알고 계시군. 취재차 오셨어요. 아니면 소설쟁이신가?"

밖으로 나가려던 여자는 흥미가 돋는지 다시 들어와 그의 곁에 서서 함께 바다를 내려다보았다. 기자이기엔 나이가 너무 늙었고, 소설이나 쓸 것 같지 않은 얼굴이고, 그렇다면 장사꾼인가? 돈이 있을 것 같지도 않고, 그렇게 생각하다가 그의 팔목에 채워진 시계를 보고는 멈칫했다. 꽤나 값나가는 명품이었다.

"이상히 여기지 말아요. 낚시 왔다가 하도 섬이 좋아서 며칠 혼자 구경이나 하다가 돌아가려고 그러는데, 친구 중에 사동에 살았던 애가 있어서 온 김에……."

그는 속 시원히 다 털어놓는 것처럼 거짓말을 능숙하게 했다.

"그렇다면 알겠구먼. 명퇴당했는가 봐. 잘 생각허였소. 이런 섬에 오면 누가 간섭할 사람이 없으니 얼마나 자유롭겠수. 아마 손님에게는 인생에서 단 한 번 주어지는 자유로운 시간이 될 겁니다. 그러니 좋은 때 놓치지 마시고 즐겁게 노시다가 가세요. 뭐 보아하니 퇴직금도 톡톡히 받았을 것 같은데, 늙은 마누라에게 다 뺏기기 전에 멋지게 한번 써보시소. 좋은 추억도 남기시고, 낚시 왔다가 이 섬 경치에 질려서 그렇게 며칠 눌러앉은 그럴듯한 분들도 이따금 있지요. 요즈음은 조용허니까 돈 많이 안 들이고 즐길 수 있어요. 앞으로 한 두어 주 있으면 천하 잡놈들 다 모여 댁 같은 사람은 여기 와서도 대접 못 받아요. 그러니 계획 잘 세우시고. 호호호. 제가 뭐 도와드릴 것 있으면 말씀허셔. 참한 아가씨도 있고, 전복에 좋은 술도 많고, 또 분위기 좋은 집을 소개해드릴 수도 있고, 참한 아가씨 하나 소개시켜드릴까? 요 옆집에 티켓이 있는디. 하루라야 뭐, 오늘은 시간이 많이 지났으니까 저녁때까지 한 장이면 될 것인디. 데리고 다니면서 안내도 받고 말벗이나 하시면서 마음이 통하시면 더 즐길 수도 있고, 며칠 지내보십시요만 뭍과는 전혀 다른 세상이지요. 그래도 사람 사는 땅이니까요."

여자는 그가 말할 틈도 주지 않고 지껄여댔다. 그는 마음이 놓였다. 자기를 세웅그룹 사장으로 봐주지 않는 것이 천만다행이었다.

"알았수다. 그런데 그 사동집 지금도 있어요?"

"저기 봐요. 저 등대 옆에 솔밭이 있고, 그 건너에 동네가 보이지요. 거긴데……."

그 동네도 창가에서 한눈에 들어왔다. 모래밭을 마당으로 한 스무 남짓 가구가 모여 있다. 낮은 슬레이트 지붕들이 어깨를 나란히 하고 앉아 있는 동네 앞에는 외벽 방파제가 있고, 그 바로 앞에는 마치 벼를 널어놓은 마당과 같은 모래사장이 펼쳐져 있었다. 낮은 집 울타리마다 이름을 알 수 없는 단풍 든 나무들이 보였다. 그는 사동 동네를 바라보면서 지금도 어렴풋이 기억에 남은 광산군 어디인 그 동네가 떠올랐다. 어머니와 아버지가 탁주상을 가운데 두고 앉아 잔을 기울이면서 육자배기를 불렀던 그 초가는 이 섬이 아니었을 것이다. 뒤에는 대숲이 있었던가 비가 오거나 바람이 불 때면 대나무 잎에 부딪치는 빗방울 소리가 요란했다.

그는 배낭을 방구석에 놓아두고 다시 밖으로 나가려는데, 여자가 보이지 않았다. 방 안을 새삼스럽게 둘러보았다. 손으로 조작하는 낡은 TV와 파리똥이 낀 대형 거울, 변색되어 얼룩진 형광등, 창문에 맞지 않은 낡아 떨어진 방충망……. 이 방에서 며칠을 보낼 수 있을지 전혀 자신이 없었다. 방을 나오다 보니 출입구 왼편에 화장실도 있다. 그는 '사동여관 208호'라는 팻말이 달려 있는 열쇠로 문을 잠그고 다시 그 방을 쳐다보았다. 며칠 머물 방이라 생각하니 그래도 안도감이 들었다.

그때 또박또박 잦은 발자국 소리가 가까이 다가왔다. 그는 일부러 그 소리가 사라지기를 기다리며 문 앞에서 머뭇거리는데 화장품 향이 코끝을 스치면서 그 소리도 멎었다. 그는 혹시 버스에서 만난 여자인가 하고 슬쩍 쳐다보았다. 여자가 놀라서 뭐라고 말하려는데 그가 외면하고는 얼른 그 방 앞을 지나쳐버렸다. 계단으로 내려오는데 자꾸 되돌아보고 싶었다. 그것을 참느라 헛기침을 했다. 틀림없이 어젯밤 그 여자였다. 나도 서울로 가고 싶어요. 그것은 공연히 서울 손님에게 한번 해보는 응석이 아니었다. 자신은 서울로 돌아갈 수 없다는 것을 너무나 빤히 알면서도 버릇처럼 입에 늘 달고 다니는 소리라는 것을 그는 곧 알았다. 그 애절하고 끈끈한 음색이 그의 가슴으로 스며들었다. 그렇게 서울을 가고 싶어. 내가 데려다줄까? 그러시겠어요? 손님들 만나면 대부분 그런 말을 하시고는 곧 잊어버리데요. 남자들은 술을 마시면서 여자에게 한 이야기에 대해서는 책임을 지지 않아도 되는가 봐요. 여자는 그의 얼굴을 빤히 쳐다보며 말했다. 더구나 사장님같이 지체 높으신 분은 저 같은 여자를 데려갈 수 없어요. 어젯밤에 그는 여자 앞에서 다른 말을 할 수 없이 그저 술만 마셨다. 내가 마음만 먹으면 저 여자를 구하는 것은 어렵지 않다. 그러나 그것은 생각뿐이다. 나는 그 여자에게 내 부끄러운 모습이 탄로날까 봐 그녀를 얼른 놓아주고 싶었다. 그래서 그냥 돌려보냈다. 여자는 울 듯한 얼굴로, 사장님 제가 뭐 실수를 했나요? 아까 한 말 다 잊어버리세요. 공연히 제가 투정을 부렸던 게지요. 그녀는 아마 나와 하룻밤 잘 것을 생각했을 것이다. 그런데 그냥 돌려보냈으니, 이제와 생각하니 내가 그 여자를 몰라도 너무 몰랐다는 생각이 들었다. 이제 만난다면 엊저녁 같이 자지 않은 몫을 더해주고 싶었다. 아니, 그녀가 서울로 간다면 데려가고도 싶었는데 왜 나는 그 여자가 들어가는 것을 알면서도 모른 척했는가?

그때 숨을 넘기면서 귀에 들릴락말락하게 들려준 어머니 음성이 되살아났다. 그 분은 정말 날 사랑해주셨다. 나를 뭍으로 데려다주는데 아마 한 반년 월급을 다 주었을 것이다. 에미는 시신도 찾을 수 없었던 네 아버지 얼굴이 요즈음에야 선명하게 떠오르는구나. 그는 계단을 내려오면서 순간적으로 스쳐 지나가는 어머니 환영에 몇 번이나 발을 헛디뎠다.

그는 여관 밖으로 나왔으나 갈 곳이 없었다. 내실 앞에서 머뭇거리다가 다시 208호실로 되돌아가고 싶었다. 그 옆방에서 무슨 일이 일어나고 있는지, 은밀히 엿보고 싶었다. 그는 그러한 충동을 벗어버리려고 얼른 밖으로 나왔다. 그리고 위를 올려다보았다. 그때 207호 방 커튼이 안에서 닫혔다. 그는 누가 자기를 엿보고 있는 것 같아서 얼른 여관 앞을 지나쳐버렸다.

그는 사동집이 있다는 등대 쪽으로 가기 위해 어선들이 접안해 있는 선착장으로 들어갔다. 어선들이 서로 이마를 맞대고 접안대에 나란히 앉아 있다. 깃대에서 펄럭이는 깃발과 야간 조명등 위에 햇살이 뛰었다. 짙은 비린내와 어선들이 뿜어내는 기름 냄새와 해풍이 몰고 온 서해안 소금 냄새가 뒤엉켜 코끝을 자극했다.

마침 검게 탄 얼굴에 장화를 신은 건장한 사내가 지나갔다.

"저 배들은 언제 출항하나요? 낮에는 이렇게 다 들어와 있는 건가요?"

나는 무턱대고 물었다.

"밤에 오징어나 새우를 잡으러 나가고, 낮에는 배와 사람들 모두 잠을 잡니다."

사내는 그에게 나이 대우를 해주는지 털털 웃으면서 친절하게 설명했다.

"그래서 이렇게 부두가 조용한가요?"

사내는 검붉은 얼굴 근육을 움직이면서 고개를 끄덕였다.

"요즈음 벌이가 좋은가 봐요?"

"좋아 봤자지요, 뭐. 돈 보고 배를 탑니까? 팔자니까 타지요."

사내는 피우던 담배를 손가락으로 튕기면서 벌쑥 웃었다.

"팔자라서요? 허허허."

그도 따라서 소리 내어 웃었다. 젊은 사내의 우렁우렁하고 텁텁한 말투가 왠지 듣기에 좋았다. 문득 그 오징어 배 기관장 생각이 났다.

"밤에 오징어 배를 좀 탈 수 없겠소?"

사내가 히죽이 웃었다.

"그거 호사 삼아 탈 것이 못 됩니다. 아무나 오징어 배를 타는 거 아니니까요."

사내는 밤배를 타보려는 그가 어린애처럼 순진하게 보였다. 그는 아무나 탈 수 없다는 말에 갑자기 부끄러웠다. 팔자에 타고난 사람만이 배를 탄다. 그러기에 그들은 섬에 갇혀 사는 여자에게 정을 줄 수 있었을 것이다.

"이따금 낚시 왔던 손님들이 호사로 오징어 배나 새우잡이

배를 타지요. 그랬다가 반죽음이 되어 돌아옵니다. 즐기기 위해 낚시하는 것과는 상대가 안 되지요."

"그렇겠군요."

그는 그 말에 그만 부끄러워져 그 사내 앞을 얼른 피하는데, 갑자기 길가에서 찢어지는 여자 비명소리가 들렸다.

"이 자식, 네가 도망을 가. 이 닫힌 섬에서 어딜 가려고? 내 그것 내놔라. 싹둑 잘라버릴란다. 이 도둑놈아!"

얇은 속옷만 걸친 여자가 젊은 사내의 가랑이를 부여잡고 악에 받친 고함을 지르면서 길가로 나왔다. 젊은 사내는 아랫도리에 매달린 여자 앞에서 쩔쩔매었다.

"야, 내가 도망을 쳤냐? 왜 지랄이야?"

그래도 체면을 생각해서 여자를 떼어놓으려 하는데, 여자는 붙잡은 사내 가랑이를 놓고 일어나더니 눈을 부릅뜬다.

"그래, 말 잘했다. 지난번에도 돈 떼먹고 며칠 견뎠지. 돈 없는 주제에 혼자 이불 속에서 용두질을 치지. 이 쌍놈아, 여자에게 그것 공짜로 먹으려는 놈처럼 치사한 놈 없다."

여자가 남자 얼굴에 당장 침이라도 뱉을 듯이 으르렁거렸다.

"이 샹년이 죽을려고 악다구니야."

사내가 뒷주머니에서 돈을 꺼내준다.

"이 망할 놈아! 넌 뭐 그것 값도 에누리할랴냐? 어림없다. 아예 네 그것 보자. 내가 아주 잘라버리겠다."

여자는 사내가 내민 지폐 몇 장을 휙 내던지더니 사내의 사타구니를 우악스럽게 잡고 늘어졌다. 아야야. 이년 사람 잡네. 사내가 비명을 지르면서 길가에 나동그라졌다. 모여든 사람들이 실실 웃는다.

"왜 그래?"

그 검붉은 사내가 나서더니 여자의 어깨를 와락 밀었다.

"얼마면 되나? 아니, 넌 이 바닥에서 장사하지 않으려고 그렇게 손님을 박대하냐?"

사내가 지갑을 꺼내더니 수표 한 장을 여자 앞에 던졌다. 그리고 땅바닥에 쓰러진 사내를 잡아 일으키더니,

"자식 못나기는? 너 앞으로 한 달 동안 여자 곁에 얼씬하지 마라."

주먹으로 사내의 어깨를 탁 치면서 호통을 쳤다. 여자는 비실비실 여관 골목으로 사라졌고, 사내도 급히 선착장 쪽으로 달아났다.

사람들은 일이 다소 싱겁게 끝난 것을 아쉬워하면서 흩어졌다. 그는 그 여자가 어젯밤 여자가 아니어서 마음이 놓였다. 그는 등대다방을 찾아서 그 여자를 만나고 싶었다. 어젯밤에는 내가 몰라서 그냥 보냈으나 오늘 밤에는 내 여관으로 오라고 말하고 싶었다. 그런데 아까 여관 복도에서 만났던 그 여자가 바로 어제 그 여자가 아닌가? 그렇다면 그 여자는 여관만 찾아다

니면서 그 짓을 하는 여자일지도 모른다. 공연히 한 번 동정을 사기 위해서 서울을 가고 싶다고 했을 것이다. 그렇겠군. 그는 결론을 내렸다. 이제는 그 여자로부터 자유로워질 것 같았다.

차츰 졸음이 와서 다리가 휘청거렸다. 생각해보니 엊저녁에 잠을 못 잤다. 여관에 들어가서 편히 잠을 자야겠다. 돈을 치렀으니 오늘은 내 방이다. 나만이 누릴 수 있는 내 방이다. 지금까지 나는 자유로운 방을 누려보지 못했다. 어디를 가나 사장이 묵어야 할 또 하나의 사장실이었다. 두 팔과 두 다리를 죽 뻗고 자고 싶다. 그는 서둘러 여관으로 돌아왔다.

207호실 문 앞에서 잠시 멈춰 서서 방 안의 동정을 귀 기울여보다가, 그러한 자기 모습이 떠오르자 얼른 208호실로 돌아와버렸다. 그래도 207호실이 궁금했다. 그때 옆방에서 물소리가 들리면서 그사이에 분간할 수 없는 목소리가 끼어서 들려왔다. 그는 긴장해서 다시 벽 쪽으로 다가가 귀를 기울였다. 그 여자가 지금 샤워를 하고 있는 것 같다. 왜 샤워를 할까? 커피보온병을 들고 온 여자가 왜 지금까지 방에 머물러 있는가? 물소리가 더욱 커지는 것 같았다.

그는 머리를 어지럽히는 생각들을 쓸어버리려고 욕실로 들어가서 수도꼭지를 틀었다. 쏴아아. 쏴아아. 수돗물 소리가 모든 소리와 생각을 정지시켜버렸다. 그는 옷을 활활 벗고 욕조로 들어갔다.

물은 미지근했다. 물이 살갗에 닿자 온몸에 한기가 퍼졌다. 욕조에서 나와 기다렸으나 더운물이 나오지 않았다. 그는 발가벗은 몸으로 방에 들어와서는 전화로 내실을 불렀다.

"더운물이 안 나오는데요?"

"지금 목욕하세요? 조금만 기다리세요."

여자의 웃음소리가 전화기를 통해 들려왔다.

"더운물 나오는 수도꼭지를 틀어놓고 기다리세요. 차츰 더운물이 나올 겁니다. 그러니 목욕을 하시고 계시면……."

여자 말을 믿고 목욕을 시작했으나 미적지근한 물은 따뜻해지지 않았다. 몸이 덜덜 떨렸다. 화가 나서 욕조 밖으로 나오는데 세면대 위에 붙어 있는 네모난 거울에 비친 자기 모습을 보고는 고개를 돌려버렸다.

벌거벗은 채 우거지 인상을 한 모습이 낯설고 허탈했다. 호텔 사우나에서 보던 벌거벗은 몸이 아니었다. 기침만 해도 종업원들이 달려와서 허리를 굽신거릴 때의 그 모습이 아니었다. 그런데 더운물이 안 나온다고 해도 안내실에 앉아 있는 여자는 웃기만 한다. 아마 벌거벗은 채로 좁은 욕조에서 상을 찌푸리고 있는 모습을 상상하며 웃음을 참지 못하고 있을 것이다.

그는 서둘러 몸에 묻은 물기를 대강 훔치고는 방으로 들어와 이불을 뒤집어썼다. 옆방이 잠잠해졌다. 창문 밖에서 사람 떠드는 소리가 들렸다. 꺼욱꺼욱. 갈매기 울음소리도 아주 가까이

들리는 것 같았다. 그는 잠잠해진 옆방이 궁금해서 뒤집어썼던 이불을 걷어내고 천장을 쳐다보면서 생각을 굴려보았다. 옆방에 신경을 모으니 졸음이 숨어 있다가 몰려왔다.

4.

얼마쯤 잤는가. 눈으로 들어오는 부연 공간이 낯설었다. 바깥에서 왁자지껄 떠드는 소리가 들렸다. 그제야 여관방에 누워 있음을 알았다. 그는 자리에서 얼른 일어나 시계부터 보았다. 5시가 조금 넘었다. 창밖을 내다보니 어선들이 부지런히 항구를 빠져나가고 있었다. 엔진 소리와 닻을 거둬들이는 장정들의 팔뚝과 고함 소리에 항구 주위가 부산스러워지기 시작했다. 사람들도 오전보다 많았다. 거리가 비로소 활기를 띠기 시작했다.

어선들이 정박해 있던 부두를 벗어나자 어시장 거리가 나왔다. 지나가는 사람들은 좌판에 벌여놓은 싱싱한 해물들을 보면서 웃고 있었다. 광어, 빙어, 고등어, 우럭, 넙치, 갖가지 어류들과 어패류들이 시멘트 벽 가두리 안에서 살고 있다. 어서 오세요. 회 한 접시에 1만 원, 소라 한 접시에 8천 원…… 부인네들이 고함을 지른다. 그는 거리에서부터 세 번째 집으로 들어가 모듬회 한 접시를 주문하고 순한 소주를 마셨다. 공복에 마신 술기운이 천천히 온몸으로 퍼졌다. 그는 왠지 즐거웠다. 낮에 거리에서 사내를 혼내던 그 여자가 궁금했다. 그는 수족관에 갇혀 있는 어패류들을 바라보면서 소주를 마시다가 배낭 밑에 숨겨놓은 핸드폰을 꺼내었다. 이 핸드폰을 쓰지도 않고 받지도 않으려고 했다. 모니터에는 '부재 전화 3통'이라는 알림이 나타났다. 나는 문자나 음성을 확인할까 하다가 그만두었다. 그리고 수평선다방 그 아가씨를 불렀다.

그는 맞은편 거울에 비친 자기 상반신을 보고는 웃음이 나왔다. 우선 얼굴이나 차림부터가 전혀 달랐다. 매일 아침 출근 전에 복도에 걸려 있는 대형 거울에서 볼 수 있는 그 건장하고 의젓한 모습이 아니다. 사장실을 들어서면서 윗도리를 벗겨주는 상냥한 비서의 눈길에서 느껴지는 그 품위 넘치는 모습과 너무 차이가 난다. 더구나 모든 전화를 비서를 통해 걸었는데, 낡고 음침한 횟집에 앉아서 낯선 여자에게 전화를 거는 그 모습이 너무 생소했다. 그는 자신의 모습을 바라보면서 자꾸 웃음이 나왔다. 사장으로서의 면모가 아닌 이 섬에 살고 있는 초로의 사내가 어쩌면 그 자신의 모습인지도 모른다. 그 얼굴 위에 오징어 배 기관장의 모습이 숨어 있다가 은밀하게 나타났다.

"아니, 어쩐 일이세요?"

여자는 생각보다 다소곳이 전화를 받았다. 곧 나오겠다고 했다.

소주 한 병을 다 비우고 횟집에서 일어나는데, 앳된 여자가 다가오면서 생글거렸다. 버스에서 봤던 때와는 전혀 달랐다. 청바지에 헐렁한 바바리코트를 입은 그녀는 키도 크고 늘씬했다. 그러고 보니 꼭 대학생 차림이다. 만약 엊저녁에 곁에서 술 따르면서 서울로 가고 싶다던 그 여자를 낮에 다시 만나면 어떤 모습일까. 그는 여자와 나란히 걸으면서 그러한 생각을 했다.

횟집 구역을 빠져나오자 조금 넓은 길이 나왔다. 그녀는 얼른 그의 팔짱을 꼈다.

"이렇게 팔짱을 껴도 되지요? 이 마을 분이 아니시니까, 알아보는 사람이 없겠지요?"

여자는 그의 의향을 물으면서 쫑알거렸다.

"이 마을에서 내가 아는 사람은 딱 둘이 있지."

"누구와 누구예요?"

"아가씨하고 여관 주인……."

"전 사장님에 대해서 아는 것이 없는데요?"

"뭐야? 사장이라고?"

그는 '사장'이라는 호칭에 긴장했다.

"사장 아닌 사람이 어디 있어요. 돈을 가진 사람은 다 사장이니까요."

그는 제 모습이 여자에게 감춰져 있다는 사실에 안심했다.

"등대 쪽으로 산보나 할까?"

그는 여자의 의향을 조심스럽게 물었다.

"이렇게 부르셨으니 사장님 마음이에요. 전 지금 사장님께 시간을 팔았거든요. 그러니까 죽으러 가자는 일 외에는 어디든지 따라가야 하거든요."

"그러면 오늘 밤 열 시까지만 나와 벗해주겠어?"

"왜 열 시예요. 다음에 다른 여자 만나기로 했나요?"

"아니, 아는 사람이 없대두. 그러면 내일 아침 열 시로 할까?"

"좋아요."

여자는 배시시 웃었다.

여자는 그의 팔을 끌고 수협 구판장으로 들어서면서 계속 지껄였다. 그녀는 구판장 네모난 상자에 담겨 있는 갖가지 해산물 이름을 하나하나 알려줬다. 그런데도 그는 기억에 하나도 남지 않았다.

부둣가를 벗어나니 좁은 해안도로가 등대 쪽으로 뻗어 있다. 그녀는 구멍가게에 들어가더니 검은 비닐봉지 가득 무엇을 사 들고 나왔다.

둘은 천천히 등대 쪽으로 걸어갔다.

"저는 심심하면 이곳으로 혼자 놀러 나와요. 어떤 때는 새벽에 나오기도 해요. 모든 것을 잊을 수 있어서 참 좋아요. 바다와 하늘과 갈매기와 그런 것들이 그저 좋거든요."

그녀는 혼잣말을 하다가 이따금 그를 쳐다보기도 했다.

둘은 등대를 뒤에 두고 시멘트 바닥에 앉았다.

"저 바다를 보세요!"

잠시 생각을 날려보내던 그는 여자가 소리치는 바람에 고개를 들었다.

바다가 불그스레 물들고 있었다. 태양이 서편 수평선 위에 간신히 매달려 있으면서 금빛 구슬을 바다에 뿌려놓았는가? 구슬이 소리를 내면서 구르고 또 구르고 있었다. 그 바다 위를 배들이 깃발을 펄럭이면서 대오를 맞춰 미끄러져 가고 있었다.

"참 아름다운데……."

그가 꿈을 꾸듯이 중얼거렸다.

"전 이 섬에 와서 석 달이 가까워오는데도 바다가 이렇게 아름다운 줄은 몰랐거든요. 자주 산보를 나오면서도……."

여자는 정색을 하면서 말했다. 그 말이 전혀 거짓말은 아닌 것 같았다. 여자는 맥주 두 캔을 따서 그에게 하나를 내밀었다.

"어디에서 왔는데……."

그는 맥주를 한 모금 마시고 여자를 쳐다보았다.

"경기도 인천인데 원래는 인천이 아니었어요."

여자도 한 모금 마시더니 뜸을 두고서 잠시 머뭇거리다가 말했다.

"돌아가고 싶지 않아?"

그는 엊저녁 여자 말이 떠올랐다.

"돌아가야지요. 계획대로 일이 되면."

"계획이라니?"

"한 이 년만 착실히 일하면 꽤 돈을 모을 수 있을 거에요."

"돈을 모아 무엇을 하려고?"

"그럴 사정이 있어요."

아마 세상에서 그럴 사정은 누구나 다 갖고 있을 것이다. 여자는 망연히 먼 바다만 바라봤다. 해는 불덩어리가 되어 수평선 바로 위에 살포시 앉아 있다.

"제 이야기 하나 들어주실래요?"

노을이 그녀의 얼굴 위에 부서졌다.

"제가 지난 초여름에 이곳으로 낚시하는 남자 친구들을 따라 왔었어요. 애인끼리는 아니고, 세 쌍이 왔었지요. 그런데 밤에 이 등대로 산책을 나왔다가 고등학교 때 친구를 만났어요. 집안에서 행방불명이 되어 찾고 있던 친구였는데, 사정을 듣고 보니 이 섬으로 팔려온 것이었어요. 남자 친구를 사귀었는데, 그 사내가 악질이었던 거죠. 듣고 보니 막막하데요. 더 무서운 것은 그 친구가 전혀 섬 밖으로 나갈 생각을 하지 않고 있었어요. 이 섬에서 그냥 죽을 수밖에 없다는 식이지요. 매일 술과 사내 틈에서 지내는 겁니다. 그렇다고 돈을 버는 것도 아니고요. 벌써 서너 손을 거쳐 이곳으로 왔으니 몸값만도 천만 원이 가까웠어요. 저는 결심을 했어요. 듣고 보니 자기 몸만 좀 조심하고 술을 마시지 않으면 그 친구를 구할 수 있을 것 같았어요. 저는 일 년 기한을 두고 이 섬에 남아 있기로 했죠. 같이 왔던 친구들에게는 비밀로 하고…….”

여자가 말하는 동안 맥주를 두 캔을 비웠다.

“제 생각이 엉뚱하지요?”

그녀는 말을 마치고 그를 쳐다보았다.

“엉뚱하다고? 아름다운데, 어떻게 그럴 생각이 났어?”

“친구가 너무 불쌍했어요. 너무너무 착한 아이었어요. 그런데 어떻게 남자가 사랑을 미끼로 여자를 그렇게 만들 수 있어요. 나는 그 남자를 만나면 죽이고 싶은 생각이 앞섰지만, 나중에 자유롭게 이 섬을 빠져나간 다음에 그 사내에게 복수하리라 마음먹었지요.”

그는 너무나 당차고 아름다운 여자 마음에 뭐라고 할 말이 없었다. 그러나 이 여자의 말을 믿어야 할지 생각이 잡히지 않았다. 믿지 않기에는 자신이 야박해 보이고 믿기에는 너무 순진해 보인다. 그러나 믿고 싶었다. 손해될 것도 없고. 야박한 것보다는 순진한 것이 좋다.

그도 이 여자에게 뭔가 이야기를 하고 싶었다. 자기를 철저하게 숨기고서 며칠 이 섬에서 지내기로 했던 그 생각이 허물어지기 시작했다. 자기를 숨기고서 무엇을 하려고 했던가? 일상적인 억압에서 벗어나 좀 자유로움을 맛보려고 했다면, 그 자유로움은 무엇일까? 거칠 것 없는 행동과 말, 그리고 천진스러운 짓거리? 두꺼운 옷을 벗어버리는 것인가? 그가 입고 있는 두꺼운 옷은 과연 무엇인가?

"아가씨 이야기 값을 갚기 위해 나도 이야기를 하나 할까? 내 친구 이야기인데, 이 섬과 관계가 있거든 들어주겠어?"

그는 자신을 친구로 바꿔놓고서 이야기를 시작했다. 여자의 표정이 자못 진지했다.

평소에도 말을 지극히 아끼던 어머니였다. 서울에서 큰 저택에 경비원까지 두고 살고 있는 아들에 대해서도 주위 사람들에게 자랑하는 말 한마디 하지 않았다. 그 아들 집에 드나드는 것까지도 조심스러웠다. 이유는 낯선 서울 집이 불편하고 은혜원에 있는 친구들과 어울려 사는 것이 즐겁다는 것이다. 바쁘게 사는 그는 이따금 어머니가 군산에서 식당을 했던 기억을 떠올렸다. 그러다가 그가 그룹의 중역이 되고 사장이 되자, 그런 기억도 차츰 퇴색되었다. 그러나 어머니는 홀로 살면서 모은 적잖은 재산을 교회에 기증하여 은혜양로원을 설립했는데, 거기에서 다른 노인들과 더불어 노후를 보내고 있었다. 그러다가 82세가 되던 해부터 거동하기가 불편할 정도로 건강이 안 좋아졌다. 그러나 끝내 서울로 올라오지 않았다. 아들이 위독하다는 연락을 받고 아들이 앰뷸런스를 끌고 내려갔으나 끝내 어머니는 은혜원을 뜨지 않았다.

그는 임종하기 전날 어머니로부터 숨겨두었던 이야기를 듣게 되었다.

"이 에미는 팔십 평생을 살아오면서 남에게 해를 끼치려 하지 않았는데, 네게는 숨겨온 비밀이 있다. 숨긴다는 것은 거짓말인데 이대로 그것을 갖고 가서 어떻게 주님을 만나겠니? 그러므로 이 이야기가 네게는 큰 부담이 되겠다만 알아야 할 것이다. 나는 주님의 은혜로 한평생 너무나 많은 사랑을 주위 사람들에게 받으면서 살아왔다. 그것은 아마 주님께서 그들을 통해서 내게 사랑을 깨닫도록 하시기 위해서일 게다. 그러니 너도 이제 남은 여생을 남을 돕고 사랑을 베풀면서 살아가도록 해라."

어머니는 아들에게 이렇게 당부하고서 비밀을 털어놓았다.

어머니의 고향은 전라북도 익산이었다. 젊은 아버지가 집을 떠나 행방이 묘연해지면서 혼자서 집안을 꾸려가기 어려웠다. 딸 셋에 아들 둘을 키우기에는 생활이 너무 벅찼다. 어느 해 극심한 홍수로 집안 살림들이 떠내려가고 몇 마지기 논에 지은 농사마저 건질 수 없게 되자 살림을 정리했다. 밑으로 동생 둘은 어머니가 맡았고, 남은 열 살과 열다섯인 자매와 열두 살인 아들은 남의 집 양아들이나 부엌데기로 나가 살게 되었다. 그때 열다섯인 어머니는 군산 부둣가에 있는 식당에 들어가 잔심부름을 하면서 밥이나 얻어먹게 되었다. 그런데 어느 날 돈을 벌수 있다는 소식을 듣고 청해도 사동집까지 오게 되었다. 그때 사동집에는 파시 때에 뱃사람들을 상대로 돈을 벌려고 각처에서 모여든 여자들이 많았다.

어느 해, 파시 때도 아닌데, 웬 젊은이가 와서 며칠을 지내었다. 손님이 많지 않던 때라 사동집은 여관을 겸했다. 스물 남짓한 그 사내는 양갓집 아들처럼 번듯한 외모로 여자들의 마음을 사로잡았는데, 몸이 허약해서 섬을 돌아다니면서 휴양하고 있었다. 어머니는 그 사내로부터 사랑을 받게 되었다. 그러나 그것은 술 따르는 여자의 순정 이상은 아니었다. 사내는 술잔을 옆에 놓고 육자배기를 즐겨 불렀다. 그러나 사내는 사동집에 오래 머물지 않고 다른 섬을 찾아 떠났다.

그해 늦은 가을에 철 지난 오징어 어장이 형성되면서 고깃배들이 이 섬으로 몰려들었다. 그때 어머니는 또 순진한 뱃사람의 사랑을 받게 되었다. 오징어 배 기관장으로 서른둘인 그 사내는, 주인에게 수월찮은 돈을 물고 어머니를 데려다 군산에 살림을 차렸다. 그들 부부는 비록 한 달에 대엿새 정도 만났으나 행복했다. 그러는 사이에 어머니는 아기를 갖게 되었다. 그 사실을 알게 된 기관장 사내는 뛸 듯이 좋아했다.

그해 봄 사내는 출어를 나갔다가 돌아오지 않았다. 어머니는 선주로부터 적잖은 보상금까지 받았고, 그해 가을에 아들을 낳았다. 주위 사람들은 어머니에게 팔자가 기박하다고 수군거렸으나, 아들을 의지하고 일평생 살기로 마음을 굳게 먹었다. 더구나 그 먼 섬에서 자신을 구해 이곳으로 데려온 그 청년을 생각하면 일평생 그 사랑만을 간직하고 살아갈 수 있다고 다짐했다. 그래서 군산항 근처에 작은 탁주집을 차렸고, 뱃사람들은 아이 아버지에 대한 정을 전하는 심정으로 술을 팔아 줬다.

그러던 어느 날이었다. 그가 다섯 살쯤 되었을 때 어떻게 알았는지, 육자배기를 좋아하는 그 청년이 찾아왔다. 청년은 아기를 보더니 '내 아기'라면서 즐거워했다. 어머니는 숨기지 않고 살아온 과정을 전부 이야기했다.

그 후로 청년은 자주 집에 드나들었고, 생활비도 적잖게 대주었다. 그는 유명한 선주집 아들로 돈에 여유가 있었다. 그런데 그 청년은 그가 여덟 살이 되던 해, 그러니까 전쟁이 일어나던 해 이후로 다시 나타나지 않았다. 어머니는 전쟁이 끝나자 그를 데리고 서울로 올라왔다.

어머니는 꺼져가는 기운을 겨우 붙들고 마지막 말을 했다.

"네 아버지는 그 오징어 배 기관장인 천성규라는 분이다. 그분은 참 좋은 분이셨다."

어머니는 그 한마디를 남기고 눈을 감았다. 그는 그 육자배기를 좋아했던 청년을 아버지로만 알았다. 호적에도 그렇게 되어 있었다.

장례를 치르고 나자 다시 어머니의 마지막 말이 자꾸 떠올랐다. 이제 나는 어떻게 되는 것인가. 곤혹스러웠다. 그런데 차츰 의문이 생겼다. 어머니는 내가 인생을 거의 살아온 이 마당에 덮어두면 될 일을 왜 들춰내어서 이렇게 자식을 혼란스럽게 만드는가? 의아했다.

그는 출생의 비밀을 들었으나, 그것은 혼자만 알고 있는 것이어서 덮어둘 수 있었다. 어머니의 시신을 땅에 묻은 것처럼 그 이야기도 영원히 묻어둘 수 있었다.

그는 얘기를 마치고 캔맥주를 따서 한 모금 마셨다.

"다 아름다운 사람들이네요. 뱃사람의 아들을 자기 아들처럼 생각했던 육자배기 청년이나, 그러한 비밀을 끝내 숨겨버리지 않고 죽음 앞에서 아들에게 전한 그 어머니나, 자기의 삶에는 아무런 필요, 아니 오히려 해악이 될 그 사정을 묻어두지 않고 고민하는 그 아들 모두가 참 아름다운 사람들이네요. 사장님 친구 분 참 좋으신 분이에요."

이야기를 듣던 여자는 이 초로의 신사가 보통 분이 아니라는 것을 느꼈다. 말 그대로 낚시 왔다가 섬을 구경하기 위해 일부러 일행과 떨어지지는 않았을 것 같았다.

밤바다가 더 넓고 더 깊고 더 막막하게 생각되었다.

"이 섬에는 참 불쌍한 여자들이 많아요. 아까 제가 말한 그 친구처럼 사방이 바다로 둘러싸인 이 작은 섬에 인생을 묻어놓고 살아가고 있어요. 속고 속아서, 또는 피치 못할 사정으로 섬으로 들어오면 술과 남자의 품에서 벗어날 수 없고, 설사 벗어나고 싶어도 사방에서 그를 감시하는 눈총들이 날카롭게 번득이고 있어서 옴짝달싹할 수 없어요. 그러나 전 완전히 자유예요. 이곳 티켓 다방에서 유일한 자유계약자지요. 저를 우습게보지 마세요. 호호호."

여자는 캔맥주를 세 개째 비우면서 경쾌하게 웃었다.

둘은 사동집 부근까지 왔다. 유행가 가락이 흘러나왔다. 그것은 바닷소리와 어울려 묘한 여운으로 들렸다.

"내가 아가씨를 위해 뭘 좀 해주고 싶었는데. 사실은 말야 어젯밤에 어떤 아가씨로부터 서울로 올라가고 싶다는 하소연 비슷한 말을 들었는데도 그냥 지나쳐버렸거든. 그 때문에 마음이 켕기는데 그래서 대신 아가씨가……."

나는 돈을 줄 테니 그 친구를 구해서 고향으로 돌아가도록 권하고 싶었다.

"그랬어요? 그러면 제가 그 여자를 찾아보겠어요. 참 등대다방이라고 하셨어요?"

여자는 내 말이 믿기지 않는다는 투로 눈알을 자꾸 굴렸다.

"사장님이 그렇게 돈이 많아요? 혹시 여자 장사꾼 아니에요?"

"아냐. 난 그 친구 어머니처럼 한 여자를 구하고 싶은 거지."

"사랑하지도 않으면서 구해주시는 것은 동정이죠. 아마 어젯밤 그 여자는 사장님께 돈을 원했던 것이 아니라, 하룻밤 풋사랑이라도 원했을 겁니다. 그런데 사장님이 그냥 돌려보냈으니, 얼마나 실망했을까요?"

어둠 가운데 여자의 눈동자가 빛났다. 그는 얼굴이 따가웠다. 오늘 하루 이 섬에서 완전한 익명인으로 지내려 했던 그 의도가 무엇인지 애매해지기 시작했다. 아무도 모르는 가운데 신분을 숨기고 지낸 그 시간에서도 그는 수없이 많은 허위를 스스로 만들었다. 왜 어머니 이야기를 친구 이야기로 말했는지 후회되었다.

5.

꿈인가. 고함을 지르는 소리에 잠이 깨었다. 그런데 깨고 보니 주위가 너무 조용했다. 서편 창은 이미 밝아 있었다.

옆자리에 여자는 없었다. 그는 우선 방구석에 있는 배낭부터 뒤져보았다. 맨 밑에 차곡차곡 쌓아놓은 만 원권 큰 두 다발은 그대로 있었다. 지갑을 펼쳐보았다. 여자에게 주다가 남은 만 원 지폐들도 그대로 있었다. 여자에게 얼마를 준 기억은 없었으나, 지갑은 그대로 있어서 안심했다.

어젯밤 등대에서 나와서 그 해송 숲에 있는 모텔 지하에서 다시 술을 마셨다. 그는 그 옆 사동집 쪽으로 가자고 했으나 여자가 만류했다. 그곳은 사장님이 가시면 안 됩니다. 그 친구 어머니 혼령이 사장님을 나무라실 겁니다. 참 혹시 그 친구라는 분이 바로 사장님 아니세요? 그렇게 묻는 바람에 그는 대답을 못 하고 여자 말을 따를 수밖에 없었다.

둘은 여관으로 왔다. 그는 다시 낮에 보온병을 들고 복도에서 어정거리던 그 여자가 지금도 옆방에 있는 것처럼 생각되었다. 여자와 잠자리를 같이했으나 전혀 일이 안 되었다. 우선 정욕이 일지 않았다. 여자가 정성을 다하면서 애를 썼으나 그의 남성은 반응이 없었다. 여자의 모습에서 어머니 얼굴이 떠오르기도 했고, 호텔에서 만났던 그 여자의 울먹이는 모습이 겹쳐지기도 했다.

스쳐 지나가는 엊저녁 일을 털어버리려고 벌떡 일어났는데, 계단을 밟고 올라오는 거친 발자국 소리가 들렸다. 여관 앞에서 웅성거리는 사람 소리가 났다.

그는 일어나 옷을 입었다. 복도가 시끄러웠다. 누가 문을 두드렸다. 경찰관 두 사람과 겁에 질린 안내실 여자가 서 있었다. 의사 복장을 한 사람과 장정 몇 사람이 들것을 들고 올라왔다.

"옆방에서 살인 사건이 일어났어요. 여자가 사내를 죽이고 자수를 했어요."

안내실 여자가 더듬거렸다.

"당신은 얼마나 깊은 잠에 빠졌기에 옆방에서 그 소동이 벌어졌는데도 몰랐나요."

경찰관이 그를 쏘아보았다. 그는 덜컥 겁이 났다. 숙박계에 아들 이름을 대신 써넣은 것이 마음에 걸렸다. 그는 복도로 나왔다. 옆방에서 여자가 경찰관에 이끌려 나왔다. 어제 낮에 잠깐 눈이 마주친 여자였는데 바로 보니 호텔에서 만난 여자는 아니었다. 그는 한숨을 내쉬었다. 그때였다. 야야. 여자 고함 소리가 들려왔다. 어제 같이 잠을 잤던 그 여자였다. 왜 니가 그 짓을 했나? 일 년만 기다리라고 했는데. 그 여자는 사내를 살해하고 자수한 그 친구를 부여잡고 울부짖었다. 그는 멍하게 두 여자 앞에서 모든 생각이 꽉 막혀버렸다. 섬이 둥둥 떠가는 것 같았다. 그는 배낭을 들고 황급히 계단을 내려왔다. 자꾸 숙박계에 기재한 아들 이름이 마음에 걸렸다.

섬을 떠나며

1.

　사방이 온통 칠흑 같은 어둠이다. 동굴 안에서 바다를 향해 앉아 있던 양현은 가만히 상체를 좌우로 움직여보았다. 어둠이 몸에 착 달라붙어 떨어지지 않았다. 그는 눈을 몇 번 껌벅여보았다. 동공이 차츰 열리면서 어둠이 엷어지는 듯했다. 어디선가 미세한 소리가 그 철벽 같은 어둠의 틈새를 비비고 들려왔다. 찰싹. 찰사르륵. 찰싹. 찰사르륵.

　만조가 된 바다는 둔탁한 몸짓으로 해변가에 어깨를 맞대고 누워 있는 너럭바위와 물장난을 치고 있다. 양현은 그 소리에 귀를 모으다가, 혹시 지나가는 고깃배의 불빛이라도 찾아보려 했으나 어둠뿐이다. 순간 가슴이 탁 막혔다. 만조가 된 바닷물이 넘쳐서 그가 앉아 있는 동굴이 잠길 것만 같았다.

　그는 바위벽에 의지했던 몸을 일으켜 바로 앉았다. 그때 머리 위에서 기척이 났다. 시간이 정지되어 있는 듯한 정적에 숨이 칵 막혔다. 사방에서 누가 노려보고 있는 것 같았다. 그는 두려움 때문에 몸을 움직일 수 없었다. 푸드득, 푸드득, 끽꾹꾹. 박쥐가 퍼득이는 소리였다. 순간 그의 온몸을 감싸고 있던 어둠이 물러가는 듯이 긴장이 스르르 풀렸다. 박쥐 소리에 양현은 자신이 살아 있음을 확인했다.

동굴 안쪽은 더욱 어둠이 두껍게 깔려 있다. 그는 몇 번이고 눈을 감았다가 뜨면서 동공의 열림을 조절해보았으나, 어둠은 조금도 여유를 주지 않았다. 그는 손으로 바닥을 더듬으면서 안쪽으로 더 들어갔다. 편편한 현무암 돌들이 규격에 맞추어 있다. 사람들이 일부러 돌을 다듬어 깔아놓은 것이다. 마을 외곽 지대인 이 바닷가는 낭떠러지 절벽인데, 그 위에는 넓은 잔디밭과 연이어 솔밭이 있다. 바다를 바라보는 큰 동굴에는 용왕신을 모신 마을 해신당(海神堂)이 있다. 마을에서는 이곳에서 철마다 용왕제를 지냈다.

둥둥둥. 어디선가 무구(巫具) 북소리가 들려왔다. 심방이 자지러진 무가(巫歌) 소리 틈으로 여인의 흐느낌도 끼여 들렸다. 초여름 한없이 뻗어나간 수평선을 바라보면서 절벽 위 잔디밭에서 놀던 아이들은 굿소리를 따라 절벽 사이로 난 좁은 길을 어렵게 내려와 동굴 어귀에 모였다. 그런데 그들은 동굴 안에서 벌어지는 일을 보고는 한 발자국도 움직이지 못했다. 울긋불긋한 옷을 입은 여자 심방이 두 손에 신칼과 설쇠를 흔들면서 미친 사람처럼 춤을 추고 있었다. 그 춤에 장단을 맞추는 소고들과 바다를 향해 넋을 잃고 앉아 있는 소복한 노파, 고개를 숙이고 흐느끼는 젊은 여인네 모습에 아이들은 어쩔 줄을 몰랐다.

"아이고, 내 새끼. 아이고, 내 새끼, 이제랑 원 없이 잘 가라. 좋은 곳으로 잘 가 살아라."

아이들에게는 그 여인네의 울음이 물새 울음처럼 들려왔다. 둘째 아들이 작년에 자돔을 뜨러 바다로 나갔다가 돌풍에 휘말려 죽었다. 세 사람이 죽었는데, 그중 한 사람은 시신도 찾지 못했다. 이제 그의 혼백을 위로하는 씻김굿을 하는 것이다. 아이 중에 누군가가 굿 내력을 설명했다.

어린 그는 그 동굴에서 벌어지는 굿 장면을 보다가 이상한 생각이 떠올랐다. 그 사내는 죽지 않고 어딘가에 살아 있을 것 같았다. 파도에 떠밀려 내려가다가 어느 무인도에 표류해 있을 것이다. 저렇게 잔잔한 바다가 사람을 집어삼켰다는 것이 이해되지 않았다.

시체를 찾지 못했으면 어떻게 되었을까? 고기밥이 되었겠지? 고기밥? 고기가 사람을 먹어? 사람 고기처럼 맛있는 것이 없대. 뭐? 그는 뒤따라오던 아이들 말에 온몸에 소름이 돋았다.

그 굿판을 구경한 이후로 양현은 이 부근에 와서도 일부러 이 동굴을 피했다. 학교가 파한 후에 잔디밭은 곧잘 아이들의 놀이터가 되었다. 그는 바닷가로 내려와 아이들과 어울리다가도 동굴 쪽을 바라보는 것조차 꺼렸다. 그 주위에는 죽음의 짙은 그림자가 늘 어둑하게 깔려 있는 것 같았다.

마을에서는 음력설과 입춘 사이 어느 한 날을 정해서 이곳에서 영등제를 지냈다. 그때가 되면 마을에서는 한밤을 울리는 북소리가 들렸다. 그는 그 소리가 마치 죽음의 사신을 맞아들이는 소리처럼 싫었다. 더 자란 후에 영등굿은 바다 신에게 고기 씨앗과 미역 씨앗을 많이 뿌려달라고 기원하는 제사라는 것을 알게 되었다. 동굴에서 그런 제사가 이루어진다는 것은 그럴 듯했다. 그런데 지난날 그 씻김굿 장면이 떠올랐다. 죽음과 풍요, 이 엇갈림이 그에게는 곤혹스러웠다.

풍요를 만들어주던 이 바다와 동굴이 결국 그에게 죽음의 공간이 되어야 하는 사건이 벌어졌다. 해방 되던 해였다. 읍내 금융조합에 근무하던 삼촌은 제주에서 큰 전쟁이 벌어질 것에 대비해 가족을 이끌고 육지로 피난 가다가 미군기 공습으로 바다에서 죽고 말았다. 양현이 사범학교 1학년 때였다. 위험한 전쟁이 일어날 섬을 피해서 안전한 곳으로 향하다가 바다에서 죽게 되었다니, 정말 이해할 수 없는 일이었다. 그때 양현에게 바다는 육지로 나가려는 사람을 가둬놓는 철벽 같은 감옥으로, 곧 죽음의 공간이었다. 그해 영등굿을 치르고 난 후 집안에서는 며칠 동안 준비한 대로 삼촌 가족의 원혼을 달래는 씻김굿을 이 동굴에서 일주일 동안 벌였다.

동굴 천장에서 기척이 들렸다. 박쥐가 날갯짓을 되풀이하고 있다. 박쥐도 이 굴 안에 혼자가 아니라는 것을 알고 있는 모양이다. 그 역시 박쥐라도 함께 있다는 것이 다행스러웠다. 그가 여기로 온 후 사람은 그림자도 만나지 못했다. 처음에는 사람이 두려웠는데, 이틀 밤을 지내고 나서부터는 사람이 그리워지면서 초조해지기 시작했다. 세상으로부터 미아가 되어 이 동굴에서 한 발짝도 나가지 못할 것만 같았다.

양현은 동굴 벽 뾰족뾰족한 바위에 등을 붙이고 다리를 쭉 뻗고 편안한 자세로 앉아 어둠이 겹겹이 쌓여 있는 바다를 응시했다. 차츰 어둠이 자유롭게 느껴지기 시작했다. 처음 이 동굴에 도착했을 때 그를 맞은 것은 박쥐와 다리가 긴 게들뿐이었다. 그는 그것들도 두려워서 피했다. 이따금 정강이로 기어오르는 게들 때문에 신경이 곤두섰다. 박쥐의 기척에도 소름이 끼쳤다. 그러나 이제는 익숙해졌다. 생물들뿐만이 아니다. 몸에 와 닿는 딱딱한 바위 감촉까지도 불편하게 느껴지지 않았다. 이 동굴에서의 첫날밤에는 잠을 설쳤지만, 그 뒷날부터는 몰려오는 잠에 편안하게 몸을 맡길 수 있었다.

2.

오늘은 이 동굴에서 사흘째이다. 바다는 아침부터 잔잔했다. 누워서 뒹굴고 싶을 정도로 보드랍고 윤기 나는 수면이 한없이 수평선을 향해서 펼쳐 있다. 그것은 무한한 자유를 생각하게 했다. 삼면이 검은 화강암 벽으로 막혀 있는 동굴과 사방으로 한없이 펼쳐진 자유의 공간인 바다와 그 수평선, 그것은 서로 다른 극과 극의 공간이었다. 그러나 한 면만이 허락된 동굴에서 수평선을 바라볼 수 있다는 것은 여간 다행이 아니었다.

마을 누이 집에서 떠날 때 비상식량으로 마련해온 미숫가루와 볶은 콩과 편육이 얼마 남지 않았다. 앞으로 일주일은 더 견뎌야 저 바다를 넘어 갈 것이다. 비상식량은 되도록 아껴야 한다는 것을 알면서도, 허기 때문에 그중 얼마를 이미 축내버렸다. 누이는 친정아버지로부터 입산한 동생의 탈출을 도우라는 부탁을 받고 비상식량을 준비해두었다.

그는 빨치산의 해방구인 중산간 마을 누이 집에 들렀다가 사정을 알게 되었다. 누이가 전하는 아버지의 간곡한 청을 물리치지 못해서 새벽닭이 울자 누이 집을 떠났다. 아침 해가 뜰 무렵 면사무소가 있는 해변 마을의 서편 이 동굴 위 언덕 솔밭에 도착했다. 동굴에서 기다리고 있으면 사람이 찾아올 것이라는 누이의 말을 믿었다. 그는 막연한 약속을 믿고 밤이 되도록 솔밭에서 숨어 지냈다. 솔밭에는 키 큰 소나무들이 잘려서 가로세로 쓰러져 있었다. 빨치산 토벌작전을 위해 섬 일주도로 마을 외곽 끝에서 반경 1킬로미터 안에 있는 숲의 나무를 모두 베어버리도록 지시가 내려졌다. 그는 마을로 잠입하다가 그렇게 황폐해진 숲을 보고는 가슴이 막막했다. 사방에서 자기를 노리는 수많은 총구들이 있을 것 같았다. 마을 민보단원들이나 군과 경찰이 자기를 찾기 위해 마을 주위를 빈틈없이 수색하고 있을 것 같았다.

베어 쓰러져 있는 무성한 솔가지는 몸을 숨기기에 알맞았다. 그는 솔가지 밑에 은신해 있으면서 바닷소리를 들었다. 그리고 건너 잔디밭에서 놀던 때를 어린아이처럼 생각했다.

소풍 때면 잔디밭은 학교 운동장이 되었다. 씨름을 하고, 말타기를 하고, 노래를 부르고, 그렇게 놀다가 지치면 모두들 잔디밭에 누워 먼 바다를 내다보면서 배를 타고 육지로 나갈 꿈을 꾸었다. 어쩌다가 긴 굴뚝에 한가롭게 연기를 피워올리며 지나가는 기선이라도 보게 되는 날이면, 좁은 이 섬을 떠나기 위해 바다를 건너갈 생각이 더욱 간절했다. 그러다가 점심시간이 되면, 어머니가 싸주신 도시락을 먹고 절벽 사이 좁고 험한 길을 아슬아슬하게 타 갯가로 내려갔다.

간조가 된 바다도 역시 즐거운 놀이터였다. 너럭바위들이 등과 어깨를 맞대고 적당한 거리를 두고 들어앉아 있다. 그 바위

틈으로 손을 넣으면 밀물 때에 들어와 있던 조개들이 한 움큼씩 손에 잡혔다. 어떤 날에는 소라와 새끼 전복도 잡혔다. 그것들을 꺼내고 바위에 편안하게 앉아 있으면 마음이 흐뭇하였다. 조약돌로 조개를 깨어서 바닷물에 씻고 입에 넣으면, 짭짤한 조갯살이 맛있었다. 그러나 바다가 이렇게 마냥 즐거운 곳만은 아니었다. 그에게 바다는, 그 언젠가 삼촌처럼 죽음의 공간으로 다가오기도 했다.

초등학교 5학년 때였다. 마을 바로 앞 포구를 낀 바다에는 마을 공동 미역 어장이 있었다. 구멍이 송송 뚫린 현무암을 쌓아 올린 방파제가 있고, 그 주변에는 썰물 때면 너른 돌짝밭이 펼쳐져 있어, 고기 낚고 조개 잡기에 알맞은 곳이었다. 아이들은 여름 한철을 그곳에서 지냈다.

그날은 토요일이었고 마침 간조 때였다. 양현은 학교 오전 수업이 끝나자 집에 들러 낚싯대를 준비하고 곧장 바다로 나왔다. 아이들은 대나무 낚싯대로 큰 바위틈에서 고기를 낚거나 작은 돌들을 뒤집으면서 조개를 잡기도 했다. 그는 새로 산 운동화를 신고 뾰족뾰족한 화강암 바위 위를 다니기가 불편했다. 그래서 신을 벗어 편편한 너럭바위 위에 놓고 맨발로 돌아다니면서 고기 낚고 조개 잡는 데 열중했다. 지지난 토요일에는 어른 손바닥보다 더 큰 우럭을 세 마리나 낚았다. 그때의 감격은 그 후에도 두어 번 꿈에 나타날 정도였다. 그 후 그는 물이 썰 때를 기다리느라 2주일이 두 달처럼 길게 느껴졌다. 그날 학교가 파할 시간에 맞춰 간조 때가 되었다.

낚시에 정신을 빼앗겼던 그가 허리를 펴고 사방을 둘러보니 벌써 물이 빠르게 밀려들고 있었다. 운동화를 벗어놓았던 바위는 이미 물에 잠겨 있었다. 운동화가 두둥실 바다로 떠내려가고 있었다. 급한 김에 그는 뭍으로 올라와 옷을 벗고 바다로 뛰어들었다. 헤엄에는 그 또래에서 자신이 있었다. 그러나 운동화는 파도에 밀려서 이미 멀리 달아나 있었다. 그는 운동화를 잡으려고 온 힘을 다해 헤엄쳤다. 그러나 운동화와의 거리는 좀처럼 좁혀지지 않았고 오히려 점점 멀어져갔다. 차츰 팔과 다리를 마음대로 놀릴 수 없게 되었다. 바닷물이 노랗게 보이면서 하늘이 빙글빙글 돌았다. 바다가 어둑한 공간으로 변했다.

그는 꿈에서 깨듯이 희미하게 정신이 되돌아오는데, 귓가에 "살았다!" 하는 나지막한 소리가 들렸다. 그가 어렵게 눈을 뜨자 그 주위를 둘러싼 사람들 모습이 두세 겹으로 나타났다.

그 일이 있은 후부터 아버지는 바다에 출입 못 하도록 엄명을 내렸다. 그는 바다가 보이는 동산에 올라가 바다 건너 육지로 달려가는 꿈을 꾸곤 했다. 어쩌다가 연기를 뿜으며 지나가는 큰 기선이라도 보게 되면 가슴이 설레었다. 바다 금족령은 오히려 바다에 대한 그리움을 더하게 만들었다.

"공연히 그깟 운동화 때문에 큰일 날 뻔했다. 미련한 놈!"

아버지는 그 사건으로 아들에 대한 기대가 반쯤 무너져버렸다. 영특하고 재주 있다고 동네에 소문이 자자했는데 그렇게 미련할 수 있을까? 운동화 한 켤레를 대범하게 내버리지 못해서 목숨을 걸었던 그 무모함과 미련함이 못마땅했다. 상황을 적당하게 요리하면서 대응하지 못하는 아들이 이 난세를 어떻게 살아갈까 두려웠다. 중요하고 덜 중요한 것을 판단할 줄 모르고 작은 것에 집착하는 아들이 우둔하게 보였다.

아버지는 그를 적당하게 길들이기 위해서 사범학교로 진학시켰다. 선생은 세상을 무난하게 살아가는 데 알맞은 직업이라고 믿었다. 중학교를 나와 전문학교나 대학에 진학했을 경우, 섣부른 명분과 얄팍한 의협심을 통제하지 못해 일을 저질러 아들이 주재소와 재판소 출입을 하다가 세월을 잡아먹게 되지 않을까 걱정되었던 것이다.

사범학교에 입학하자 그는 처음으로 바다 건너 섬 밖으로 나갔다. 늘 꿈꾸던 일이 이루어진 것이다. 그러나 배를 타는 일은 엄청난 고통이었다. 제주항에서 아버지와 읍내 삼촌의 배웅을 받으면서 제주와 목포 간 연락선에 오를 때까지는 기분이 괜찮았다. 그런데 여객선이 축항 밖으로 빠져나와 환송객들이 흔드는 손길이 아득하게 멀어지자 슬픔에 목이 메었다. 눈물을 글썽이면서 광막한 바다에 혼자 떨어져 있는 외로움에 가슴이 떨렸다. 그는 그렇게 슬픈 모습을 누가 볼까 부끄러워 갑판 위로 올라와 바다를 바라보기만 했다. 그때 빠른 물살로 흔들리는 선체 때문에 온몸이 요동쳤다. 몸이 휘청거리고 머리가 빙글빙글 돌면서 뱃멀미가 시작되었다.

배 난간에 기대어 선체 밖으로 고개를 내밀고 수없이 토악질을 했다. 누가 쯧쯧 혀를 차면서 그의 등을 도닥거렸다. 노란 쓸개 물까지 토해내고서야 그는 선실로 돌아와 쓰러져버렸다. 뱃멀미는 목포와 제주를 오가는 연락선에서 1년 동안 계속됐다. 그러는 가운데 차츰 배 타는 데 익숙해지자, 이번에는 한밤중 목포에 내렸을 때 몰려오는 호객꾼들과 실랑이를 벌이는 것이 부담스러웠다. 바다를 건너는 피곤한 여행을 끝내고 막 뭍으로 내리는 섬사람들에게 내쏟는 육지 사람들의 눈총은 날카로웠다. 잘못하다가는 완전히 그들의 손아귀에 잡혀버리기 마련이었다.

그렇게 제주와 목포 간 연락선을 타고 제주 해협을 1년에도 몇 번씩 드나들면서 몇 년 동안 아버지 뜻대로 학교를 얌전히 다녔다. 그러다가 양현은 사범학교 졸업을 몇 달 앞두고 아버지를 배반하기로 작정했다. 그것은 아들을 조종하며 살아온 아버지를 향한 직접적인 도전이었다. 어쩌면 자신에 대한 반란인지도 모른다. 하여튼 그는 아버지 슬하를 떠나게 되었다. 1948년 4월 1일부터 고향 읍내 소학교로 한 달 동안 2차 교생 실습차 귀향했다. 그러나 겨우 2주일을 참다가 실습을 포기하고 한라산으로 들어가버렸다. 그해 제주에서는 4월 3일을 기해서 좌익 무장대가 섬 곳곳에서 봉기를 일으켰다.

그의 부친은 아들이 학교 명령을 어기고 귀교하지 않았다는 사실을 그해 6월 중순께 알았다. 경성사범학교장은 다음과 같은 서신을 보냈다.

"……귀댁 자녀 양현 군이 제주도 북제주군 제주읍 소재 제주북국민학교로 제2차 교생 실습 배정을 받고 착임한 이후 소식이 묘연하여 통지하오니, 이 서신을 받는 즉시 양현 군의 처지를 즉각 통보해주시고 댁의 자제가 곧 귀교하도록 모든 조치를 취해주십시오. 만약 소식이 없을 때에는 금년도 졸업에 누락될 것임을 통보하오니 양지하시기 바랍니다……"

양현은 지난 7월에 졸업해서 지금은 학교 교단을 지키고 있을 동기들 얼굴이 떠올랐다. 그들에 비해서 어둑한 동굴 속에서 초조하게 바다를 응시하는 자신의 모습이 전혀 낯설게 생각되었다. 섣부른 혁명의 꿈을 포기하고, 이제 바다를 통해 새로운 땅을 찾아 떠나려는 자신이 한라산으로 들어갈 때보다 더 불안했다.

3.

눈앞에 부연 공간이 희미하게 열리기 시작했다. 꿈인가 생각하는데, 쭈르르, 쭈르르, 마치 도랑물이 내려가는 듯한 소리가 가깝게 들렸다. 바닷물이 써는가 생각하면서 눈을 슬며시 떴다. 어두운 동굴 안에서도 탁 트인 바다가 한눈에 가득 들어왔다. 밝은 햇살이 바다 표면 위에서 소리 내며 하얗게 부서지고 있었다. 또 새날이 밝았다. 그는 몸을 둘둘 말았던 담요를 벗어버리고 일어나다가 놀라면서 상체를 심하게 떨었다.

"아니? 여기에서!"

그는 용왕신의 거처인 당집 안에 있었다. 잠시 자신이 이곳으로 왔던 과정을 차근차근 생각해보았다. 한밤중이었다. 칠흑 같은 어둠에 짓눌려 그는 무서움에 떨었다. 탁 트인 바다가 오히려 검은 철벽이 되어 그의 앞을 막았다. 그는 어둠에 쫓겨 자신도 모르게 주춤주춤 굴 안으로 들어오다가, 뭔가 아늑한 느낌을 주는 장소가 있어 지니고 있던 담요로 몸을 두르고 쓰러져버렸다. 그러고는 무서움에서 벗어나려고 잠을 청했다.

겨우 한 사람 웅크려 앉을 만한 공간인데 바닥에는 짚이 깔려 있다. 바다로 향한 정면에는 낡은 창호지가 너덜너덜 흔들거리는 창문이 반쯤 열려 있고, 그 안에는 먼지 묻은 놋 제기들이 몇 개 흩어져 있다. 그는 얼른 당집에서 나왔다.

"용왕신도 별것 아니군."

그는 쓸쓸하게 웃으면서 굴 밖으로 나왔다. 이른 아침이라 사람이 없을 것이다. 해가 동편 하늘에서 두어 발치 솟아올랐다. 간조가 되어 들어왔던 바닷물이 너럭바위 밑으로 빠져 흘러나가는 소리가 청량하게 들렸다. 그는 마을 쪽을 바라보았다. 낮은 초가지붕 위에 아침을 짓는 하얀 연기가 한가하게 피어오르고 있다. 그것을 보니 부엌에서 아침을 준비하는 어머니 얼굴이 떠오르면서 배가 고팠다.

그는 동굴을 나와 밑둥이 드러난 너럭바위 아래로 내려갔다. 허리를 굽혀 바위 밑을 들여다보니 황갈색 돌미역이 많이 새로 돋아나 있었다. 그는 해초들을 한 움큼 뜯어내어 입에 넣었다. 바위에 붙어 있는 굴은 조약돌로 두드려 떼어내었다. 바위 아래에는 갖가지 조개가 모여 있었고 소라도 몇 개 눈에 띄었다. 이것을 모아다가 삶아 먹었으면 좋겠다고 생각하면서, 그는 배낭 안에 있는 반합 생각이 났다. 성냥도 있고, 불쏘시개용으로 신문지도 있다. 그러나 연기를 피워서는 안 된다. 이 부근 어디엔가 경비 초소가 있을 것이다. 그렇게 생각할수록 배는 더욱 고팠다. 마을 쪽을 바라보니 초가지붕 위에 밥 짓는 연기가 피어오르고 있었다. 연기는 냄새가 되어 코로 스며들었다. 심장이 격렬하게 뛰었다.

그는 마을 한복판에 있는 자기 집을 눈으로 찾았다. 마을에서 몇 안 되는 기와집이다. 숲이 우거진 너른 터에 규모를 갖추고 앉아 있는 네 채의 집이 한눈에 들어왔다. 그 오른편에는 면사무소 건물과 왼편에는 경찰 지서 건물도 보였다. 지서 마당에 있는 망대에는 무장한 보초가 이편을 노려보고 있을 것 같았다. 마을을 습격하러 오는 빨치산을 경계하는 그들의 날카로운 눈빛이 이마에 와 닿는 것 같았다.

"에에엥, 에에엥."

갑자기 사이렌이 연거푸 요란하게 울렸다. 그 소리에 지붕 위를 맴돌던 아침 연기들이 놀라서 사방으로 흩어졌다. 마을 집집에서 장성늘이 나와서 지서 쪽으로 달려가는 것도 보였다. 그때였다. 마을 북쪽 어귀에 있는 몇 채 안 되는 동네 초가에서 불길이 솟았다.

"따따땅땅땅……."

총소리가 났다. 그는 황급히 동굴로 들어와버렸다. 계속 총소리가 났다. 빨치산이 습격했는가? 습격했으면 왜 지서나 면사무소를 공격하지 않고, 부락 외곽 독립 가옥을 공격했을까.

양현은 사태가 궁금했다. 동굴 속에 앉아 있을 수 없어서 밖으로 나왔다. 지서에서 총을 멘 경찰관과 죽창을 든 청년단원들이 불타고 있는 집을 향해 달음질치고 있는 것이 환히 보였다. 다시 총소리가 났다. 지서 쪽에서 나는 것이 아니라, 불타는 집 위편에서 나는 것 같았다. 그렇다면 혹시 마을 어귀에 잠복해 있던 토벌대가 마을로 들어오려던 빨치산을 공격한 것이 아니난가. 아마 빨치산들이 마을 외곽 독립 가옥에서 식량을 얻으러 내려왔다가 잠복 근무자에게 발각되었을 것이다. 아니면 빨치산들이 지금 불타고 있는 그 집을 공격하려고 일부러 들이닥쳤는지도 모른다. 그 집은 경찰관 가족이나 악질 반동의 집인지도 모른다. 그렇다면 그 총소리는 혹 빨치산의 것일 수도 있다.

이제 마을이 어떻게 될 것인가. 만약 빨치산이 피해를 당했다면 무장대 본부에서는 마을을 가만두지 않을 것이다. 한편 경찰관이나 주민이 피살되었다면 마을에 한바탕 소동이 일어날 것이다. 양현은 두 경우를 모두 걱정하였다.

그가 교생 실습차 고향에 내려왔다가 학교로 복귀하지 않고 입산할 때만 해도, 그는 선택에 자신이 있었다. 그러나 정작 낡은 총을 지급받고 토벌대의 눈을 피하면서 식량을 확보하기 위해 해안 부락을 습격하고, 반동을 처단하는 과정에서 피가 피를 부르는 현상을 목도하게 되었다. 피를 본 사람들은 제정신이 아니었다.

그는 무장대에 자진해서 들어갔던 4월 이후의 일들을 찬찬히 생각해보았다. 2차 교생 실습 학교를 고향 읍내 학교로 배정받고서 겨우 2주일을 견뎠다. 그동안 교원이 되기 위한 실습에는 관심이 없고, 사람들 눈을 피해 세포 교원들과 모의하는 일이 대부분이었다. 실습 학교와 이웃 학교의 내부에는 교원동맹

회원을 비롯해서 도당 지도부의 핵심 인사가 몇 있었다. 그는 결국 실습을 마치지 않고 그 이후부터 학교에도 나가지 않았다. 여름이 되면서 상황은 더 급박해졌다. 사태는 쉽게 결판이 나지 않았다. 그는 이왕 선택한 이상 적극적으로 빨치산 활동을 하기로 작정했다.

무기를 지급받자 다른 사람을 죽여야 자기가 살 수 있다는 논리를 터득하게 되었다. 자신의 선택이 성급하고 경솔했음을 깨달았으나 이미 때는 늦었다. 감당할 수 없는 것은 반동 가족에 대한 응징이었다. 그러다가 이번에는 그와 똑같이, 경찰 쪽에서도 입산자 가족을 무참하게 처단한다는 사실을 알게 되었다. 그렇게 되자 식구들이 걱정되었다. 그가 입산한 것을 혹 경찰에서 안다면 식구들이 피를 흘릴 것은 틀림없는 사실이었다.

그럴 즈음에 양현은 기회를 얻어 빨치산의 해방구인 중산간 부락에 사는 누이 집을 찾았다. 점점 추워지는 날씨에 입을 옷을 얻으려고 내려왔던 것이다. 그는 몇 달 만에 만나는 누이가 반가웠다. 어린아이처럼 누이 품에 안겨서 울고 싶었으나 참았다. 누이도 그의 손을 잡고 눈물을 글썽였다.

"어쩌다 이렇게 되었니? 네가 전생의 죄가 있어서 이 고생이니?"

누이는 산 생활에 덜 익숙해서 초췌해진 동생의 행색을 보더니 울음부터 터뜨렸다.

아무리 해방구였지만, 그가 입산 생활을 하다가 누이 집에 들렀다는 것을 마을 사람들이 알면 곤란했다. 그 소문은 곧 지서로 들어갈 것이다. 누이는 저녁을 먹은 후에 동생을 방에서 쉬도록 했다. 그렇게 이틀을 지내고 나서 사흘째 되던 날, 새벽닭이 울 때쯤이었다.

"아버지 연락을 받았다. 다 준비를 해두었으니, 배를 타고 이 섬을 떠나도록 해라."

누이는 미리 준비해둔 비상식량과 반합과 성냥 등 비상 일용품이 들어 있는 배낭과 갈아입을 옷과 담요를 싼 짐을 내놓으면서 사정을 설명했다. 마을 해신당이 있는 동굴에 가 있으면, 그다음 일은 부친이 알아서 처리한다는 것이다.

"너를 만나면 코를 꿰어서라도 데려오라고 했다. 동생 때문에 집안이 풍비박산 나는 거 볼 테냐? 어머니는 자리에 누워 계시다."

누이는 얼른 결단을 내리지 않은 그에게 한밤중에 목숨을 내걸고 딸네 집을 찾아왔던 부친의 사정을 설명했다.

"네가 말을 안 들으면 집안이 거덜 나게 생겼다. 지서에서 우리를 가만 놔두겠나? 지금은 모르고 있지만, 언젠가는 알려지게 마련이고, 네가 행여 잘못되어 잡히기라도 한다면……. 그 뒷일을 생각해보아라."

누이는 흐느끼기 시작했다.

"아버지 말씀을 따라라. 우리도 이제 해변 마을로 내려갈 준비를 하고 있다. 네가 먼저 그 동굴로 내려가면 이 누이가 무슨 수를 써서라도 내일 중에 아버지께 연락을 해놓겠다."

빨치산의 해방구역인 누이네 마을과 해변 마을도 자유롭게 왕래할 수 없었다. 누이는 그에게 사정했다. 양현은 자기 때문에 집안이 풍비박산이 된다는 말에 거절할 수가 없었다.

그는 자식을 사랑하는 아버지의 용의주도한 계획을 알았다. 그것은 사상을 뛰어넘는 일이다. 양현에게는 혼자 바다를 건너 도피하는 것이 동지와 당에게 치욕스러운 배신이었으나, 어떻게 해서라도 자식을 살리려는 아버지의 마음을 아는 순간 누이의 말을 따르기로 했다. 사람 사는 데는 사상보다 더한 가치도 있다는 것을 알게 되자 가슴이 뭉클했다.

4.

한낮의 태양이 바다 물결을 희롱하듯 그 무성한 햇살을 퍼부었다.

오늘은 나흘째이다. 어제 오전부터 지금까지 집 생각이 간절했다. 산속 생활에서도 이러지 않았다. 어제 아침 마을에서 난 총소리 때문에 밤에도 잠을 못 잤다. 아침이 되자 그의 생각은 온통 마을에 집중되었다. 어제 큰 사건이 일어났다면, 오늘 이 잔디밭으로 그 사건이 연장될 것이다. 습격한 동지가 잡혔다면 틀림없이 여기서 처형될 것이다.

집에서는 아무 소식이 없다. 아버지는 나를 이곳으로 불러놓고 왜 이렇게 무심하실까? 집안에 무슨 일이 생겼을까? 어제 그 총소리가 혹시 큰 사건을 만들어내지는 않았나? 양현은 동굴에서 바다를 내다볼수록 더욱 초조했다. 아버지와 누이의 일을 지서에서 알았고, 그렇다면 아버지와 누이와 매형까지 경찰에 잡혀가서 모진 고문을 당할 것이다. 그러다 고통에 못 이겨서 아버지나 누이가? 그렇지 않을 것이다. 혹시 매형이? 내가 여기와서 은신해 있다는 것을 발설했을 지도 모른다. 이렇게 생각을 하는 순간, 금방이라도 M1 소총을 든 토벌대원들이 이 동굴로 몰려올 것만 같았다.

그는 뒤돌아서 굴 안으로 두어 걸음 들어갔다. 적이 온다면 어떻게 대처해야 할까? 아니 그것보다도, 고문에 발설을 거부한 아버지와 누이는 어떻게 되었을까? 아마 오늘쯤 이 동굴 위 너른 잔디밭에서 처형당할지도 모른다. 아마 수건으로 눈을 가려 소나무에 묶어놓고 죽창과 철창으로 찌르면서 목숨이 끊어질 때까지 기다릴 테지. 피를 보는 인간의 잔인함은 이미 그 자신도 반동을 처치할 때 체험했다.

숨이 가빠지고 심장이 격렬하게 뛰기 시작했다. 그가 모르는 사이에 동굴 밖에서는 엄청난 일이 벌어지고 있을 것 같았다. 그러한 사태가 이제 그를 향해서 차츰 다가오는 것 같았다.

환청인가. 무슨 발자국 소리 같은 기척이 들렸다. 그는 얼른 일어나 동굴 안으로 재빨리 들어갔다. 여기서 내달으면 어디로 갈 것인가? 사람들은 이 동굴이 땅속으로 뻗어가서 한라산 백록담까지 연장되었다고 말한다. 끝까지 가보자. 박쥐처럼 며칠을 견뎌보자. 그러면 배가 올 테지. 그는 옆에 있는 배낭과 짐을 손에 들고서 마치 부대가 이동할 때처럼 동굴 안쪽으로 더 들어갔다.

그는 용왕신의 거처인 당집 안으로 들어갔다. 나도 여기서 죽으면 용왕신이 될 것이다. 바다를 건너가지 못해서 한스럽게 죽은 귀신, 바다를 원망하며 죽어간 신, 어쩌면 내가 잡히면 이 동굴 밖 잔디밭에서 처형될지도 모른다. 시신은 절벽 밑으로 떨어뜨려질 것이고, 그렇게 된다면 내 혼백은 살아서 내가 바다를 응시하던 이 자리에서 억울한 귀신이 될 것이다. 이곳에 좌정해 있는 해신은 육지에서 쫓겨온 여인들이었는데, 이제 나는 바다를 건너가려다가 뜻을 못 이룬 원통한 신이 될 것이다. 쫓겨온 신과 떠나지 못한 신.

그는 가만히 당집에 앉아 생각을 정리해보았다. 그저께 밤에 세상모르고 잤던 때보다는 마음이 가라앉았다.

아직 동굴에는 아무도 나타나지 않았다. 그런데 이상하게 발자국 소리 같은 기척이 들리는 듯했다. 어디서 은밀하게 동굴 안을 살피는 핏발 선 눈동자가 셀 수 없이 자신에게 몰려드는 것 같았다. 그 눈동자에서는 핏빛 증오가 불꽃처럼 피어오르고 있었다.

개가 한 마리 와서 동굴 안을 노려본다. 혀를 길게 내밀고 숨을 몰아쉬고 있다. 미친개인가? 요즈음 들에는 사람 시신이 널려 있어서 개들이 그것을 뜯어먹어 미쳤다고 한다. 어쩌면 나도 죽으면 저 개에게 뜯길지도 모른다. 개는 동굴 안을 노려보면서 긴 혀를 내밀고 숨을 헉헉거렸다. 당신(堂神)이 거처하는 이 동굴을 함부로 넘보기를 주저하는 것 같았다. 그는 숨을 죽이고서 개의 동정을 살폈다. 어쩌면 토벌대가 나를 수색하기 위해서 개를 풀어놓았는지도 모른다. 양현은 갑자기 개가 무서워졌다.

동굴 안을 노려보던 개가 꼬리를 흔들거리면서 느린 걸음으로 사라져버렸다. 그는 벌떡 일어나났다. 두어 걸음 내딛다가 개를 쫓아가고 싶은 충동을 겨우 참았다. 그때였다. 사람 소리가 들렸다. 보통 소리가 아니라 부르짖는 듯한 날카로운 비명이었다.

"컹컹, 컹컹."

뒤이어 개 짖는 소리가 났다. 그리고 잠시 주위가 조용했다. 그때 머리 위에서 박쥐가 퍼덕거리더니 정강이가 뜨끔했다. 게

세 마리가 정강이 위로 올라오고 있었다.

"으아악!"

그는 소리를 지르려다가 손바닥으로 입을 막았다. 주위가 갑자기 조용해졌다.

바닷물이 많이 빠져나갔다. 허연 너럭바위 밑동이 나타났다. 물이 썬 바다는 더 넓게 보였다.

"땅땅따땅."

그때였다. 총성이 정적을 흔들었다. 그 여운이 긴 꼬리를 남기면서 바다 위로 사라졌다. 그는 온몸이 부들부들 떨리면서 목이 말랐다. 누가 그의 심장을 향해 쏘는 것 같았다. 다시 정적이 흘렀다. 그는 한숨을 내쉬면서 그 총성의 여운이 사라진 바다를 하염없이 내다보았다. 그는 이미 죽어서 혼으로 그 먼 바다로 떠가고 있었다.

"툭."

동굴 앞 물이 써자 새로 생긴 낮은 너럭바위 위에 작은 물체가 떨어졌다. 그것은 시체였다. 물건 보자기 하나처럼 아주 조그맣게 보였다.

"탕아앙땅."

"턱."

다시 총소리가 났다. 이어 뒤따라 한 구의 시체가 소리도 없이 떨어졌다. 낮고 편편한 너럭바위에 새로 생긴 작은 옹달샘처럼 물이 고인 곳이다. 바로 그의 눈앞이어서 그 시체가 잘 보였다.

양현은 그 시체가 아버지일 수도 있다고 생각되어 일어나 그곳으로 다가가려다 주춤했다. 담배 냄새가 짙게 풍겨왔다. 사람을 사살한 총잡이들은 그 생명의 허무함을 담배 연기로 날리고 있는 것 같았다. 그는 담배를 한 대 피우고 싶었으나 담배가 없다.

양현은 두 구의 시체를 바라보다가 눈을 감았다. 신이시여, 이들의 영혼을 받아주소서. 그는 친구를 따라 서울에서 몇 번 교회를 드나든 적이 있다. 하나님은 이렇게 외롭게 죽어가는 사람들의 영혼을 받아주실 테지. 시체까지 푸대접을 받고 있는 이들의 처지를 하나님은 아실 테지.

두런두런 사람들 소리가 들리더니 차츰 멀어져갔다.

5.

해가 서쪽으로 기울어지면서 석양이 바다 위를 수놓듯이 물들었다. 은빛이던 바다가 금빛으로 변하기 시작했다. 어둑한 동굴에서 바라보는 그 빛은 유난스럽게 더 아름다웠다. 거기에서 새로운 생명이 탄생할 것 같은 예감이 들었다. 그 석양빛 위로 수많은 생명체가 소리 지르면서 달아나고 있었다. 바다는 막힘이 없는 것 같았다. 한번 바다에 뛰어들면 온 세계로 뛰어드는 것이다. 바다는 우주로 통할 것 같았다. 차츰 가슴이 뜨거워지기 시작했다. 낮에 당했던 그 절망이 차츰 사라져갔다. 그제야 바다로 나오게 한 아버지의 뜻을 알 것 같았다. 그 순간 바다는 나를 배신하지 않을 것처럼, 새로운 생명이 탄생하는 공간처럼 생각되었다.

석양빛이 바위 위에 누워 있는 주검 위에 내려앉았다. 주검은 마치 긴 여행에서 돌아와 잠시 쉬는 것 같았다. 옹달샘에 누워 있는 주검은 온통 금빛에 싸여 있다. 그것들이 주검으로 생각되지 않았다. 부활하기 직전의 주검이 저렇게 아름다울 것이다.

간조가 되었던 바닷물이 차츰 들어오기 시작했다. 뭍이었던 공간이 빠르게 물로 채워졌다. 너럭바위 밑동도 물이 찼다. 작은 바위들과 그 곁에 만들어졌던 자갈밭들이 물이 차 바다가 되었다. 금빛 석양이 사라지면서 그 자리에 어스름이 차곡차곡 들어와 앉았다. 그 주검 위에도 어스름이 쌓이기 시작했다. 어둠이 오면 아무도 몰래 주검은 다시 새 생명이 되어 하늘로 올라갈 것 같았다. 부활은 인간이 모르는, 상상조차 할 수 없는 곳에서 이루어진다. 물이 너럭바위 중간까지 찼다. 바위 위 옹달샘에 누워 있던 주검 위에 물이 찼다. 주검이 움직이기 시작했다. 어둠이 야금야금 바다 위를 덮쳐갔다. 주검이 바닷물에 휩싸여 더 빠르게 움직였다.

바다와 바위와 동굴 안이 온통 칠흑의 검은 천으로 덮이자 양현은 그제야 마음이 놓였다. 두 구의 주검은 이제 보이지 않았다. 그들이 잠시 쉬었던 바위가 온통 물에 잠겨버린 것을 확인하고서 그는 안심했다. 이미 주검은 그곳을 벗어나 물을 따라 그렇게 새로운 여행길에 오르고 있었다. 이제 곧 그에게도 새로운 삶이 시작될 것이다. 그렇게 생각을 하노라니 막연한 기대였지만 마음은 한가로웠다.

환상인가. 무엇이 동굴 앞 어둠을 흔드는 것 같더니 차츰 어둠이 걷혀지는 듯했다. 인기척이 그의 귓가를 스쳐 지나갔다. 그는 동굴 벽에 몸을 착 붙이고서 바깥 동정을 주시했다. 숨이 가빠지고 심장이 떨렸다. 발자국 소리가 점점 가까워지더니 동굴 앞에서 잠시 멎었다.

사내는 동굴 안을 두리번거리다가 바다를 향해 얌전히 앉았다. 그런 거동은 동굴 벽에 붙어 있는 양현의 눈에 확실하게 들어왔다. 무엇을 옆구리에 끼고 있는 것 같았으나 무기는 아닌 것 같았다.

"양현 선생! 면장 어른 심부름으로 왔수다."

굵은 목소리가 동굴 안으로 퍼졌다. 여기저기서 박쥐들의 날갯짓 소리가 났다. 그의 귀에 익숙한 목소리였다. 부친이 면장이었던 때 면사무소 소사로 일했던, 이제는 늙은 노인이었다.

"짐을 챙기시고 저를 따라오십서."

잠시 동굴 입구에서 머뭇거리던 노인은 그가 일어나는 기척을 듣고는 먼저 일어섰다. 그는 앞사람을 겨우 알아볼 만큼 거리를 두고 따라갔다.

마을 쪽으로 가는데도 동네 집들이 보이지 않았다. 지서 망대도 보이지 않았다. 모든 것은 어둠에 묻혀 있었다. 그는 꿈을 꾸듯이 어둠에 익숙한 노인 뒤를 따라 걸었다.

앞서 가던 노인이 멈춰 서서 그가 다가오기를 기다렸다. 바다에 무슨 물체가 보이는 것 같더니 가까이서 보니 작은 모터보트였다.

"타십서. 여기에 지도와 나침판과 미제 손전등, 또 필요한 것은 다 있우다. 저 분 말만 따르십서. 그럼 몸 보전 잘하시고, 다시 만날 날이 있을 거우다."

노인은 그에게 큰 보자기를 전하면서 인사말을 하였다. 양현은 그것을 받고서 어둠 속에 우뚝 서 있는 노인을 잠시 쳐다보았다.

"어서 타시죠."

배 안에서 중년 사내가 재촉했다. 그 곁에 서 있던 노인이 닻줄을 잡아당기더니 그의 등을 밀었다. 배 안은 겨우 서너 사람이 앉을 만했다. 노인이 닻줄을 풀어 배 안으로 던졌다. 양현은 무심결에 야광 손목시계를 봤다. 4시가 조금 지난 시각이다.

엔진 소리가 새벽 바다를 흔들면서 퍼졌다. 노인의 모습이 어둠 속으로 곧 사라졌고, 그 자리에 빈 어둠만이 가득 찼다.

그때였다.

"*꼬끼오! 꼬끼오오!*"

마을에서 긴 닭 울음소리가 배의 엔진 소리 틈으로 들려왔다. 모터보트는 어둠 속에 흰 너울을 남기면서 사라졌다.

섬을 찾는
길에서

섬

끝없이 펼쳐진 푸른 바다 위에 오똑하게 솟아 있는 두 개의 바위섬이 가까이 다가오다가 클로즈업되었다.

태풍 경보를 알리는 뉴스에 섬 경비대원들이 부산스럽게 움직이는 화면이 지나갔다. 이어 태초의 굉음 같은 바람 소리와 성난 공룡의 무리 같은 파도가 사방에서 섬을 향해 돌진해왔다. 외롭게 떠 있는 두 바위섬이 물보라와 파도 속에 잠겼다 드러나곤 했다. 콘크리트 막사 안 사람들은 벽시계만 쳐다보고 있다. 우레 같은 바람 소리가 차츰 멀어져가더니 기력을 잃은 파도가 바위섬 기슭에 찰랑거렸다. 섬은 하늘을 향해 그 자태를 완연히 드러냈다. 촛대바위와 장군바위 아래 투명한 바닷물에는 반질반질한 조약돌들이 갓 이가 돋아나는 아기 얼굴처럼 천진스럽게 웃고 있다. 석양을 받은 바다는 황금빛으로 변했다. 섬은 여전했다. 두 개의 바위섬은 바다 위에 의연하게 앉아서 하늘을 향해 무심을 가장하여 오만하게 쳐다보고 있다.

대형화면 앞에 앉아 있던 독도 답사대원들은 긴 한숨을 내쉬면서 자리를 조금씩 고쳐 앉았다.

멀리 바다 위에 떠 있듯이 독도의 원경이 차츰 다가왔다. 섬을 떠받치고 있는 물빛, 섬 중턱에 갖가지 풀들이 뿜어내는 초록빛이 기슭의 검붉은 바위 색과 어울려 바다에 떠 있는 한 척의 유람선이었다. 섬은 아무 말도 없이 그냥 그대로 앉아 있었다. 그 험한 태풍에도 변한 것은 없었다. 칼날바위 위 새들은 무심하고, 잠자리들은 마른 억새 줄기 위에서 놀고 있다. 키 작은 나무와 들꽃들, 메마른 바위틈을 찾아 자리 잡고 있는 땅채송화와 술패랭이꽃, 연푸른 꽃잎들이 가지런히 원을 그리며 모여 있는 해국, 가는 목을 내빼고 있는 참나리 등 갖가지 꽃이 해풍을 맞으면서 제자리에서 벗어나지 않고 예전대로 앉아 있다. 꽃들만이 아니다. 알락할미새, 딱새, 흑비둘기 들이 바위틈과 작은 풀포기 사이에서 먹이를 찾아 나돌아다녔고, 황로와 노랑발도요새, 흰 갈매기 들이 투명한 섬 기슭에서 유유히 날아다녔다.

"정말 아름다운 섬이네. 카메라가 섬의 모든 것을 하나도 놓치지 않았군."

화면을 바라보던 누군가가 나지막하게 말했다. 나는 복도로 나왔다. 담배를 피우고 싶었다.

"고 선생도 이번 답사팀에 동행하십니까? 독도가 지겹지도 않으세요?"

내가 막 담뱃불을 붙이는데, 시인이자 A 신문사 문화부 백 기자가 다가와서 말을 건넸다. 종종 이런 자리에서 만나는 처지였다.

"고 선생은 왜 소설을 놔두고 사진을 하십니까? 그것도 고향 제주를 제쳐두고 하필 독도에서 그 고생을 하셨죠? 어떤 사진 작가는 제주에만 내려가면 너무 섬이 아름다워 미치겠다면서 한평생 제주만 찍겠다고 그러던데요?"

백 기자는 그저 지나가는 소리로 말하는 것 같지는 않았다. 나는 그 말에 긴장했다. 지금까지 나는 내 작업에 얽힌 이야기를 남에게 하는 것을 주저해왔다. 소설이나 사진이나 어느 것 하나 만족한 것이 없기 때문인지도 모른다.

"백 형은 남의 아픈 곳을 정확하게 끄집어내시네."

나는 그의 다음 말이 두려워 농처럼 받아넘기고는 얼른 그를 피해 다시 강당으로 들어와버렸다. 여전히 '獨島의 四季'가 화면을 채우고 있었다.

나는 독도에 2년 남짓 머물면서 섬과 그 주변 바다를 찍었다. 그 작품에 대해서 지금도 상당한 자부심을 갖고 있듯이 주위에서도 인정해주었다. 특별한 후원자도 없이 혼자 힘으로 그 일을 해냈기 때문일 것이다.

영상이 끝나자 화면에 정신을 팔고 있던 사람들이 두런거렸다.

"참, 아름다운 섬이네. 정말 잘 만들었네. 고생깨나 했겠어요."

"아, 그 물빛, 그 천진한 물새들. 환상적이군."

"환상이 아니라 현실이지."

"우리가 가서 그 섬을 눈으로 직접 확인하게 되겠지?"

사람들이 영상을 본 소감을 한마디씩 했다.

해양빌딩 12층 강당에는 바다의 날 기념 '선상독도학술대회'에 참가하는 사람들이 모여 있다. 그들은 옷차림부터가 각양각색이었다. 산에 오르는 사람처럼 탄탄하게 갖춘 사람이 있는가 하면, 즐거운 관광객처럼 한껏 멋을 낸 여자들도 있다. 넥타이에 정장을 하고 사무용 가방까지 반듯하게 든 강연장 강사 차림도 보였다. 나이도 60대 초반부터 20대 대학생까지 다양했다.

"왜 여기 계세요. 오늘의 주인공이? 영상을 보고는 모두들 경탄했는데……. 참가자들이 고위영 씨와 동행하는 것을 알면 여간 좋아하지 않을 거에요."

사람들 눈을 피해 구석진 자리에 앉아 행사 일정표를 들여다보고 있는 나에게 빨간 파카에 차양이 없는 모자를 멋 부려 쓴 전미림이 호들갑을 떨며 다가왔다. 그녀는 이번에 독도 답사에서 바다 춤판을 벌이기로 되어 있다.

"고 선생을 보시더니 전미림 씨 얼굴이 확 펴지는데요."

그녀 뒤로 도 교수가 다가오더니 물고 있던 파이프를 입에서 빼면서 반가워했다. 그는 '동아시아 도서학회' 회장으로서 해양수산부의 협조를 얻어 이번 행사를 주도하고 있다. 재작년 그 학회가 주관하는 오키나와 답사에 같이 참여했던 적이 있어 구면이었다. 그는 내게 미소를 흘리더니 다른 자리로 옮겨갔다.

"수고하셨습니다."

이 행사 실무 담당자인 해양수산부 손 사무관이 다가와 명찰을 건네주었다. '사진작가 고위영'이란 명찰을 가슴에 달고 보니, 또 다른 나를 보는 듯 약간 어색했다.

"고 선생님은 사진작가세요? 아니면 소설가세요?"

백 기자가 내 가슴에 매달려 있는 명찰을 보면서 싱긋이 웃었다. 소설을 못쓰는 작가가 어느 날 사진을 하겠다고 나선 것을 야유하는 것 같았다.

"이번에는 사진작가로 참여하셨으니, 사진작가라는 것이 좋겠지요?"

전미림이 대답이 궁색한 나를 대신해주었다.

"소설을 쓰시다가 사진을 하시니까 어떠세요. 사진이 훨씬 정확하고 사실적이지요?"

백 기자는 나를 화제 속으로 자꾸 몰아넣으려고 했다.

"아니, 백 기자님. 고 선생님만 집중 취재하실 겁니까? 사진이 소설보다 훨씬 사실적이라는 거 이제야 아셨어요?"

전미림이 발딱 화를 내었다. 이번 행사의 꽃은 독도에서 춤판을 벌이는 자신이라고 생각했는데, 기자의 관심이 나에게만 쏠려 있는 것이 불만인 모양이다.

"고 선생님이 이번 제 독도 춤판을 위해서 많이 어드바이스 해주셨고, 시간도 많이 내주셨거든요. 독도에서 이 년 이상을 체류하셨으니 그 섬이 진절머리도 나셨을 텐데도, 이렇게 저를 위해 동행해주시지 않았어요?"

그녀는 은근히 이 행사의 주역은 자신에게 있다는 점을 내세웠다.

"아니, 진절머리가 났다면서 어떻게 작품을 만들었어요?"

백 기자가 정색을 하면서 여자의 의도를 묵살하려 했다.

"전미림 씨 말이 맞아요. 전 사실 독도가 지겨웠거든요. 사진을 찍을 수 있었던 것은 순 내 오기였어요."

나는 무심코 그녀의 편을 들어주었다.

"거봐요. 고 선생은 제 편이지요?"

전미림은 바싹 내게 다가서며 눈을 찡긋했다. 그녀는 이번 행사에 '독도바다 춤판'을 준비하면서 나와 두어 번 만났다. 처음 만난 것은 두 달 전쯤인데, 내 독도 작품이 한창 화제가 되던 때였다. 그녀는 춤 구성에 대해 자문을 구했으나 나는 별로 도와주지 못했다. 그녀의 춤 연습장을 한 번 기웃거렸을 뿐이다.

"사진은 극사실이고, 춤은 극추상 아니에요? 이 두 예술이 만날 때 독도와 바다의 실체가 제대로 형상화되지 않겠어요?"

전미림은 약간 어투에 멋을 부리면서 아껴두었던 말을 꺼내었다.

"전미림 씨, 독도에 몇 번 가보셨어요?"

백 기자는 그 말에 관심을 두지 않고 엉뚱한 질문을 했다.

"독도예요?"

전미림의 얼굴에 당혹감이 스쳤다. 백 기자는 그녀가 독도에 한 번도 가보지 않았다는 것을 이미 알고 있다. 독도에서는 춤판을 벌인다는 소문이 나돌 때 조사해두었다. 그녀는 주름이 깊게 패인 눈자위를 옴지락거리면서 어색한 표정을 지으며 웃기만 했다.

"이번이 처음이에요. 그러니까 마음이 더 설레네요. 독도에 갔던 경험이 없으니까, 오히려 독도에 대한 환상이 더하고 생각도 절실해요. 고 선생님 영상을 보고 거기에 제 춤 상상력까지 덧붙여졌으니, 춤을 만드는 데는 어려움이 없었어요. 눈으로 보는 것보다 상상력으로 표현하는 것이 더 진실에 가깝지 않겠어요?"

백 기자는 그녀의 변명을 그냥 받아주었다. 언젠가 이와 비슷한 말을 들은 적이 있다.

"바다가 무섭지 않으세요? 독도까지 뱃길도 험할 텐데, 거기 가서 춤까지 추신다니?"

"전혀 그렇지 않아요. 아마 바다가 포근하게 저를 안아줄 것 같아요. 마치 어머니같이. 아니, 애인처럼. 호호호."

그녀의 유난스러운 웃음소리 때문에 주위 시선이 이쪽으로 쏠렸다. 나는 그녀의 표현이 마음에 들었다. 바다가 안아줄 것이라는 것도 그렇고, 그 바다가 다시 애인으로 변신하는 그녀의 상상 또한 그럴듯했다. 그런데 나는 왜 그러한 생각을 못 했을까? 2년 동안 섬에서 지내면서도 그 아름답고 거칠고 무서운 바다가 전혀 어머니나 애인으로 다가오지 않았다. 내 상상력이 가난해서인가? 내가 소설가이기 때문인가? 아니면 바다 같은 애인과 어머니가 없어서인가? 바다 같은 어머니, 바다 같은 애인! 듣기만 해도 가슴이 설레었다.

그때 손 사무관이 강당 정면에 나섰다.

"그러면 참가자들이 거의 모인 것 같아서 오늘 일정을 말씀드리겠습니다. 그 전에 반가운 소식을 전해드리겠습니다. 지금 동해안의 날씨는 아주 쾌청하답니다. 바다가 아니라 호수랍니다. 방금 통화를 했어요."

담당자는 불쑥 날씨 이야기를 꺼내면서 하나님도 우리를 도우시는 모양이라고 덧붙였다. 갑자기 장내가 술렁이기 시작했다. 나는 왠지 그 말이 불안했다. 그렇다면 날씨가 험악해질 것을 기대라도 했었다는 말인가?

"오늘 독도 선상학술대회 겸 독도 답사단에 참여해주신 여러

분께 이박 삼일 간의 일정을 말씀드리겠습니다."

실무자는 이미 유인물로 나눠준 대로 간략하게 소개했다. 나는 '제3회 바다의 날 기념 선상독도학술대회' 발표 논문집의 표지를 한 장 걷고 일정을 대강 훑어보았다. 오후 3시에 묵호항에서 한바다호에 승선한 후 4시부터 '독도 영유의 역사와 독도 보전 정책'이란 주제 발표와 종합 토론이 있고, 6시부터 저녁을 겸한 선상 리셉션이 마련되어 있다. 내일 오전에는 '獨島의 四季' 영상 관람과 고위영 씨 독도 체류 일지 발표와 독도수비대 대장 홍순칠 씨 미망인의 보고가 계획되어 있다. 오후에 독도에 도착하여 3시간 동안 독도를 답사한 후, 전미림의 바다 춤판이 끝난 다음에 다시 승선하여 울릉도로 돌아와 선상에서 1박 하고 3일째 울릉도 관광을 마치고 묵호항으로 돌아오는 일정이다.

"저녁 선상 리셉션 시간에 개별적으로 인사 나눌 기회가 있겠습니다만, 이번 답사 여행에 참여하는 단체와 그동안 애써주신 몇 분을 소개하겠습니다. 모두 여덟 개 단체에서 169명이 참여하고 있습니다. 동아시아도서학회, 독도사랑회, 동해연구회, 한일교류학회, 해양문학인동호회, 독도연구회 외에 묵호항에서 지방해양소년단, 독도사랑학생 단체가 합류하게 됩니다. 그리고 이번 행사를 위해서 해양수산부와 전국선박대행사협회, 그리고 한국해양발전연구소가 후원해주셨습니다."

실무자는 요령껏 소개를 마치고 동아시아도서학회 회장인

도규택 박사를 소개하고 물러섰다.

도 박사는 각처에서 보내준 많은 성원과 각 단체에서 많이 참여해주셔서 고맙다고 서두를 꺼내었다. 그리고 헛기침을 두어 번 하고 목청을 가다듬었다.

"이번 행사에는 특별히 문학인과 무용가, 그리고 사진작가까지 참여해주셨습니다. 이 모임은 바다와 독도에 대한 학문적 연구와 예술적 탐색, 그리고 실제 답사를 종합하는 명실공히 독도를 완벽하게 이해하는 좋은 기회가 되리라고 믿습니다."

그는 몇몇 참여 단체 대표자를 소개했다.

"이번에는 특별한 손님을 소개하겠습니다. 조금 전에 독도의 실상을 영상으로 보여주신 고위영 선생을 소개하겠습니다. 이분은 이 년여 동안 독도에 체류하시면서 독도의 모든 것을 카메라에 고스란히 담았습니다. 사계절의 독도뿐만 아니라, 일반인들이 인식하지 못하는 부분까지 포착해서 '독도의 사계'를 만드셨습니다. 이 작품은 한국뿐만 아니라 일본과 미국 등 여러 나라에 소개되고 있습니다. 독도의 환경과 실체를 완벽하게 담았을 뿐만 아니라, 눈에 보이지 않은 독도의 혼까지 영상으로 처리했다는 평을 받고 있습니다. 그것은 아마 카메라의 새로운 경지겠지요. 이번 여행 동안 직접 그분에게서 독도 이야기를 들을 수 있을 것입니다."

도 박사가 다소 과장되게 소개하는 바람에 나는 낯이 뜨거웠다. 일어나 사람들 앞에서 인사하는 그 몇 초 동안 고문을 받는 것처럼 고통스러웠다.

그다음에는 전미림을 소개했다. 바다와 섬을 주제로 한 춤판을 독도에서 펼친다는 말에 몇몇 사람들이 환성을 질렀다.

"오늘 이렇게 와보니 섬에 미친 사람 여럿 보이는데요? 난 고선생만 미친 줄 알았더니 전미림 씨도 그렇고, 도 박사도 뺄 수 없고. 참 또 한 사람 있지요. 아주 특이한 인물이죠. 바다연구소 부소장인 지원상 씨인데, 이십여 년 동안 삼치잡이 원양어선을 탄 바다의 사나이로 지금 육상근무를 하면서도, 기회만 있으면 바다로 가려 해요. 그 사람 말을 빌리면 육지는 왠지 불안하고 그래서 바다가 편안하다는 겁니다. 고 선생과 만나면 좋은 벗이 될 겁니다."

백 기자는 창가에 혼자 앉아 있는 40대 사내를 눈짓으로 가리켰다. 나는 독도에 미치지도 않았고, 앞으로 그럴 가능성도 없는 사람이기에 그에 대해 별 생각이 없다.

나는 섬을 좋아하는 것이 아니다. 사실은 섬을 지긋지긋하게 싫어했다. 그래서 고향을 일찍 떠났고, 그 값을 치르느라 고향 이야기를 써본다고 했지만 결국 실패하고 말았다. 남들은 혹 내 소설을 치켜세워주기도 했지만 그럴 때마다 부끄러웠다. 나는 고향을 제대로 쓰기는커녕, 겨우 그 섬에 대한 내 변명이나 생각을 작위적으로 만들었을 뿐이다. 그 사실을 아는 순간, 소설을 더 이상 쓸 수 없었다. 그래서 섬에 대한 내 관심은 결국 독도로 옮겨졌다. 그 섬에서 2년여 동안 버틸 수 있었던 것은 실패한 소설에 대한 보상심리 때문이기도 했다.

"이런 질문 드려도 좋을까요? 고 선생님은 고향 제주와 독도를 놓고 볼 때 어디를 더 잘 아시죠?"

백 기자는 내가 얼룩진 과거로 잠시 돌아가 있는 것을 알고 있었는지 대답이 궁색한 질문을 던졌다.

"알다니요?"

나는 '안다'라는 말이 애매했다.

"그저 단순하게 생각해서 말입니다."

"두 섬 모두 잘 모른다고 해야 정직한 대답이겠지요. 아마 고향인 제주에 대해서는 더욱 모를 거예요."

"왜요?"

백 기자는 내 대답이 엉뚱하게 들린 모양이다.

"고향을 잘 모르니까 독도를 찾아 떠나지 않았겠어요? 독도에서 닥치는 대로 카메라에 담고서 서울로 돌아와 현상해보니, 오직 필름에 그려진 사진만 보이지 그 외에는 아무것도 안 보였어요. 그런데 사람들은 내가 독도를 전부 아는 것처럼 소문을 내었으니, 이거 나는 완전히 사기꾼이 되었지요. 잘못하면 내가 이 년여 동안 독도에 체류하면서 작업을 했다는 것까지도 사람들에게는 거짓으로 들릴지도 모른다고 생각되던데요."

나는 사진을 시작하게 된 과정을 이야기하면서, 그동안 소설을 못 쓰고 정신적으로 고달팠던 사연까지 털어놓았다.

"그러면 독도를 더 알기 위해서 이번 여행에 참여했다는 말이 맞겠네요?"

백 기자가 소리 내어 웃었다.

"그렇지도 않아요. 이번에는 카메라도 없이 완전히 구경꾼으로 갑니다."

나는 두 손을 약간 들어 보이면서 맨손임을 약간 과장되게 표현했다.

"그러면 도리어 더 재미있을 겁니다. 일하기 위해 갔을 때에는 일과 상관된 것만 눈에 들어오겠지만, 홀가분하게 가시면 모든 것이 다 숨김없이 들어올 테니까요."

백 기자는 빙긋이 웃었다. 그 웃음은 내 속셈을 다 안다는 투였다. 나는 그 말이 마음에 들면서도 '구경'이라는 말이 이상하게 느껴졌다.

"결국 섬을 모르니까 또 찾아가는 거 아니겠어요?"

나는 이야기를 진지하게 엿듣고 있는 젊은이를 의식해서 독도를 찾아가는 이유를 그럴듯하게 말했다. 사실 이번 여행에 특별한 기대를 갖고 있다. 오랫동안 갈급하며 만나려 했으나 찾지 못했던 그 무엇이 그 섬의 어느 모퉁이에 있을 것 같았다. 카메라를 두고 빈 몸으로 가는 이유도 거기에 있다. 맨손으로 섬을 찾으면 그것이 틀림없이 내 앞에 나타날 것 같았다. 그것은 막연한 그리움 같은 것이었다.

"뒤 주차장에 버스가 두 대 마련되어 있습니다. 여러분 명찰에 차량 번호가 씌어 있습니다. 그대로 타시면 됩니다."

손 사무관의 안내에 강당에서 잡담하던 사람들이 재빨리 움직였다.

엘리베이터가 빨리 내려갔다. 배를 탄 기분이라고 누군가가 소곤거렸다. 화면으로 보았던 아름답고 신비한 독도가 벌써 사람들 마음에 가득히 들어앉아 있었다.

수평선

서울을 출발한 지 4시간 30분 만에 답사단 일행은 묵호항 부두에 도착했다. 사람들은 버스에서 내리면서, 무릎 앞으로 성큼 다가온 푸른 바다를 보고 모두들 탄성을 질렀다.

항구 접안대에는 해양대학 실습선인 한바다호가 정박해 있었다. 하얀 선체 때문인지 바다가 더 푸르게 눈부셨다. 일행은 묵호항까지 오는 동안 푸른 하늘을 향해 무심하게 솟아 있는 산세와 험준한 골짜기만 보았다. 도시 생활에 찌든 사람들은 그

풍경에 잠시 생각을 빼앗겼다. 그런데 대관령 고개를 넘으면서 새로운 풍경이 나타났다. 산악과는 전혀 다른 바다와 배와 항구가 눈앞에 펼쳐진 것이다.

항구 주변은 소나기가 휩쓸고 지나간 것처럼 아스팔트 길이 깨끗했다. 하얀 유니폼을 입은 해양소년단 학생들이 먼저 승선해서 버스에서 내리는 일행을 향해 손을 흔들었다. 그들 틈에 30~40대 여성들도 끼여 있었다.

"독도에는 뭐가 제일 유명하지요?"

그때 내 옆에서 젊은 여자 목소리가 들렸다. 고개를 돌려보니, 대학생같이 보이는 여자가 윤기 나는 빨간 입술을 옴지락거리면서 누구에겐가 묻고 있었다. 그녀는 파란색 테 선글라스에 파란 모자 차양을 뒤로 돌려썼다. 샌들 신은 엄지발가락 발톱도 파랗다.

"푸른 바다와 파도가 유명하지 않을까?"

그 옆에 나란히 서 있는 사내가 가당찮은 질문이라는 듯이 대답했다. 둘은 잘 아는 사이 같았다.

"푸른 바다와 파도? 호호호. 명물이 그것밖에 없어? 물새 중에는 희귀종이 있겠지?"

"있겠지."

"키 작은 소나무도 유명하지 않을까? 산에 있지 않고 절해고도에서 해풍에 시달리면서 자랐으니까 멋있겠지?"

"독도 절벽에서 일생을 살았으니까 정말 멋진 소나무일 거야."

사내가 그제야 동의했다.

"원래 동백은 없었던가?"

영상에서 사람들이 심은 동백이 꽃봉오리를 맺은 화면을 본 모양이다.

"거기에는 사람이 사나?"

"독도수비대가 살고 있지 않나?"

"그건 살고 있는 게 아니라 주둔하고 있는 거겠지."

"주둔하는 것은 사는 것이 아닌가?"

"그거야 다르지 않나? 주둔은 자주 교대를 하니까 사는 것이 아니라 근무하는 거겠지?"

"근무? 그렇겠군."

"근무했다고 주민은 아니지?"

"주민등록도 되어 있지 않으니까 그런 걸까?"

"그렇군."

"여자도 있을까?"

여자의 관심은 한이 없었다.

"여자?"

"없겠지?"

"여자도 그 섬에 갈 수 있나?"

"가는 건 가능하겠지?"

"거기 사는 사람들은 참 외롭겠지?"

"아니, 물새와 고래와 잠자리도 있으니까 외롭지 않겠지."

"바다는 모두 여성이니까, 남성들은 외롭지 않을 거야."

이들 남녀는 아주 재미있게 이야기를 엮어나갔다. 나는 그들 말을 듣다가 생각해보니, 처음 듣는 문제들도 있었다. 2년 동안 독도에 살면서 그런 질문을 생각하지 못했다. 그렇다면 카메라에 담은 것은 도대체 무엇인가?

내가 잠시 사람들 목소리에 빠져 있는데, 한바다호의 선장인 박 교수가 앞으로 나섰다. 50대 초반으로 작달막한 키에 다부진 체격이었다. 그는 미소를 머금고서 항구의 풍광에 젖어 있는 사람들 시선을 한데 모았다. 손 사무관이 방 배정과 선상 생활 유의 사항이 기재된 유인물을 배부했다.

"서울에서 이 동해까지 먼 길 오시느라고 수고 많았습니다. 저는 여러분과 같이 이박 삼일 동안 생활할 한바다호 선장 박 교수입니다."

그는 인사에 뒤이어 한바다호에 대한 개괄적인 설명을 했다.

"한바다호는 앞으로 이박 삼일 동안 여러분이 생활할 유일한 공간입니다. 그 배가 바다 위에 떠 있다는 사실을 명심해주시기 바랍니다. 다행스러운 것은 지금 동해는 마치 깊은 잠에 취해 있는 것처럼 잔잔합니다. 기상 예보도 좋습니다. 여러분을 위해서 바다는 이러한 날씨를 준비해두었던 모양입니다. 즐겁고 유익한 여행이 될 것입니다."

선장은 마치 해양 실습을 떠나는 학생들에게 말하듯 선상 생활 유의사항을 조목조목 말했다. 우리는 작성한 승선카드를 사무요원에게 제출하고 배에 올랐다.

뱃고동 소리에 뒤이어 배가 움직이기 시작했다. 예인선을 따라 차츰 선두가 방향을 바꾸더니 내항을 빠져나갔다.

나는 배의 선두 갑판에서 항구 밖 먼 바다를 하염없이 바라보았다. 멀리 바라볼수록 바다는 호수같이 잔잔했다. 마치 청록색 엷은 명주로 울퉁불퉁한 지구 위에 곱게 깔아놓은 것 같았다. 무한히 펼쳐진 바다가 흰 구름이 무질서하게 떠 있는 하늘과 만나는 지점까지 아무것도 보이지 않았다. 텅 빈 공간에 시선을 고정시켜놓고 보니 허무 같은 것이 가슴으로 몰려들었다. 아무리 눈을 씻어 쳐다보아도 울릉도도 독도도 보이지 않았다. 동해에 떠있는 섬이라면 탁 트인 공간 위에 불쑥 나타날 법도한데, 섬은 나타나지 않았다.

"독도가 어디쯤 있지요?"

그때 전미림이 백 기자와 함께 다가오면서 물었다. 그녀의 긴 목을 두른 물빛 스카프 한 자락이 바다 바람에 휘날렸다. 빨간 파카에 짙은 색안경이 선체의 하얀색과 잘 어울렸다. 춤을 추는 여자가 아니라 패션모델 같았다. 그녀는 오후의 강한 햇살에 얼굴을 내맡기듯 고개를 약간 쳐들고 먼 바다로 몽롱한 눈길을 던졌다.

"독도가 보이지 않네요?"

그녀는 한참이나 눈으로 무엇을 찾는 듯하다가 이상하다는 표정으로 내게 물었다

"아니, 독도가 요 앞에 있는 줄 아셨어요?"

백 기자가 퉁명스럽게 받았다.

"독도가 눈에 보이지는 않지만 이미 전 여사 마음에는 들어와 있었지요? 춤판을 구상하실 때부터 이미 마음밭에 뿌리내려 있었을 텐데요?"

백 기자가 여자의 비위를 맞추려는 듯이 실실 웃었다.

"저기 봐요. 바다와 하늘이 입을 맞추고 있네요."

독도를 찾으려고 목을 빼어 먼 바다를 바라보던 그녀가 무슨 큰 발견이라도 한 것처럼 소리를 크게 질렀다.

"그게 수평선이라는 겁니다."

백 기자가 대답했다.

"이제야 알겠어요. 왜 사람들이 수평선 너머를 그리워하는가를⋯⋯."

"왜요?"

"거기에는 사랑과 평화가 있어서겠지요. 하늘과 땅이 화합을 이루는 공간이니까요. 참 좋은 발상이지요? 서로 대립되는 하늘과 땅이 입을 맞춘다. 그 점이 바로 이번 제 작품 모티브가 되

었어요."

그녀의 목소리가 약간 튀었다.

"수평선은 실재가 아니라 환상이에요."

내가 그 순진한 그녀의 꿈을 바로잡아주려고 말참견을 했다. 백 기자는 썼던 색안경을 벗으면서 빙긋이 웃었다.

"고 선생님, 지금 우리는 눈으로 바다와 하늘이 만나는, 아니 지구와 하늘이 만나는 것을 직접 확인했지 않아요? 그런데 환상이라니요?"

그녀가 색안경을 벗고 바다를 바라보다가 내 얼굴을 빤히 노려보는 듯했다. 수평선이 환상이라는 말이 상당히 불만스러운 것이다.

"사실이 그렇잖아요. 하늘과 바다는 영원히 만나지 못한다는 사실을 전미림 씨는 모르세요?"

"아니지요. 알고 있는 사실이 허구일 수도 있지요. 알고 있다는 것은 관념이지요. 하늘과 땅이 서로 만나지 못한다는 것도 말입니다. 지구는 우주라는 공간에 떠있는 별이다, 그러기에 하늘과 바다는 만날 수 없다, 뭐 이런 식 아니겠어요? 그런 판단 자체가 불완전한 것 아닐까요? 우리는 눈으로 하늘과 바다가 평화롭게 만나고 있는 것을 보고 있는데 왜 그것을 믿지 않지요? 너무 세계를 비극적으로 인식하고 있기 때문 아닌가요?"

"비극적으로 인식하다니요?"

나는 그 말이 귀에 거슬렸다. 그녀와의 이런 이야기가 시간을 죽여 먹기 위한 잡담에 불과하다는 것을 알면서 '비극적으로 인식하고 있다'는 말에 약간 비위가 상했다. 하늘과 바다가 입 맞춤하고 있는 수평선은 일종의 착시현상일 뿐이다. 논리적으로 따지자면, 지구가 둥글기 때문이다. 이런 식으로 그 사실의 허구를 확인시켜주는 것도 새삼스러운 일이다. 아니, 어쩌면 그녀의 말이 맞을지도 모른다. 나는 수평선을 수없이 경험해왔기 때문에, 그것이 실재하지 않는다는 사실을 무턱대고 믿는 것은 아닐까?

"고 선생만큼 수평선을 경험해본 사람도 많지 않을 테니까 전 선생이 양보하세요."

백 기자는 그녀를 달래면서 나를 은근히 쳐다보았다. 그 순간 백 기자가 내게서 수평선 이야기를 듣고 싶어한다는 것을 느꼈다. 그러나 그의 은밀한 요구를 외면해버렸다.

"제가 언젠가 고 선생의 문학수업기 비슷한 글을 읽은 적이 있는데요, 아마 고등학교 때 학교 수업을 빼먹고 학교 뒷산 무덤에 누워 책을 읽으면서 수평선을 넘어갈 꿈을 꾸었다는 내용일 겁니다. 그 글 중에서 인상 깊었던 것이 수평선은 꿈의 공간이 아니라 감옥이라는 말이었어요. 맞지요?"

그제야 백 기자가 아침부터 내 주위를 맴돌았던 의도를 알았다. 그는 언젠가 어느 시상식 뒤풀이 자리에서도 그와 비슷한 말을 꺼냈던 적이 있다. 그때에도 의도적으로 그의 말을 피해버렸다.

"고등학교 시절에는 누구나 그런 꿈을 꾸지 않았겠어요? 무엇 하나 마음을 붙잡아주는 것이 없는 고향에서 어디론가 떠날 생각만 하면서 살았으니까요. 그래서 떠나는 사람들이 얼마나 부러웠던지. 난 초등학교 교사가 되기 위해 지금 교육대학의 전신인 사범학교를 다녔는데, 그 학교가 바로 항구가 내려다보이는 언덕 위에 있었어요."

내 상념은 그 사범학교 교정을 맴돌았다. 한바다호 선상에서 수평선을 바라보면서 호사스러운 말놀이를 하다가, 고향 떠나기를 수없이 연습하던 그때로 돌아갔다.

별로 즐겁지도 않은 학교생활이었다. 그럭저럭 졸업하면 초등교사 자격증을 얻고 교사가 된다. 길이 정해진 것은 편안하면서, 한편으로는 이미 인생의 반은 살아버린 것 같은 건조함을 경험해야 했다. 학교 뒷동산 너머에 오래된 무덤이 있었다. 잘 다듬어진 무덤 잔디에서, 곁에 누워 있는 이름 모를 죽음을 생각하다가도 《현대문학》이니 《문학예술》이니 하는 문예지를 읽었다. 그때 '뚜' 하는 뱃고동이 울리면 공연히 가슴이 설레었다. 출항하는 뱃고동일 경우에는 더욱 그랬다.

이따금 학교 뒷동산에서 항구를 떠나 먼 바다로 미끄러지는 제주-부산 간, 제주-목포 간 연락선이 떠나는 것을 자주 보았다. 그때 나는 늘 많은 친구의 환송을 받으면서 배를 타고 떠날 날을 상상했다. 오후 항구에는 항상 환송객으로 북적였다. 웬만한 친지가 떠나면 항구로 나가서 환송하는 것은 일상적인 예의였다. 사람들은 배가 떠나기 한 시간 전부터 부두로 몰려가 떠나는 사람을 에워싸 많은 이야기를 나누었고, 배가 떠날 때까지 지켜 섰다. 배가 긴 고동을 울리면서 접안대와 떨어져 내항 한가운데에서 방향을 바꾸어 빠져나가면, 환송객들은 방파제를 따라가면서 손수건을 흔들었다. 어떤 사람은 배가 아득히 멀어져 사람 얼굴이 분간하지 못할 때까지 두 팔을 흔들면서 눈물을 흘리기도 했다. 집으로 돌아오면서, 언젠가 나도 이 부두에서 많은 환송객의 손수건에 파묻혀 떠나게 되리라 생각하면 무거웠던 발걸음이 차츰 가벼워지면서 빨라졌다.

나는 고등학교 때 이야기를 털어놓았다. 그때 수평선은 지금 이 한바다호에서 바라보는 수평선이 아니었다.

"고 선생님, 말이 나왔으니 하나 묻겠습니다. 전 이해되지 않은 부분이 있는데요, 왜 소설을 중단하고 사진에 몰두하게 되었지요? 더구나 제주에 대해서는 아직도 쓸 이야기가 많을 것 같은데요?"

백 기자는 좋은 기회를 얻었다는 듯이 물었다.

"사람은 누구나 자기 고향을 잘 알고 있다고 생각하고 또 사랑하기 때문에, 쓸 것도 많고 써야 될 의무감 같은 것을 갖게 되지요. 그런데 나는 고향에 대해 모르는 것이 너무 많고, 또 내가 감히 가까이할 수 없는 그 무엇도 있어요. 철부지였을 때는 써본다고 까불었고 많이 쓰기도 했지만, 이제 생각하니 그것은 내가 무모했기 때문이었어요. 그런 자신을 알고 나자 도저히 고향에 대해서 쓸 엄두가 나지 않았어요.”

이것은 누구에게도 말하지 않았던 내 글쓰기 비밀이었다.

“선생님이 감히 가까이할 수 없는 것이 무엇이었지요?”

백 기자는 그 정도로 이야기를 끝내려 하지 않았다.

“뭐, 그렇게 심각하게 받아들이지 마세요. 내 고향을 내 소설로써는 감당할 수 없어서 잠시 쉬고 있어요.”

나는 그의 다음 질문이 두려워서 그쯤 해두자고 못을 박았다.

“선생님, 하나만 더 물읍시다. 소설보다 카메라를 택하신 이유가 뭡니까?”

“소설에 자신이 없자 소설에 제일 가까운 것이 카메라라고 생각해서…….”

애매하게 대답했다. 평소에도 소설의 서사를 대신해줄 수 있는 것이 카메라라고 생각하고 있었다.

“그러면 고향을 놔두고 왜 하필 독도를 택하셨지요? 혹시 아까 말씀하셨듯이 고향은 가까이할 수 없기에, 고향 대신 독도를……?”

백 기자는 입가에 엷은 미소를 흘리면서, 그렇지 않으냐고 묻고 있었다. 그 표정에 오싹 소름이 돋았다.

"별 큰 의미는 없어요. 소설에 자신이 없으니 카메라를 통해서라도 섬의 실체를 제대로 한번 다 드러내보고 싶은 욕심을 가졌지요. 이게 아마 타고난 섬놈의 기질이랄까, 아니면 운명이겠지요. 그런데 제주는 너무 넓고, 독도는 제주에 비해 좁고 또한 좀 단순해서 카메라의 대상으로 적절하다고 생각했지요."

나는 그럴듯한 이유를 내놓았다. 이만하면 백 기자가 물러설 줄 알았다.

"고 선생님, 그렇다면 좁은 공간이라고 해서 그 실체를 카메라에 다 담을 수 있으리라고 생각하셨습니까?"

아무 말 없이 조용히 듣고만 있던 전미림이 불쑥 나왔다. 나는 대답이 궁색해졌다.

"아까 눈으로 확인한 것도 환상이고 허상일 수 있다고 하셨지 않아요?"

백 기자는 여전히 입가에 미소를 지으면서 내 말의 모순점을 다 알고 있다는 표정이다.

"환상도 눈으로 보는 데서 더 풍부해질 수 있지 않겠어요? 아무것도 볼 수 없다면 환상도 더 이상 진전될 수 없겠지요?"

"오히려 그 반대가 아닐까요?"

"반대라니요?"

"눈으로 본 것이 상상력을 제한할 수도 있지 않을까요?"

"그래도 많이 보는 사람만이 많이 생각하게 되고, 그래서 상상력도 풍부해지겠지요? 자기가 확인한 것을 너무 믿어버리지만 않는다면 그것이 도리어 상상력을 더 활발하게 만들어줄 거라고 전 믿어요."

나는 더 이상 이런 말장난을 그만두고 싶어서 결론 삼아 말했다.

"전 고 선생님이 고향을 탐색할 분으로 가장 적절한 처지에 있다고 생각하거든요. 눈에 보이지 않는 부분과 카메라에 담을 수 있는 그 현상적인 그 두 부분이 합치될 때, 고향의 참 모습을 드러낼 수 있으니까요. 그러한 점을 고 선생님은 이미 잘 알고 있을 것 같은데도, 고향을 놔두고 구태여 독도를 택한 것은 이해가 되지 않습니다. 혹시 고향을 기피하는 이유가 달리 있는 거 아닌지요?"

백 기자는 내 논리의 허구를 직접 꼬집어내면서 대답하지 않으면 안 될 질문을 다소 날카롭게 내놓았다.

"백 형, 사람들은 누구나 고향을 잘 안다고 하지만 사실은 그렇지 않아요. 왜냐하면 그 안다고 하는 것들이 도리어 사실을 제대로 볼 수 없게 만드는 경우가 많지요. 예를 들면 고향에 대한 애정이나, 또는 자신의 몸속에 흐르고 있는 고향의 속성들이 고향과의 적절한 관계를 유지하기가 어렵게 만들지요."

"물론 그런 점도 있겠지요. 그래도 고 선생이 고향을 기피하는 데는 그럴 만한 특별한 이유가 있을 것 같아요. 고향을 가까이할 수 없는 무엇 말입니다."

백 기자가 묻고 싶은 것은 바로 그것이었다.

한 4년 전 일이다. 내 신간 창작집에 대해 기사를 쓸 때에도 그런 질문을 했다. 작품 경향이 제주에서 멀어졌다면서 그 특별한 이유를 알고 싶다고 했다. 나는 그때, '너무 많이 고향 이야기를 쓰지 않았어요?' 하고 넘겨버렸다. 그러나 사실은 대답을 회피해버린 것이다.

"이런 경우가 있지 않겠어요. 일찍이 고향을 떠나 도시로 나와 출세한 어떤 사람이 제 애비가 종노릇했던 그 고향을 즐겁게 찾는 일은 드물겠지요. 그 대신 다른 일을 통해서, 또는 제2의 고향이라는 것을 만들어서 그 부끄러운 고향의 상실감을 충족하는 경우가 있을 수 있겠지요. 그것과 비슷한 것입니다."

"아니, 그렇게 고향에 한이 많으십니까?"

"꼭 한이 아니더라도 말입니다. 일반적으로 고향에 대한 사람들 반응은 둘로 나타나겠지요. 죽어서 고향으로 돌아간다는 사람과 그렇지 않은 사람, 도시에 나와서 출세한 사람들 가운데에도 고향을 유달리 생각하고 그러한 고향 사랑을 구체적으로 실현하려는 사람들과, 오히려 그와 반대인 사람들이 있어요. 그렇다고 후자인 경우가 고향에 대한 사랑이 없다거나 그런 것은 아니에요. 오히려 그 반대인 경우도 많지요."

"그러면 그동안 고향에 대한 사랑이나 관심을 소설로 써오다가 이제는 그 방법을 달리해서 카메라를 택하셨고, 다시 대상도 고향 아닌 다른 땅을 택한 것이군요?"

백 기자는 혼자 결론을 내렸다. 나는 빙긋이 웃기만 했다.

한바다호는 속력을 내기 시작했다. 배는 푸른 바다를 가로질러 하얗고 거친 물보라를 양쪽으로 갈라놓으면서 앞으로 나갔다. 선체 주위에 푸른 물결이 약간 거세었다. 그런데 눈을 들어 먼 곳을 내다보면 더없이 잔잔했다. 배를 따라 내가 육지에서 점점 멀어져갔다. 그것은 전혀 내 의사와 상관이 없었다. 나는 바다에 있는 것이 아니라 선체의 작은 공간에 갇혀 있었다. 선체의 한 모퉁이가 내 존재성을 유지시켜주고 있음을 알았다.

나는 고개를 내밀어 선체의 움직임을 따라 눈길을 옮겨가보았다. 배의 움직임에 머리가 어지러웠다. 그러면 멀미해요. 백 기자가 뒤에서 걱정 투로 거들었다. 그런데 나는 그 순간 바다가 거대한 생명체로 느껴졌다. 밤새 지친 노동으로 잠시 잠에 빠졌다가 깨어나 하루를 준비하려는 것 같았다. 그제야 바다를 신뢰할 수 있었다. 생명이 있는 것은 행동에 대해 어떤 질서를 갖고 있으므로 믿을 수 있다. 허리를 바로 펴서 멀리 바라보았다. 생명체라는 생각이 나를 편하게 해주면서 바다의 꿈틀거림과 배의 진동이 오히려 친근하게 느껴져 안심이 되었다.

나는 백 기자와 전미림과 헤어져 방을 찾았다. 2-15호실은 2

층에 있었다. 먼저 와 있던 사람이 일어서면서 반가워했다.

"저는 지원상이라고 합니다. 바다연구소 소속이지요."

얼굴이 유난스럽게 검고 약간 마른 인상을 주는 사내가 먼저 인사를 했다. 직감적으로 그가 서울에서 백 기자가 눈짓으로 가리켰던 그 바다에 미친 사내라는 것을 곧 알았다.

방에는 2층 침대가 각각 방의 좌우 양편 벽에 붙어 있었다. 그 침대 한 모퉁이에는 간이책장이 있고, 거기에는 해양대 학생들 교재가 10여 권씩 꽂혀 있었다. 그리고 한가운데에는 공부할 수 있도록 간이책상이 놓여 있었다.

"고 선생께서는 저편 침대를 쓰십시오. 저는 이편을 쓰겠습니다."

지원상은 오른쪽을 가리켰다. 그때 안내 마이크에서 여자의 낭랑한 소리가 들려왔다.

"독도 답사대원들에게 알립니다. 이제 곧 삼층 강의실 강당으로 모여주십시오. 현재 시간 세 시 십 분 전, 세 시부터 계획된 대로 세미나를 개최하겠습니다. 모두 참여해서 독도가 우리 땅임을 확인하시기 바랍니다. 그러면 기다리겠습니다."

꼭 같은 안내가 두 번 되풀이되었다. 물소리 같은 여자의 목소리가 바다처럼 시원하게 들렸다. "독도가 우리 땅임을 확인하시기 바랍니다." 그 아나운서의 마지막 멘트가 묘하게 들렸다.

독도 선상 세미나

첫 번째 주제 발표는 동아시아도서학회 측에서 '독도 영유권과 독도 정책'이란 제목으로 박재민 박사가 맡았다.

세미나 장소인 선상 강당에는 사람들로 가득 찼다. 모인 답사 대원들 표정도 사뭇 진지했다. 현지에서 합류한 울릉도와 독도 관광단 여성들은 이 희한한 모임이 낯설었으나 즐거운 구경거리인지 표정이 아주 풀어져 있었다. 동해 현지에서 합류한 젊은 학생들로 구성된 회원들 눈빛도 동해의 물결처럼 맑고 투명했다.

사회를 맡은 독도보전연구회 회장인 구 박사가 발표자와 토론자 두 사람을 간략하게 소개한 뒤 발표가 시작되었다. 박재민 박사는 강당에 모인 사람들의 진지한 눈빛에 긴장했는지 오렌지 주스를 한 모금 마시고 준비해온 원고를 카랑카랑한 목소리로 읽어 내려갔다. 강당 안이 깊은 바닷속처럼 조용해졌다.

"……1998년 제3회 바다의 날을 맞이하여 그동안 일본에서 꾸준히 제기해오는 독도 영유권 문제를 검토해보고, 독도를 한국 영토로 보전하는 정책을 구상해보는 것이 필요하다고 생각합니다. 동해상에 있는 울릉도와 독도는 서기 512년 이래 한국의 고유 영토였습니다. 이 때문에 동해는 한국해, 또는 조선해(Sea of Korea)로 불려왔습니다. 19세기 말에 일본 제국주의가 강성해지면서 독도와 울릉도를 일본 영토에 편입하려는 음모가 집요하게 계속되었습니다. 또한 세계에 먼저 진출한 일본이 동해 표기도 소위 '일본해(Sea of Japan)'로 바꾸어 세계에 퍼트리기도 했습니다. 일제는 독도의 영유권자인 한국 정부 몰래 1905년 1월에 독도를 일본 영토로 편입한다는 내각회의 결정을 한 바 있습니다. 그러나 이것은 불법적인 것이었으므로, 일제가 제2차 세계대전에서 항복한 직후 1946년 1월에 독도는 연합군 최고사령부에 의하여 원래의 주인인 한국 측에 반환되었던 것입니다. 그러나 일본은 1952년 1월 28일부터 독도에 대한 영유권을 주장하기 시작하여, 그 후 계속해서 한국 정부에 항의 문서를 보내오고 있습니다……."

이어서 발표자는 서기 512년 독도가 한국 영토임을 입증하는 문헌 자료를 제시했다. 독도에 대한 일본 측 최초 관련 문헌으로 1667년에 편찬된 《은주시청합기(隱州視聽合記)》에서도 울릉도와 독도는 조선에 속한 것이고, 오키[隱岐]는 일본에 속한 것으로 기록되어 있다고 했다. 그리고 17세기 말에도 울릉도와 독도 영유권 논쟁이 조선과 일본 사이에 있었으나, 결국 독도는 조선 영토임을 재확인했고, 도쿠가와 막부[德川幕府] 시대 일본의 문헌과 옛 지도를 비롯해서 일본 메이지[明治] 정부의 공문서와, 일본 육군성과 해군성의 지도에도 독도가 조선 영토로 표시되어 있는 자료를 제시했다. 그러다가 일본은 20세기 초에 들어와서 독도 침탈을 의도하였으나, 제2차 세계대전 이

후에 SCAPIN 제677호에 의해서 독도는 한국 정부에 반환되었다. 발표자는 독도가 한국 영토임을 구체적인 사료와 자료를 통해서 확인했음을 강조했다.

발표가 계속되는 동안 사람들은 조용히 경청했다. 발표자는 잠시 말을 쉬고서 주스 컵을 말끔히 비웠다.

"이제 앞으로 한국에서 독도에 대한 일본 측 처사에 대응해야 할 몇 가지 방안을 말씀드리고 이 발표를 마치겠습니다. 첫째는 독도가 한국 영토임을 증명하는 객관적인 자료를 체계적으로 수집 정리하여 국내외에 홍보하고 일본의 독도 침탈 야욕의 불법성을 알려야 합니다. 둘째는, 한국은 독도를 기점으로 이백 해리 배타적 경제전관수역 경계선을 선포해야 합니다. 셋째, 정부는 독도에 대해서 적극적인 개발 정책을 실시해야 합니다. 부두 접안시설을 만들고 동도와 서도를 잇기 위해 철교를 가설하고, 섬 주위에 흩어져 있는 많은 암초에 인공 지반을 만들어 해상 유스호스텔과 건물을 건립하고 용출수를 개발하여 담수를 만드는 최신 설비 및 발전 시설 등 각종 현대적 시설을 건설할 필요가 있습니다. 넷째, 한국 정부는 독도에 어업전진기지를 개발해야 합니다. 독도 해안은 풍부한 어장입니다. 부두 시설을 만들면 어업기지로서 제 구실을 다할 수 있을 것입니다. 다섯째, 독도에 주민이 상주할 수 있도록 조치해야 합니다. 독도는 무인도가 아니라 유인도가 되어야 최악의 경우에 이른바

실효적 영유가 국제사회에 공인될 것입니다. 여섯째, 독도와 울릉도를 하나의 관광구역으로 묶어 개발해야 합니다. 아마 오늘 우리 답사단에는 관광객들도 합류했을 텐데, 앞으로 해안 관광의 하나로서 독도 탐사 관광과 해저 관광 등 다양한 관광 상품을 개발해야 합니다. 그래서 독도를 막연히 우리 땅으로 생각할 것이 아니라, 우리 피부에 닿는 땅이 되어야 국민이 애착을 갖게 되고 그래야만 한국 땅이 될 것입니다. 제 발표를 경청해주신 여러분 감사합니다."*

발표가 끝나자 취면 상태에 있던 사람들이 서둘러 정신을 수습하고 박수를 쳤다. 박수는 오래 계속되었다. 사회자는 박수가 끝날 때까지 흐뭇한 미소를 지었다. 박재민 박사도 그제야 청중들의 상기된 표정을 읽었다.

"끝까지 관심을 갖고 경청해주신 여러분께 경의를 표합니다. 여러분의 경청하는 그 모습만 봐도 독도를 향한 우리 국민의 마음을 충분히 읽을 수 있습니다. 이러한 여러분의 기대에 부응하도록 많은 자료를 통해서 독도가 한국의 영토임을 객관적으로 확인시켜준 박 교수님의 노고와 그 열정에 다시 한 번 감사를 드립니다. 그러면 이제 이 발표에 대한 논평을 듣기로 하겠습니다. 논평이 끝난 다음에 시간이 허락하는 대로 몇 분 질문

* 이 발표 내용은 제2회 독도 해상 세미나 원고를 인용하였다.

을 받겠습니다."

사회자가 매우 흡족한 표정을 지으면서 옆에 앉은 K대 정치학과 원 교수에게 토론을 부탁했다.

"예, 방금 사회자께서 말씀하신 대로 독도의 영유권이 한국에 있음을 역사적인 자료를 통해서 확인시켜준 박 교수님의 발표에 대해서 정치학을 전공한 제가 뭐라고 이의를 제기할 말이 없습니다. 우선 이러한 객관적인 자료가 일반에게도 공개되어 독도가 한국 영토임을 누구나 확인할 수 있는 사업이 활발하게 이루어지기를 바랍니다. 독도 문제가 한일 관계의 현안임이 틀림없는데도, 독도로 인해서 양국 간에 빚어질 분쟁이 확대될 것을 두려워해서 정부 당국에서는 너무 조심스럽게 대처해왔던 것이 사실입니다. 정부에서는 다소 물의가 야기되더라도, 국가의 백년대계를 위해서 이 문제에 대해서만은 분명하게 대처해야 합니다.

두 번째는 독도 개발 문제인데, 이것은 상당한 연구 검토가 이루어진 후에 시행되어야 한다고 생각합니다. 우선 독도를 유인도로 만드는 것은 일본과의 독도 영유권 분쟁이 되었을 때 선점하는 효과는 있겠습니다만, 사람을 살게 함으로 야기되는 여러 문제도 고려해볼 필요가 있습니다. 독도는 말 그대로 혼자 있게 내버려둬야 할 섬이 아닌가 생각됩니다. 물론 앞으로 정치 외교적인 문제, 산업, 학술적인 문제에 따라서 독도 개발도 심도 있게 연구 논의되리라고 생각합니다. 문제는 박 교수님의 발표가 상당히 설득력 있게 받아들여지면서도 지금으로서는 주저할 수밖에 없는데, 그 이유가 어디 있는지 제 자신도 뭐라고 말할 수 없습니다. 특히 관광 구역으로 개발하는 문제를 제기한 것은 획기적인 발상입니다. 앞으로 금강산도 나진 선봉 지역이 관광 코스로 개발된다면, 독도를 관광자원화 하는 문제가 그렇게 꿈같은 이야기만은 아닐 것 같습니다."

토론자는 애매한 논조로 일관했다. 그는 이 세미나의 분위기로 봐서 발표자 주장이 설득력을 지니게 되었는데, 이의를 잘못 제기했다가는 혹시 오해를 받을까 조심스러워 하였다.

두 번째 토론자가 마이크를 넘겨받았다. 그는 자신을 독도사랑회 연구간사라고 소개했다. 30대 중반쯤 되는 나이로 짧은 머리에 회색 등산용 조끼를 입은 탄탄한 체구였다.

"저는 아주 현실적인 문제를 제기하겠습니다. 이제 박 교수님께서 독도가 한국의 영토임을 입증하는 자료를 통해서 우리에게 독도 영유권이 한국에 있음을 확인시켜주신 것에 감사를 드립니다. 그런데 문제는 이러한 합리성에만 의존해서 해결이 안 될 경우를 생각하지 않을 수 없습니다. 무슨 말이냐 하면, 일본도 이러한 객관적인 사료에 의해 독도가 한국 땅인 것을 알면서도 욕심을 버리지 못하고 있지 않습니까? 그러므로 먼저 독도에 대한 우리 정부의 일관된 정책이 필요하다고 생각합니다. 그래서 몇 가지 사항을 제시하겠습니다.

첫째, 독도 문제를 종합적으로 관장하는 부서가 필요합니다. 경비와 조사 연구, 개발 등의 여러 문제를 정부의 한 행정부서가 책임질 수 있도록 맡아야 합니다. 둘째는 일본에서 무력 공격을 해올 경우에 우리가 어떻게 대처해야 하느냐는 문제도 논의하고 준비해두어야 할 것입니다. 독도 경비에 대한 작전권이 확정되어야 합니다. 셋째, 만약 이 독도 문제가 국제 분쟁이 되었을 때를 대비하여 준비를 갖춰야 합니다. 넷째는 독도에 대한 종합적인 조사 연구가 필요합니다. 이것도 독도 담당 부처에서 적극적으로 추진해야 할 것입니다. 이상입니다."

젊은이는 간단 명확하게 토론을 마무리했다. 사회자의 표정이 밝아졌다. 그는 원 교수의 애매한 토론과 달리 젊은이가 구체적으로 제시한 방안이 마음에 들었던 모양이다.

"그러면 일반 회원들 중에서 한두 분만 질의를 받겠습니다."

사회자가 강당 안에 모인 사람들을 바라보는데, 중앙 뒤쪽에 앉아 있는 사내가 손을 번쩍 들었다.

"저는 이십 년 동안 참치잡이 어선을 타고 바다에서 청춘을 보낸 순전한 뱃사람입니다. 그러니 혹 제 말에 실수가 있더라도 양해해주십시오."

사내는 느린 어투로 서두를 꺼내었다. 앞에서 두 번째 줄 구석진 자리에 앉아 있던 고위영은 지금 질의자가 한 방을 쓰게 된 지원상임을 알고는 호기심이 생겼다.

"실례합니다만, 방금 주제 발표를 해주신 박 교수님께서는 독도에 몇 번이나 가 보셨습니까?"

그는 입가에 여유 있는 웃음을 띠우면서 사석에서 말하듯 물었다.

"예, 두 번 갔었는데 한 번은 상륙을 했고, 한 번은 상륙하지 못했습니다."

"그러시면 독도 땅에 머문 총 합계 시간이 얼마나 된다고 생각하십니까?"

사람들 시선이 그에게 쏠렸다. 그는 마치 심문관같이 박 교수에게 묻고 있었다. 발표자는 질의자의 어투에서 야유기가 끼어 있음을 느꼈다.

"왜 그런 것을 물으시죠?"

박 교수는 어색한 표정을 지으면서 되물었다.

"독도에 여러 시설을 해야 한다고 제안을 하셔서 말입니다. 그러한 사업을 생각하게 된 동기를 혹시 독도에 체류하시는 동안에 얻으셨는가 해서입니다."

질의자는 발표자의 어색한 표정에 개의치 않고 질문의 의도를 솔직하게 말했다. 박 교수 얼굴이 팽팽하게 긴장되었다.

"그렇지요. 충분한 검토와 연구가 필요합니다. 그러나 우선 이렇게 문제 제기를 해놓아야 정부가 독도 개발에 관심을 갖게 되고, 그에 부응하여 적극적인 조사 사업이 이루어지지 않겠습니까. 뭐, 제가 이런 발표를 했다고 해서 당장 내일부터 그런 사업을 착수하는 것도 아니고, 그래도 제 발표가 단순히 책상물림하는 이상주의자의 화려한 제안이 아니라 실현성 있는 구체적인 제안이란 점을 이해해주셨으면 합니다. 더 구체적인 것은 제가 지금 자료를 모으고 연구하는 중입니다."

박 교수는 감정을 자제하면서 차근차근 답변했다.

질문자는 발표자의 의도를 충분히 이해했다는 듯이 고개를 끄덕였다. 오늘 세미나가 '바다의 날'을 기념하기 위해 시행되는 독도 답사의 한 부분이기에 그러한 내용을 제기할 수 있다고 생각했던 것 같다. 그러나 그는 꼭 하고 싶은 말을 미룰 수 없었는지,

"제 생각은 독도가 인간의 필요에 의해서 자행하는 그 많은 일들을 잠잠하게 받아줄까 의문입니다. 예를 들면 아무리 치밀한 공법으로 접안 공사나 수상 호텔 공사를 한다고 해도, 독도가 거절하면 어쩔 도리가 없지 않겠습니까? 그러니까 우리가 이런 자리에서 그런 문제를 논의할 경우 그것이 실제적인 독도와는 무관하게 그저 사람의 생각에 그칠 수도 있지 않겠습니까? 독도와 관련된 일이라면 인간의 힘으로만 가능한 것이 아니라, 독도의 몫도 좀 남겨두고 생각해야 하지 않을까요? 사실 독도는 좀 괴팍한 데가 있지요. 사람이나 사람이 하는 일을 그

렇게 좋아하는 것도 아니고, 어떤 때는 오히려 거부할 때도 있으니까 하는 말인데요……."

지원상은 여유를 부리면서 말했다. 사람들이 수군거리기 시작했다. 거 무슨 말이 그렇게 어려워요. 지금 우리가 왜 독도를 찾아가는 겁니까. 그런 신중론의 결과가 어떻게 됩니까. 꼭 한국 정부 외무부 관리 같구먼. 여기저기서 지원상을 향한 야유 섞인 수군거림이 튀어나왔다. 그런데 그러한 반응에도 그는 아주 태평했다.

"지금 이 시점에서 독도 문제는 좀 이성적으로 접근할 필요가 있다고 생각합니다. 독도는 우리 땅이라는 막연한 감정을 갖고 대처하다가는 치밀하고 약삭빠른 일본에게 당할 수도 있습니다. 일본은 우리가 흥분하기를 은근히 바라고 있습니다."

지원상은 주위의 눈총에도 신경 쓰지 않고 한마디를 더 붙였다.

"지금 질의를 해주신 분의 의견도 소중한 것입니다. 우리가 아무리 그럴듯한 일을 해도 당사자인 독도가 받아줘야 하지 않겠어요? 허허허."

사회자는 여유를 부리면서 질의자의 입장을 달래놓으면서도, 사실 그의 그 지나친 신중론과 괴변 같은 발언으로 속이 조금 뒤틀렸음을 숨기지 않았다. 독도가 받아주다니? 독도가 뭐 사람인가, 원. 지원상은 그러한 사회자의 속마음을 알고 있으면서도 모른 척했다.

사람들은 질의자와 발표자 사이에 격렬한 논쟁이라도 벌어
질 것을 은근히 기대하다가 사회자의 토론 종결 선언을 듣고는
맥이 풀렸다.

"그러면 장소를 정리하고 십 분간 휴식을 취하고 다음 순서
로 들어가겠습니다. 이번 박 교수님의 발표를 듣고 독도가 한국
땅이라는 점은 한국인의 감정으로서가 아니라, 객관적 자료에
의해서 확인하게 되었습니다. 이제 우리는 이 발표를 통해서 독
도에 대한 인식을 새롭게 가져야 합니다."

사회자의 마무리 인사가 끝나자 회의장은 갑자기 활기를 띠
었다. 그러한 승객의 기분을 알아차린 듯 배도 차츰 요동이 심
해졌다. 그러나 그 사실을 알고 있는 사람은 얼마 없었다.

자리에서 일어난 사회자는 발표자, 토론자와 악수를 나누었
다. 나는 서둘러 먼저 강당을 빠져나왔다. 2시간 가까이 앉아
있었던 탓인지 전신이 피곤했다. 저녁 식사를 대신하는 선상 리
셉션이 시작되기 전에 좀 쉬고 싶어서 선실을 찾아 계단을 내
려오는데,

"선생님, 아까는 제가 너무 설쳤습니까? 공연히 허튼 소리
로……."

지원상이 뒤따라오면서 혼잣말처럼 중얼거렸다.

"뭘요? 지 선생 질의가 참 재미있었습니다. 사실 독도가 받아

152

주지 않으면 아무 일도 못하지 않겠어요? 특히 시설물 공사 같은 것은 말입니다."

나는 그를 오래전부터 사귄 친구처럼 생각했다.

"고 선생님은 섬 출신이시니 아시겠지만, 바다란 참 묘합니다. 일단 우리가 바다로 들어섰다 하면, 사람 마음대로 되는 게 하나도 없지요. 저도 이십 년 넘게 배를 탔습니다만, 일단 바다로 나가면 모든 것을 바다에 맡겨야 되거든요. 선장 마음대로 배를 부린다고 생각하십니까? 천만에요. 아마 이것이 땅 위에서의 삶과 다른 점이겠지요. 전 아직도 바다를 모릅니다만……."

그는 말을 다 하고서도 뭔가 아쉬운 표정을 숨기지 못했다.

"선실에서 좀 쉬십시오. 한 삼십 분 여유가 있으니까요. 시간 되면 제가 깨우겠습니다. 아마 한 시간쯤 후에 아름다운 장관을 보시게 될 테니까요."

그는 2-15호실로 나를 안내해주고는 어둑한 복도 끝으로 사라졌다.

황홀한 선상 리셉션

바다는 호수처럼 잔잔했다. 갑판 위에는 차양을 치고 오색 불빛으로 황홀하게 꾸며진 연회장에 차려진 뷔페 식사로 풍성했다. 해가 서편으로 기울면서 바닷바람이 약간 거세어졌으나 그게 오히려 사람들 마음을 들뜨게 만들었다. 리셉션장에 나온 사람들은 옷차림부터 달랐다. 칵테일을 한 잔씩 들고 선상 저녁 정취를 즐기는 표정들은 흐뭇했다. 도 교수가 짧게 인사말을 했고, 이어 박 선장이 축배를 들었다.

"아름다운 동해와 독도를 위하여!"

"한국 영토 독도를 지키기 위하여!"

이어 선장이 인사말을 했다.

"제가 잠깐 한 말씀 드리겠습니다. 원래 배에서 드시는 요리는 맛있는 법입니다. 우리 한바다호 요리사는 서울 특급 관광호텔 요리사에 뒤지지 않습니다. 맛있게 드시고, 동해 밤바다의 아름다운 정취를 마음껏 즐겨보십시오. 바다가 뭍보다 훨씬 안전하고 더 아름답고 편안하다는 것을 이번 기회에 직접 체험하셔야 바다에 대한 고정관념이 바뀌어지리라 생각합니다. 지금까지 바다는 무서운 곳, 그래서 어른들은 아이들이 바닷가로 나간다면 우선 조심하라는 말부터 합니다. 그런데 어떻습니까? 해상사고가 육상사고보다 많습니까? 그렇지 않습니다. 이제 우리는 육지보다 바다가 더 안전하고 아름답고 편안하며, 육지보다 더 많은 자원을 간직하고 있으면서 인간들에게 무한대로 공급해준다는 그 사실을 제대로 인식할 때 바다 문화가 새롭게 창조될 것입니다. 그래야 삼면이 바다인 한국이 해양 대국으로 발전하게 될 것입니다."

선장은 배고픈 사람들을 앞에 놓고 장황하게 사설을 늘어놓았다. 사람들은 풍성한 식사를 보면서 오히려 그 장황한 사설 때문에 식욕이 부풀어 올랐다.

요리 그릇 앞에는 제복 입은 요리사들이 늘어서서 손님들에게 요리를 설명했다. 이것은 상어 요리입니다. 이것은 생 조개 요리입니다. 이것은 생 다시마 무침입니다. 이것은 잡어회인데요, 말이 잡어이지 맛은 별미입니다. 이것은 게 요리인데요, 호텔에서 먹는 게 맛과는 다릅니다.

사람들은 쟁반에 음식을 가득 담고 바다의 황혼을 보면서 행복한 식사를 하기 시작했다. 수평선으로 기울어지던 해가 바다와 하늘에 연붉은 노을을 뿌려놓자 세상은 온통 한 빛이 되었고, 선명하게 나타나 있던 수평선은 사라져버렸다.

"와아!"

전미림이 음식 쟁반을 들고 내게로 가까이 다가와서는 소리를 질렀다. 그녀의 뺨은 발그스름하게 물들어 있었다. 빨간 드레스에 까만 덧옷을 걸친 옷차림이 석양을 받아 온통 노을빛

을 뒤집어썼다. 그 곁에 있는 도 교수도 노을빛에 얼굴이 붉어
졌다.

"저 봐요! 바다와 하늘이 한 빛이 되었어요. 바다는 어디에서
저런 빛을 숨겨 놓았다가 한꺼번에 쏟아내는 걸까요?"

그녀의 어투는 약간 들떠 있었다.

여기저기서 카메라 플래시가 터졌다. 사람들은 일몰의 장관
을 배경으로 사진 찍기에 바빴다. 와하하. 저 붉은 태양, 지는
해가 정말 아름답구나! 여기저기에서 환호가 터져나왔다. 울긋
불긋한 옷차림을 한 30~40대 부인들이 즐거워서 더 야단을 떨
었다.

나는 사람들의 호들갑과 탄성이 자꾸 마음에 걸렸다. 전미림
의 화려한 옷차림도 불안했다. 모두들 독도 답사대원들임을 잊
고 황혼의 절경과 풍성한 음식 때문에 호사스러운 선상 파티에
초대받은 손님으로 착각하고 있었다.

"전 여사, 어떻습니까? 이 선상에서 한바탕 춤판을 벌이지요.
꼭 독도에 가서만 춤을 춰야 합니까? 사라져가는 저녁 태양을
배경으로 춤을 추면, 아마 동해 용이 놀라서 일어나 함께 춤을
출 것입니다."

도 교수는 술기운과 분위기에 들떠서 여자에게 춤을 권했다.

"그럴까요?"

전미림은 고혹스러운 눈빛으로 도 교수를 향해 살짝 미소를

지었다.

"아니, 그냥 해보는 소리가 아닙니다."

도 교수가 다시 재촉했다.

"그런데 몸이 말을 듣지 않아요. 저렇게 아름다운 바다와 하늘빛에 취해 있으니 춤이 나오겠어요?"

"취해야 춤이 나오는 것 아닙니까?"

"그렇게 생각하세요?"

전미림은 고개를 살래살래 흔들면서 웃었다. 도 교수가 멀쑥해졌다.

"왜 식사를 하시지 않습니까?"

백 기자가 다가오다가 멍청하게 서 있는 나에게 캔맥주를 하나 내밀었다. 나는 일몰 광경을 바라보다가 지금 배가 동쪽으로 항해하고 있다는 사실에 약간 방향 감각에 혼란이 왔다. 동해에서 일출을 보고 서해에서 일몰을 본다는 일상적인 관념이 흔들렸다. 동해에서 보는 일몰이지만, 사실은 배가 가는 반대 방향이니 서해 바다나 마찬가지이다. 그것을 따져 생각할수록 방향이 혼란스러웠다. 나는 음식 접시를 든 채 일몰 광경에 취해 있었다. 그런데 그 황홀한 바다가 갑자기 술 취한 것처럼 보이기 시작했다. 그 정경을 바라볼수록 술 취한 듯 속이 울렁거렸다.

"속이 안 좋으세요? 제가 약을 드릴까요?"

백 기자가 줄지 않은 내 접시를 보면서 걱정 투로 말했다.

"괜찮아요. 공연히 바다 정경에 홀려 음식 맛을 잃었나 보죠."

그렇게 변명하는데 내 옆얼굴이 섬뜩해져 고개를 들었다. 지원상이 나를 향해 빙긋이 웃고 있었다.

"동해에서 일몰을 보니까 이상하시지요?"

그는 내 속마음을 알고 있었다.

"오하하하!"

전미림이 소리 내어 웃었다.

"저 여자는 아마 입으로 무용을 하는가 봐요. 정말 자연을 보고 놀라는 사람은 소리를 지르지 않아요. 촌스럽기는……."

지원상이 속삭이듯 말했으나 그 말은 그녀에게도 충분히 들릴 정도로 컸다. 도 교수가 흘끔 이쪽으로 눈길을 주다가 나를 알아보고는 얼른 고개를 돌려버렸다. 그때 후두둑 빗방울이 몇 개 떨어졌다.

"그런데 하늘이 어둑해지네요. 아직 그럴 시간은 안 되었는데……."

선상에서 벌어지는 정경을 카메라에 담던 백 기자가 손목시계를 보더니 지원상에게 다가오며 걱정 투로 말했다.

"그동안 날이 청명했으니, 이제는 바람이 불 때도 되었지요. 그건 별 사건이 못 됩니다."

지원상은 별스런 걱정을 한다는 투로 넘겨버렸다. 그런데 그 말이 끝나자마자 마치 그가 바람을 불러들인 것처럼 바람이 조금씩 일기 시작했다. 서늘한 바다 냉기가 속옷까지 스며들었다.

"아이, 날씨가 갑자기 쌀쌀해지네. 전 여사 감기 들겠어요. 들어가시죠."

도 교수가 전미림의 등을 가볍게 밀쳤다. 그녀의 입술은 한기에 지쳐 까맣게 타들어가듯 했다. 그런 와중에도 그녀는 지원상의 말이 비위에 거슬렸다.

빗방울이 차츰 잦아졌다. 음식 접시를 들고 맛있게 먹던 사람들이 두려운 눈빛을 서로 나누면서 급히 강당으로 내려갔다. 요리사들은 서둘러 음식상을 치우기 시작했다.

"들어가시죠. 바다가 한바탕 소동을 부릴 모양입니다."

지원상은 어두워지는 바다를 내려다보면서 내 등을 밀었다. 그러나 나는 안으로 들어가고 싶지 않았다.

바다와 하늘이 아름답게 채색되었던 그 자리에 검은 어둠이 들어찼다. 무한한 공간이 구분 없이 어둠으로 하나가 되어 버렸다. 어둠은 어디에 숨어 있다가 나타나는 것일까. 그것은 얼마나 큰 힘을 갖고 있기에, 얼마나 많은 어둠을 보유하고 있기에 무한한 이 우주 공간을 빈틈없이 채우는 것일까? 나는 어린아이처럼 그 어둠의 신비 앞에 꼼짝할 수 없었다.

황혼은 아름답지만 그다음에 찾아오는 어둠이기에 더욱 두렵다. 그러나 그 두려운 어둠을 기다리며 살았던 어머니 이야기를 나는 기억하고 있다. 입산한 아버지는 그믐을 전후한 한밤중에 마을로 내려와 바깥채 뒷방인 어머니 방문을 두드렸다. 어머니가 시집온 지 겨우 두 달이 지나서 아버지는 경찰의 눈을 피해 산으로 들어가 빨치산이 되었다.

안채 어른들은 달 없는 밤중에 바깥채 며느리 방에서 일어난 일을 다 알고 있었지만 모른 척했다. 어머니는 달이 없는 칠흑의 밤에 먼 동네에서 개 짖는 소리라도 들리면 한잠도 자지 못했다. 내가 고향을 떠날 무렵에야 이 이야기를 들었다. 그때만 해도, 그 달 없는 밤의 절망과 기다림과 환희가 교차되었을 어머니 처지를 헤아리기는 어려웠다.

바람과 파도

바람은 점점 거세어갔다. 한바다호도 바람이 몰고 오는 파도를 당해내지 못해서 좌우로 심하게 요동을 쳤다. 강당에 가지런히 놓여 있던 강의용 의자와 책상들이 좌우로 미끄럼 타듯이 쏠려가고 쏠려왔다. 사람들 비명 소리가 파도 소리 틈으로 들려왔다. 관광객으로 답사팀에 참여한 여자들 중 몇 명은 겁에 질려 비명을 질렀다.

도 교수는 낭패한 얼굴로 강당 유리창을 때리는 파도를 보며 갑자기 돌변한 바다가 자신을 배반한 것처럼 느꼈다. 그래도 아무런 대책이 없었다. 거대한 파도가 미친 듯이 몰려와 선체를 난타할 때마다 그의 심장이 철렁거렸다. 바다의 공격은 2~3분 간격으로 쉬지 않고 계속되었다.

"왜 바다가 갑자기 노했을까. 혹시 이 중에 요나 같은 사람이 있는 거 아닐까? 니느웨로 가라는 여호와의 명령을 거역하고 다시스로 도망가던 요나와 같은 사람이 타고 있다면, 제비를 뽑아서 찾아내야 하는데……."

도 교수는 소박한 크리스천 같은 생각을 하는 자신이 우습게 생각되면서도, 갑작스러운 기상 변화에 불안해서 한마디 했다.

도 교수 곁에서 파도를 구경하던 전미림은 속이 메슥거리고 머리가 아파서 의자를 찾아 앉았다. 토할 것 같아서 정신을 가누려고 애를 쓰는데, 의자가 미끄러지는 바람에 맨바닥에 주저앉고 말았다. 도 교수가 얼른 그녀를 부축했다. 그때 선체가 다시 반대편으로 기우뚱거리는 바람에 그의 몸체가 그녀를 덮치면서 둘이 바닥으로 나둥그러졌다. 사람들이 두 사람을 일으켜 세웠다. 도 교수의 파이프가 데굴데굴 굴렀다.

"나 화장실로 좀……."

그녀는 목구멍 밖으로 쏟아져 나오려는 토사물을 어렵게 참으면서 구원을 청했다. 그때 손 사무관이 해양소년단 남학생과 같이 전미림의 양쪽 어깨를 꼈다. 빨간 노을을 받아 눈부시게 아름다웠던 드레스 자락이 축 처진 그녀의 몸뚱이 따라 선실 바닥을 걸레처럼 쓸었다.

지원상이 갑판에서 강당으로 들어오다가 전미림의 뒷모습을 보더니,

"이런 데서 바다 춤을 추면 어떨까요? 정말 멋진 춤이 될걸?" 혼자 중얼거렸다.

"바다가 성을 내니 무섭네요?"

첫 발표를 맡았던 박 교수가 한 손에 양주병을 들고 다른 손에는 잔을 들고 있다가 그에게 다가와 권했다.

"독도에 해상 레저 시설을 하면 이 파도를 견뎌낼까요?"

지원상은 술잔을 받으면서 농처럼 한마디 했다.

"독도면 이름 그대로 고독한 섬으로 놔둘 일이지, 뭐 요란스럽게 해상 레저 시설을 한다는 겁니까?"

박 교수는 이 돌연한 화살에 잠시 어리둥절하다가,

"항상 혁명적인 생각은 일상성에 젖어 있는 사람들에게 저항을 받게 마련입니다. 아니 독도에 해상 호텔을 짓는 게 그렇게 어렵게 생각되십니까? 과학의 힘을 믿지 않으시는군요? 과학은 항상 작은 유(有)에서 거대한 유를 만들어냅니다. 독도가 육지임에 틀림없으니까, 육지에서 가능한 모든 것은 독도에서도 가능합니다. 아무것도 없는 바다에도 인공 섬을 만들지 않습니까?"

그는 성난 바다를 보니 술맛이 더 난다면서 상대의 반격을 쉽게 받아넘겼다. 지원상은 상대의 반론이 당찮다는 듯이 빙긋 웃었다. 그런 모습은 파도에도 끄떡하지 않는 그의 탄탄한 체격과 어울렸다. 나는 바다에 미쳤다는 백 기자 말이 생각났다.

나도 파도에는 자신이 있다. 독도에서 이보다 더한 파도를 여러 번 경험했다. 처음 태풍이 몰려온다는 경보를 들었을 때, 두려움이나 걱정보다는 호기심이 앞섰다. 굉장한 풍경을 찍을 수 있겠구나. 그러나 막상 바다가 요동칠 때에는 태풍을 업고 오는 파도를 정면으로 바라볼 엄두조차 나지 않았다. 카메라에 담은 것은 바다가 어느 정도 그 격정을 가라앉혔을 때였다. 태풍이 절정을 이루었을 때에는 숨도 제대로 쉬지 못했다. 막 섬이 떠내려갈 것만 같았다. 그러한 경우를 몇 번 겪고 나서야, 바다와 파도를 어느 정도 알게 되었다. 처음에는 태풍과 바다가 두려웠다. 그러다가 차츰 정이 갔다. 그들에게서 강한 생명력을 마력처럼 느꼈기 때문이다. 바다는 생명력을 지닌 것은 결코 파괴하지 않을 것이다. 그러한 믿음이 생겼다. 독도가 그 거대한 힘 앞에서도 오랜 세월 동안 버틸 수 있었던 것은 바람과 파도를 그대로 받아주기만 했고 상대하여 싸우지 않았기 때문이라고 비로소 생각하게 되었다.

"참, 선생님은 독도에서 이런 경우를 여러 번 경험하셨지요?"

지원상은 선체 강당 벽을 의지해서 폭군이 발광하는 바다를 멍청히 바라보다가 내게 다가오며 말을 걸었다.

"섬에서는 별생각이 없었는데, 배에서 거친 바다를 보니 생각이 달라지네요."

"어떻게 달라집니까?"

"두렵군요."

그때 선장이 들어왔다.

"어서들 각자 방으로 들어가서 가만히 누워 계십시오. 이런 때에는 누워 있는 것이 좋습니다. 좀 있으면 잔잔해질 겁니다. 예상하지 않았던 돌풍입니다."

선장은 강당 안에서 파도를 무서워하는 승객들을 안심시켰다. 사람들은 선장을 보면서 황홀한 저녁 바다 풍광과 맛있는 요리를 놓친 것을 아쉬워했다.

선장은 지원상에게 뭐라고 귓속말을 하고서 얼른 방을 나갔다.

"잘 아는 사이입니까?"

내가 물었다.

"해양대 이 년 선배입니다."

그 말에 조금 안심되었다.

"여러분들, 여기서 고생하지 마시고, 각자 선실로 들어가셔서 누워 계십시오. 파도는 아마 두어 시간 후에 잠잠해질 것입니다. 침대에 누워서 배가 움직이는 대로 같이 움직이십시오.

아무 생각 마시고, 그저 파도치는 대로 바람 부는 대로 따라가 겠다고 큰마음 먹고 주무십시오. 여러분 중에는 요나 같은 분이 안 계실 테니까 걱정을 안 하셔도 됩니다. 제가 원양어선 이십 년을 탔습니다."

지원상이 승객들을 안심시켰다. 사람들은 그의 말이 선장 말 보다 더 미더웠던지 하나둘 강당을 빠져나갔다.

나도 그가 믿음직스러웠다. 백 기자 말대로 그는 바다에 미친 사람인지도 모른다. 원양어선을 20년 탔으면 바다와 대화할 정 도로 가까울 것이다. 그가 바다를 향해 '좀 잠잠해달라'고 호소 라도 하면 바다가 들어줄 것 같았다. 그래서인지 그는 파도가 이렇게 요동칠 것을 미리 알고 있었던 것처럼 여유를 보였다. 나는 서울에서부터 동해안 날씨가 쾌청할 것이라고 말하던 손 사무관 말이 생각나서 피식 웃었다. 묵호항에서 출발 당시에도 선장이 그런 말을 했다. 모두들 바다를 몰라도 한참이나 몰랐기 때문이다. 어찌 그런 말을 함부로 할 수 있단 말인가?

나는 파티 장소였던 갑판 위로 올라가려 계단 쪽으로 나왔다.

"어디를 가시려고요? 위험합니다."

지원상이 따라오면서 소리를 질렀다.

"괜찮을 거요."

"그러면 같이 가십시다."

우리는 계단을 올라서 선체 난간을 돌아 선미 갑판으로 나갔다. 차양막을 치고 동해 석양을 보면서 선상 파티를 즐기던 자리였다. 아까까지만 해도 석양을 받은 색색의 차양막이 칠색 무지개처럼 찬란한 빛살을 사방으로 쏟아냈다. 그 아래에서 사람들은 자연의 아름다움을 말하면서 미각의 욕망을 채우는 행복을 잠시 맛보았다. 그런데 이제 그 자리에는 바닷물이 들이쳐서 발 딛기가 미끄러웠다. 미처 치우지 못한 플라스틱 그릇과 종이컵, 일회용 젓가락, 먹다 남은 음식물 찌꺼기와 과일 껍질이 지저분하게 흩어져 있다.

한쪽에는 작은 구조보트가 묶여진 채 그대로 있다. 구조보트들이 매달려 있는 아래 모퉁이에 두 사람이 한몸이 되어 있었다. 강당 안 불빛이 새어나와 그들의 모습이 보였다. 남녀는 서로 부둥켜안고 있었다. 얼굴과 얼굴을 맞대고 앉아 있으니 상대방 얼굴 외에 아무것도 보이지 않았다. 사람이 다가서는 것도 모르고 있다. 여자는 빨간 파카를 입었고, 사내는 회색 파카를 입었는데, 그들 윗도리에 붙어 있는 큰 모자로 서로의 목을 한데 담고 있었다. 빨간 파카 위에 회색 파카가 씌어 있었다.

나는 주춤거리다가 옆을 지나쳤는데도 그들은 움직이지 않았다. 모자 속에서 여자의 가는 신음이 새어나왔다. 나는 파도가 이들의 사랑을 욕정으로 전환시키고 있다고 생각했다. 파도가 갑판으로 들이쳐서 내 발목을 적셨다. 맞붙어 있는 그들의 바짓가랑이에도 바닷물이 밀려들었다. 그래도 그들은 움직이지 않았다.

지원상은 내 옷자락을 끌었다. 우리는 아래층 선실 난간 쪽으로 내려갔다. 선실 바로 앞 난간은 통로가 비좁아서 불편했으나 몸을 지탱하기는 수월했다. 난간 철책을 꽉 붙잡고 서니 견딜 만했다.

"아까 그들은 거기 앉아서 밤을 밝힐 겁니다. 그래야만 추억 거리를 남기거든요. 사람들 중에는 추억을 만들기 위해 사는 사람들도 있습니다."

그는 그 사랑스러운 젊은이들의 욕망에 대해 말했다.

"바다는 사랑을 욕정으로 변환시키는 마력을 갖고 있죠. 아마 바다는 음성인가 봐요. 좋게 말해서 모성이고요."

그는 악을 쓰는 파도를 보면서 쉬지 않고 지껄였다.

얼마 동안 바람과 파도 소리가 우리를 갈라놓았다. 나는 지난 해 8월 말에 당했던 태풍을 생각하고 있었다. 수비대의 철근 콘크리트 숙소에서 통풍용 창을 통해 혼란스러운 바다를 내다보고 있노라면, 섬이 꼭 난파선같이 생각되었다. 태풍을 동반한 파도는 일부러 독도를 공격하려는 것처럼 보였다. 이 작은 바위섬을 파괴하기 위해서 오대양에 숨어 있던 모든 태풍이 다 모여든 것처럼 무서웠다.

"독도에 태풍이 불면, 섬이 마치 작은 돛배같이 느껴지거든요. 섬의 밑동부터 몽땅 뽑혀 무너지는 것이 아닌가 생각되면서 두려움이 한꺼번에 몰려와요. 파도가 무서워서 가만히 눈을 감고 있으면, 섬 전체가 둥둥 떠 있는 느낌이 들기도 하고요. 그러다가 섬이 그대로 바다 속으로 가라앉지 않을까 겁이 나지요."

그럴 때에 섬이 가라앉는다는 위기의식과 함께 바다에서 수장당한 아버지가 생각났다. 그러면서 파도 소리가 울부짖는 아버지 소리로 들려왔다.

어머니는 한겨울에도 바다에 들어가 물질을 했다. 한 달 중에 간조가 심한 때가 한 열흘쯤 되었다. 음력으로 보름과 그믐 때를 전후한 4~5일에 물이 많이 써서 해녀질 하기가 알맞았다. 그때가 되면 어머니는 집을 비우고 15리 바닷가로 나가 온종일 바다에서 살았다. 원래 어머니는 물질을 모르고 자랐다. 그러나 시집와서 아버지가 수장되어 죽은 다음에야 잠녀질을 배웠다. 바다에 미친년. 언젠가 바다에만 사는 어머니를 향해 한스러운 마음을 토로했던 할머니의 그 한마디가 내 귀에 못 박혔다. 그런데 어머니 사정을 알게 되면서, 나는 바다가 싫었고 고향까지 마음에서 떠나게 되었다.

해방 직후 섬을 휩쓸고 지나갔던 그 피비린내 나는 싸움판에서 아버지는 경찰에 쫓기는 신세가 되자 입산해서 빨치산이 되었다. 부친은 달 없는 칠흑의 밤을 골라 이따금 새댁인 어머니를 찾아왔다. 설익은 마르크스보이였던 삼대독자 아버지에게는 사상보다 후손이 더 귀했다.

어머니 배가 눈에 띄게 부르자, 할아버지는 집안 식구를 해변 마을 외가로 어렵게 솔가시켰다. 할아버지는 임신 7개월이 된 어머니를 구실로 사돈네 사랑채를 얻어 살게 되었다. 그때 외할 아버지는 부면장이었으니, 빨치산 식구였어도 어떻게든 견딜 수 있었다.

아버지는 우리 집안이 해변 마을로 솔가한 줄도 모르고 집을 찾아왔다가 잠복해 있던 토벌대에 잡혔다. 마침 그날 우리 옆 마을에서 빨치산을 토벌하러 출동하던 부대가 길목에 잠복해 있던 적으로부터 공격을 받아 다섯이나 죽은 사건이 발생했다. 아버지를 검거한 토벌대원들은 고향 마을을 샅샅이 뒤져 젊은이들을 다 모았다. 입산했던 청년들이 몇 나왔다. 그것을 구실로 열일곱의 청년들이 바닷가에 끌려가 총살을 당했고, 아버지는 마을 사람들이 다 보는 앞에서 꽁꽁 묶인 채 바다에 수장되었다. 할아버지와 할머니는 그 소식을 듣고도 숨소리 한 번 제대로 내지 못했고, 어머니에게 알리지도 않았다. 그 일이 있었던 뒷날 외할아버지는 어머니를 제주읍 이모 댁으로 몰래 보냈다. 그 집에서 숨어 살면서 어머니는 나를 낳았다.

어머니는 개가도 않고 짠 바닷물로 남아 있는 아버지 혼을 가슴에 품고 살았다.

그런 사실을 알게 된 것은 초등학교 4학년 때였다. 아마 한국 전쟁이 발발한 6·25기념일을 며칠 앞둔 날이었을 것이다. 담임

선생은 연례행사로 반공 글짓기 숙제를 내줬는데, 어떤 학생의 작문에서 내 아버지가 등장했다. 고향 마을 전체를 공산당 마을로 만들려던 아버지 때문에 많은 마을 청년들이 애꿎게 죽었다는 이야기와 함께, 공산당은 정말 우리가 쳐부숴야할 적이라는 내용이었다. 담임선생은 자세한 사정도 모르고, 사건 내용을 치밀하게 쓴 그 글이 마음에 들었던지 모범 작품으로 선정해서 학생들 앞에서 읽도록 했다. 그런데 작품을 반쯤 읽었을 때였다. 무심히 듣고 있는 내게 이상하게 모든 시선이 집중된 것을 알았다. 중산간 부락에 있는 작은 초등학교라 한 반에 40여 명 되는 아이들은 피차 남의 집안 사정을 알고 있었다.

그 뒤부터 반 아이들은 은밀한 눈으로 나를 경원하기 시작했다. 폭도 자식은 곧 별명처럼 붙어다녔다. 그런 일이 있던 그 뒤 학기에 어려운 살림에도 나는 읍내로 전학 가서 이모 댁에서 신세를 졌다. 그리고 그 후 고향 마을에는 좀처럼 가지 않았다. 그래서 고향에는 친구도 없다. 집안 제삿날이 되면 오후 늦게야 고향을 찾아서 뒷날 아침에 일찍 돌아오곤 했다. 더 자란 후에 안 일이지만, 고향 마을은 아버지 때문에 많은 젊은이가 피해를 당했다. 그 사실을 알고 나서부터는 더욱 고향 발길이 어려웠다. 그 교실에서 당했던 것은 막연한 분노였는데, 정말 제대로 알고 나니 부끄러움이 더 무거웠다. 아버지의 선택에 대한 평가 이전에, 아버지로 인해서 많은 사람이 희생당했다는 것은 감당하기 어려운 짐이었다.

내가 이야기를 하는 동안에도 바닷물이 난간으로 몇 번 들어와 아랫도리를 적셨다. 그러나 나는 아무 상관도 하지 않았다.

"고향은 누구에게나 따져보면 부끄러움이 숨어 있는 곳이지요. 그러나 사람들은 그 부끄러움을 모른 채, 아니 외면하고 아름다웠던 일만을 생각합니다. 생각해보세요. 자신의 유년기의 미숙과 철부지가 고스란히 그대로 깔려 있는 곳이 고향 아닙니까. 그래서 사실 부끄러운 곳이지요. 그 옛날 에덴에 살았던 아담과 이브가 범죄를 저지른 곳도 고향이었지요. 그래서 그들은 비로소 두려움과 부끄러움을 알았지요. 인간들의 고향도 역시 부끄러움과 두려움의 공간입니다. 너무 고향에 강박관념을 갖지 마십시오. 그럴수록 고향은 점점 멀어질 수밖에 없을 겁니다."

지원상의 목소리가 파도 소리에 뒤섞여 멀리서 들려오는 것처럼 아득하였다.

"추우시죠? 이렇게 서서 밤을 지새울 것도 아닌데 들어가십시다. 이런 때는 술을 한잔하고서 잠을 자거나 이야기를 하는 것이 제격입니다. 바다에서 비바람과 싸우는 데는 별 도리가 없어요. 바람과 파도에 상관하지 말고 이야기를 하노라면 시간이 흐르고, 그러면 바람과 파도도 제 풀에 지쳐서 마음을 고쳐먹게 되지요. 사람들이 흔히 파도와 싸운다고 말하는데, 그것은 잘못

된 표현이죠. 바람과 파도에게 얌전히 순응해서 뒤따라가는 것이지요. 그렇게 생각하면 인간이란 존재가 별것 아니라는 생각이 듭니다. 만물의 영장이라고 까불지만, 영장은 무슨 영장입니까. 아름다운 석양의 바다를 보고는 자연을 찬탄하지만, 이런 바다를 보면 겁부터 내면서 자연을 원망하지요. 사실 따지자면, 자연을 바라보는 고정된 어떤 틀이 잡혀 있지 않아서 그래요. 틀이 없기 때문에, 겉에 나타나는 현상에만 매달리다보니 두렵기도 하고 즐겁기도 하고 그렇겠지요? 우리가 자연에게 신뢰를 갖는 이유가 무엇입니까? 거칠게 비바람이 불다가도 시간이 지나면 잔잔해질 것이라는 믿음 때문 아니겠습니까. 허허."

지원상은 내 소맷자락을 잡아끌면서 엉뚱하게 지껄였다. 그제야 나는 마음이 좀 가라앉았다. 듣고 보니 그런 것 같았다.

방으로 들어가는데, 여자용 화장실 출입구에서 손 사무관이 선체 난간을 붙잡고 어정쩡하게 서 있었다. 화장실 안으로 들어간 전미림이 나오지 않는다고 했다. 그녀를 부축해온 해양 소년 단원도 보이지 않았다. 그때 한 여자가 손수건으로 입가를 닦으면서 화장실에서 나오다가 손 사무관을 보고는 멀쑥했다. 파랗게 핏기가 가신 얼굴은 화장기가 지워져 얼룩져 있었다. 좀 전에 만났던 그 관광객 중 한 사람이었다.

"그 무용가라는 여자가 화장실 바닥에 쓰러져 있어요. 어서 들어가봐요."

선체 난간을 어렵게 붙잡은 여자는 고개를 옆으로 젖히면서 말했다. 그때 전미림이 엉기적거리면서 화장실에서 나오다가 배가 기우뚱거리는 바람에 문가에 주저앉아버렸다. 토해낸 음식물 찌꺼기가 입가에 남아 있다. 어깨에 걸쳤던 까만 재킷이 한쪽 팔에서 벗겨져 넓게 패인 가슴에 풍만한 젖무덤이 비쭉이 나와 있었다. 그래도 여자는 전혀 정신을 가누지 못한 채 화장실 출입문 벽에 상체를 기대고 한 손만 허우적거렸다. 손 사무관이 여자의 한쪽 어깨를 치켜들고 늘어진 여자의 팔로 자기 목을 감게 해서 일어났다. 그는 여자의 몸체가 쇳덩이같이 무거웠다. 오른편 어깨에 닿는 큰 젖무덤 감촉에도 마음 쓸 겨를이 없었다. 배가 기우뚱거릴 때마다 두 사람이 한꺼번에 휘청거렸다.

나와 함께 아래층으로 내려오던 지원상이 달려들어 여자의 한쪽 팔을 꼈다. 그는 전미림의 흐트러진 모습을 보더니 고개를 돌려버렸다. 패어진 가슴 위로 탄력을 잃어버린 젖무덤이 비쭉이 나온 것이 내 눈에도 들어왔다. 수세미같이 찌그러진 노파의 가슴을 보는 것처럼 울컥 연민이 일었다.

나는 두 사내의 부축을 받으며 나가는 여자의 허물어진 뒷모습에서 구겨진 내 얼굴을 보았다. 사람이란 정말 하찮은 존재구나. 그런데 나는 바다를 다 알 것처럼, 독도를 다 알아버린 것처럼, 고향을 다 알고 있는 것처럼, 내 어머니와 아버지와 아내와 아기와 친구들의 마음을 다 아는 것처럼 얼마나 자신만만했던가?

나는 방으로 들어와 잠을 청해보았다. 잠은 쉬 오지 않았다. 흔들리는 배가 요람처럼 생각되기도 하고, 이대로 흔적 없이 사라져버릴 것처럼 두렵기도 했다. 영화 〈타이타닉〉의 장면들이 떠오르기도 했다.

"이거 잠자기는 다 틀렸는데요. 술 한잔 하십시다."

침대에서 뒤치락거리는데 지원상이 소주병과 종이컵에 안주감을 양손에 들고 들어섰다. 그가 무척 반가웠다.

"저 소리 들어보세요. 바람이 달아나고 있습니다. 이제 조금만 기다리면 파도가 좀 누그러질 것 같습니다."

나는 그의 말대로 귀와 생각을 모아보았다. 바람 소리가 아니라, 뱃전을 두들겼다가 되돌아가는 파도 소리가 바다 끝에서 들려오는 것같이 나직나직했다.

"사람은 체험을 너무 신뢰해요. 그것으로 자기 고정된 틀을 만들어놓고 살지요. 저는 성난 바다보다는 조용한 육지가 더 두렵거든요. 저는 고기를 많이 잡고 육지 항구에 도착하면 걱정부터 앞섭니다. 그래서 외출하는 선원들에게 신신당부하지요. 조심하라고. 육지는 바다보다 더 무섭다고. 왜냐면 거기에 사람들이 살고 있기 때문입니다. 바다에야 고기 떼만 있지만, 그리고 바람이나 풍랑도 요동을 부리다가도 시간이 지나면 곧 잠잠해지는데 사람들은 그렇지 않아요. 폭력이나 저주나 증오나 궤변이나 속임수가 끝이 없어요. 아마 옛사람들도 바다를 항해하면서 두려운 것은 폭풍이 아니라 사람이었을 겁니다."

지원상은 내 눈치를 보면서 긴 사설을 늘어놓았다.

"지 선생은 자연예찬론자시군요."

나는 그의 말이 애매하면서도 마음에 들었다.

"제가 뭐 자연을 제대로 알아야 예찬을 하지요."

"바다는 웬만큼 알지 않습니까?"

"바다를 안다고요? 그러면 고 선생께서는 고향을 완벽하게 아시겠네요? 한 오십 년 세상을 사셨으니까, 물론 고향을 떠나 사셨겠지만 마음은 늘 고향에 살아 있었으니 고향을 떠나지 않는 거나 한 가지 아닙니까. 그러니 고향을 아주 속속들이 아실 테지요? 그래서 고향에는 신비가 없어서, 독도를 찾아 나섰습니까?"

그는 갑자기 고향을 들고 나왔다. 혹시 내가 독도에 대해서 아는 체하는 것으로 들렸는지 조심스러웠다.

"제가 독도를 알면 얼마나 알겠습니까? 겨우 겉만 조금 구경했을 뿐이지요. 제 독도 필름들도 그런 수준입니다. 더구나 지 선생같이 세상을 정직하게 사시는 분들 앞에서는 더욱 부끄럽지요."

나는 취기를 빌려 좀 솔직해지고 싶었다.

"제 말이 혹 언짢으셨다면 양해해주십시오. 제게 바다를 아느냐고 물으시길래. 사실 저는 완전한 뱃놈이지만 바다를 제대로 모르거든요. 그런데 사람들은 마치 제가 바다를 잘 아는 것처럼 생각하고 있으니, 그럴 때면 황당해져요. 더구나 세상을 치열하게 사시는 분이 그렇게 말씀하시니, 제 변명을 하느라고 했는데 공연히 언짢게 하실 말만 한 것 같아서……."

그는 술이 채워지는 잔을 보면서 이야기를 계속했다. 그의 솔직함에 내 마음은 더욱 무거워졌다.

"제 이야기를 언제 드릴 기회가 있을 겁니다. 고향을 두고 독도를 찾아간 그 사연 말입니다. 그것도 일종의 방황이지요. 가야할 곳이 있는데도, 거기를 외면하고 공연히 다른 데를 기웃거리면서……."

나는 누구에겐가 하려던 고백 같은 말의 운을 띄워버렸다.

"고 선생, 그 이야기마저 들읍시다."

어느새 들어왔는지 백 기자가 참견했다. 그는 완전히 물에 흠뻑 젖어 있었다. 바다가 좀 잔잔해졌다는 말을 듣고 갑판 위로 나왔다가 갑자기 몰아치는 파도에 바닷물을 뒤집어썼다고 했다. 지원상은 입고 있던 두꺼운 파카를 벗어 그에게 내밀었다. 폭풍을 만난 배에서 벌어지는 사람들 정황을 좀 살피려 했는데 이렇게 되었다고 웃었다.

"백 형이 너무 오만했던 거 아니유. 이런 때는 잠자코 바다가 잔잔해지기를 숨죽여 기다려야 하는데, 뭐 폭풍에 시달리는 배를 탄 주제에 취재를 한다고 했으니 바다라고 가만 뇌두겠어요. 허허허."

지원상은 파도를 얻어맞은 것이 당연하다는 투로 쏘아붙였다.

백 기자가 윗도리를 갈아입더니, 바지를 벗고 침대에 올라가 담요를 덮고 비스듬히 앉았다. 나는 오들오들 떠는 그에게 잔을 넘겼다.

"나는 지 선생 말을 좀 듣고 싶은데요? 고향은 어디세요?"

나도 언젠 한 번 말을 붙여본다고 생각하던 참이었다.

"저도 순전히 울릉도 섬놈입니다. 제가 해양대학을 가게 된 것은 공짜로 공부시켜준다고 해서지요. 중학교 때는 보통고시라도 봐서 군청 서기가 되는 것이 소원이었고, 더 욕심을 부리면 도청 서기였어요. 그런데 고등학교 때 돈 안들이고 가는 대학이 해양대학이라는 것을 알았어요. 그 대학만 나오면 큰 배 선장이 된다는 것은 정말 화려한 꿈이었어요. 모터보트 하나 없어서 선주에게 얹혀사는 우리 집안 처지에 말입니다."

지원상이 술기로 발갛게 달아오른 얼굴을 약간 치켜들고 소리 없이 웃었다. 이야기가 빨라졌다.

"지 선생은 제가 잘 아는데요, 철저한 바다의 사람, 섬의 사람입니다. 바다와 섬이 고향이고, 삶이고, 신앙이고, 사상이고, 생각의 원천인 그런 분이지요. 결코 생활의 방편이 아닙니다. 해양대 나와서 배를 좀 탔으면 거의 육상 근무를 원하지 않습니까? 그런데 지 선생은 이십 년 넘게 배를 탔고, 이제도 바다를 못 잊어서 이렇게……."

백 기자가 잔을 비워 지원상에게 넘겼다. 남의 인생을 자신 있게 말하는 백 기자가 부러웠다. 아마 그만큼 지원상은 자기 삶을 누구에게라도 주저 없이 드러내놓았기 때문일 것이다.

"과장도 유분수지. 바다가 고향이고 삶이라는 정도까지는 과장이라도 애교로 받아들일 수 있지만, 신앙이고 사상이고 생각의 원천이라니 누가 그런 말을 믿어요. 더구나 고 선생 앞에서 그런 말 하면 내가 사기꾼이 되지요. 신문기자가 그렇게 과장법을 쓰면……."

지원상은 면구스러운 표정을 숨기지 않았다.

"고 선생이 고향을 떠나신 것은 언제였지요?"

"고등학교를 졸업하고 반년쯤 후였어요. 꼭 삼십 년이 넘었는데……."

나는 고등학교 2학년 때부터 섬을 떠날 생각을 했다. 그러나 늙으신 할아버지와 할머니, 나만 믿고 홀로 사시는 어머니, 집안의 사대 독자라는 엄청난 굴레 때문에 차라리 치욕과 부끄러움을 참으면서 고향에 살기로 작정했다. 그런데 결국 떠나지 않으면 안 될 사건이 터졌다. 그때 나는 고향을 떠나 살아야 한다는 사실을 운명처럼 받아들이기로 독하게 마음먹었다.

　사범학교를 졸업하고 초등학교 교원으로 발령 받게 될 즈음이었다. 나에게 얼굴도 모르는 아버지 전력이 공무원 임용에서 결격 사유가 되었다. 나는 그러한 통보를 받은 그날 저녁 고이 간직해뒀던 초등학교 2급 정교사 자격증을 갈기갈기 찢어버렸다. 그리고 결국 섬을 떠나기로 작정했다.

　"섬을 떠났으니까 출세하신 거 아닙니까? 그렇게 되고 싶었던 소설가가 되셨으니, 고향에 남아 있었으면 아마 초등학교 교장쯤 되었을까요?"

　백 기자가 웃으면서 나를 위로하듯이 말했다.

　"어림없어요. 우리 동창 중에는 아직 평교사들이 많아요."

　"고향을 그렇게 기피하면서 소설로는 고향을 붙잡고 쓰셨던 이유는 뭡니까? 가지 못했기 때문에 소설로만 찾아갔던 것입니까?"

　백 기자의 질문이 본격적으로 시작되었다.

　"이유를 뭐라고 딱 꼬집어 말할 수는 없지요. 아무리 부끄러운 고향, 증오와 원망의 대상이 되고 있는 고향이지만, 고향임에 틀림이 없기 때문 아닐까요. 저는 어느 술자리에서 고향을 이북에 둔 어떤 시인이, 애비가 종노릇했던 치욕스러운 고향이라도 있다면 행복하겠다고 그러더군요. 그 말은 그냥 해보는 말이 아니었어요. 그 시인은 그 말을 할 때 눈가에 이슬이 맺혔어요. 그때 내 소갈머리가 좁은 것을 알아차렸지요. 이따금 나는 고향을 찾아가기는 했지만, 남들처럼 그 고향을 참 고향으로 생각하는 데는 많은 시간이 필요했어요. 그때부터 나는 섬에 대해서 남다른 생각을 갖게 되었지요. 섬을 내 고향 섬만이 아닌, 인간의 무의식에 자리 잡고 있는 그 섬을 진정으로 탐색해보고 싶었어요. 그래서 생각한 것이 독도였지요. 사람이 살지 않으면서도 두 나라 사이에 항상 시달려온 독도. 더구나 그 섬을 지키기 위해 일생을 바쳤던 사람들 이야기를 듣고서 남다른 애착을 갖게 되었지요."

나는 독도를 카메라에 담게 된 사연을 말하면서 문득 그 시인의 목소리가 귓가에 쟁쟁거렸다. 방 안이 갑자기 조용해졌다.

그때였다. 문을 두드리는 거친 소리가 들렸다.

"사고예요!"

지원상이 방문을 열고 밖으로 뛰어나갔다. 손 사무관이 겁먹은 얼굴로 서 있었다.

"저, 이백칠 호실 여자들이 난리예요. 아무래도 이상해요. 구명조끼를 달라더니, 이제는 구조보트를 내려달라고 애원해요. 엉엉 울면서……."

그는 더 말을 못하고 207호가 있는 맞은편 복도 쪽을 가리켰다.

"아마 신경이 날카로워서 그럴 거야. 좀 바람이 잔잔해지니까 생각들이 트이고, 아마 영화 〈타이타닉〉 장면을 생각했겠지. 안정제를 먹이고 좀 자게 해."

지원상은 아무 일도 아니라는 듯이 지시했다.

"전미림 씨는 어떻게 되었어요?"

"완전히 기진해 있어요. 그리고 박 교수도 너무 마셔서 방 안에 막 오바이트해놓고 뻗었고요. 내 박 선장님께 면목 없게 되었는데……."

손 사무관은 사라지면서 투덜거렸다. 지원상이 그를 따라나섰다. 나도 방 안에 앉아 있을 수 없어서 나왔다.

"사람이 쓰러졌어요!"

그때 갑판 계단에서 한 청년이 시체 같이 축 처진 여자를 업고 내려오면서 소리를 질렀다. 그 여자를 두 청년이 뒤에서 부축했다. 파도가 일기 시작할 무렵에 구조보트 밑에서 뜨거운 사랑을 나누던 두 젊은이였다. 서로의 얼굴만 바라보면서 바람도, 파도도, 사람의 눈길도 외면하려던 그들이었다. 어떻게 되었길래 여자가 혼절했는가. 사랑이 너무 짙었던가. 아니면 입술과 입술이 맞물려서 호흡곤란을 일으켰는가.

나는 선상 갑판으로 올라갔다. 바람은 좀 기세를 누그러뜨렸으나 바다는 평온하지 않았다. 어둠으로 꽉 막혀 있는 바다는 더욱 갑갑하고 불안했다. 보이지 않은 공간에서 바람은 음산한 소리를 내면서 불고 있었다. 어둠을 흔드는 허연 물결이 그래도 위로가 되었다. 그때 옆에서 인기척이 들렸다. 지원상이 서 있었다. 항상 내 곁에만 붙어 있는 이유가 궁금했으나 그를 만나면 왠지 편안했다.

어둠에 잠겨 있는 바다를 바라볼수록, 동해 한가운데에서 파도에 휩싸여 있는 한바다호 선상에 내가 있다는 그 거리감이 구체화되면서 외로움이 울컥 밀려들었다. 독도에서 태풍을 만났을 때도 그러한 거리감을 생각하면 더 두려웠다.

"외로움은 구체적인 거리감을 생각할 때 다가오지요. 나도 고기잡이배를 타고 가다가 그런 정황에 빠질 때가 종종 있었습니다. 그 거리감은 자아의 존재 공간을 무시할 때 일어나지요. 그러니까, 바로 여기를 생각하는 것입니다. 이 한바다호 갑판 위를. 인간은 어딜 가나 자기가 누리는 공간이 한정되어 있어요. 거기를 이탈하면 위험하죠. 혼잡한 서울 거리에서 차를 몰아보셨죠. 자기에게 허락된 공간이라는 것이 고작 그 차선 안 아닙니까? 전후좌우 일 미터도 여유가 없지요. 그 공간을 이탈하면 어떻게 됩니까. 이렇게 바람과 파도에 시달리고 있는 한바다호에서는 그래도 우리에게 허락된 공간이 좀 넓지 않습니까. 서울 거리에서 차를 모는 것보다 훨씬 안전하지요. 그러니까, 뭐 넓은 우주 속에 자기를 인식한다는 투로 광대한 공간 속에서 자기 공간을 생각하면 어느 경우에도 절망하지 않습니다. 죽음까지도 말입니다. 인간이 우주를 생각한다는 것은 사념의 한계 안에서이지요. 아직도 바람이 자지 않고 파도가 여전한 것을 보면, 우리 사이에 할 이야기가 많이 남아 있는 것 같습니다. 술과 이야기는 우리의 존재 공간을 바로 이 자리로 환원시켜줄 것입니다. 자, 들어가십시다. 망망한 바다를 내려다볼수록 자신은 왜소해지고, 그러면 외롭고 무서워집디다.”

지원상과 나는 다시 선실로 들어갔다. 등 뒤에서 바람을 안은 파도 소리가 들려왔다. 술잔을 다시 찾고 한 잔씩 따랐으나 술맛이 나지 않았다. 나는 어두운 바다를 바라볼수록 그 막막한 거리감에 더 깊이 빠졌다. 바람은 여전히 음산한 소리를 내면서 불었고, 파도는 으르렁거리면서 선체 공격을 조금도 쉬지 않았다. 배 안 사람들은 날이 밝기를 기다렸다.

손 사무관이 다녀갔다고 백 기자가 말했다. 부인네들의 발작은 진정제 덕분으로 좀 가라앉았고, 전미림은 혼절한 상태로 잠 속에 묻혀 있다고 지원상이 전했다. 갑판에서 사랑에 취해 있던 여학생도 정신이 회복되었다고 했다.

“지금이 새벽 두 시 조금 넘었으니까, 앞으로 서너 시간만 눈을 붙입시다. 잠자는데 배가 침몰하여 우리의 시신이 육지에서 떠난다면 그것도 괜찮지 않겠어요. 어딜 가나 우리는 안락할 것입니다. 모든 생물들이 다 죽음을 곱게 받아들이는데 왜 사람만 죽음을 두려워할까요. 그것은 욕심 때문이거나 아니면 무식하기 때문일 겁니다. 사람들은 죽음을 너무 현상적인 사유 한계에서 인식하지요. 죽음을 넘으면 다른 세계가 있지 않겠어요. 모든 생물은 죽음으로 그 의미가 변합니다. 절대 무로 돌아가지 않지요. 그렇다면 만물의 영장인 인간도, 죽은 후에 다른 세계 속으로 진입하지 않을까요? 풀은 시들면 더 풍요한 흙이 되고, 소는 죽으면 인간의 식용을 돋워주거든요. 허허허."

지원상은 술잔을 비우더니 입가에 묻은 술기를 손바닥으로 쓸어 문대고는 침대로 돌아가 누웠다. 아직 술잔을 덜 비운 나와 백 기자는 좀 황당했다.

"지금쯤 거의 독도에 도착할 때가 되었습니다. 이른 아침에 독도를 보면 맛이 유달라요. 뭐 이것도 순전히 사람들 생각이지만, 고독한 섬을 제대로 볼 겁니다. 해가 뜨기 전에 말입니다. 그러기 위해서는 잠을 좀 자둡시다."

그는 말을 마치더니 곧 코를 골면서 잠에 떨어졌다.

"우리도 조금 눈을 붙입시다. 내일은 고 형이 맡은 시간도 있지 않습니까. 사실 저는 그 말을 듣기 위해서 이번 여행을 결정했습니다. 사진 작가와 소설가가 짬뽕된 종합적인 장르를 제가 읽을 수 있을 것 같거든요. 작가가 자기 체험을 이야기한다. 이것은 사진과 소설의 만남 아니겠습니까?"

백 기자는 지금까지 은밀하게 감추어두었던 속마음을 털어놓았다. 나는 그 말에 관심을 두지 않은 척하고 잠을 청했다. 그러나 한낮처럼 잠이 오지 않았다.

날이 밝으면서 바람은 완전히 북쪽으로 달아나버렸다. 하룻밤 사이에 작은 섬 한바다호 안에서는 모르는 일들까지 합쳐 많은 사건이 벌어졌다. 파도도 위력을 잃었다. 어둠을 무기 삼아 공격해오던 바람과 파도도 날이 새자 밝음이 두려워서인지 기력을 잃어버렸다.

또 다른 섬

"야, 독도가 보인다. 독도가!"

선상 갑판으로 오르는데 백 기자의 들뜬 목소리가 들렸다.

"해가 곧 뜰 텐데. 해 뜨기 전에 어스름에서 독도를 봐야 하는데……."

지원상도 계단으로 올라가면서 비밀스러운 일인 듯이 나직하게 말했다. 셋은 갑판으로 올라갔다. 주위가 어둑한데 섬은 아주 가까이 다가와 있었다.

"아니?"

그 섬은 독도가 아니었다.

"배가 울릉도로 돌아왔군요."

지원상은 섬을 멍청하게 바라보다가 중얼거렸다. 나는 가슴이 꽉 막히듯 호흡이 가빴다. 눈을 지그시 감고 심호흡을 두어 번 해봤다. 왜 배가 독도로 가지 않았을까? 혹 독도가 이번 답사팀을 거부한 것이 아닐까?

배가 내항으로 들어오기 위해 속력을 늦추었다. 벌써 사람들이 갑판 위로 올라와서 환성을 지르면서 떠들썩했다. 엊저녁 파도와 바람에 시달렸던 그 악몽에서 깨어난 안도감에 모두들 즐거워했다.

"야, 울릉도다. 이제야 살았다."

그들은 독도가 아니고 울릉도에 도착한 것을 별달리 생각하지 않았다. 우선 거칠고 무서운 바다를 피해서 안전한 항구에 이르렀다는 것만도 다행이었다.

그때 선상 마이크에서 안내방송이 흘러나왔다.

"잠깐 안내 말씀드리겠습니다. 지금 한바다호는 울릉도로 돌아왔습니다. 애초에 계획한 일정에는 독도를 거쳐서 내일 울릉도에 들러 섬 관광을 할 예정이었으나, 어젯밤에 풍랑이 거세어서 이곳으로 항로를 바꾸게 되었습니다. 독도에 도착해도 기항할 기상 조건이 문제이고, 설사 바람이 잔다고 해도 섬에 상륙할 형편이 못 될 것을 예상해서 일정을 변경한 것입니다. 이 점 널리 이해해주시기 바랍니다."

도 박사 목소리였다. 뒤이어 아직도 파도가 심해서 내항으로 입항하기가 어렵다고 선장이 안내했다. 갑판에 올라온 사람들은 야단을 떨었다. 동해의 첫 아침을 울릉도에서 맞게 되었다고 좋아하는 사람들도 있었다.

잠시 후에 배가 내항으로 들어서자 사람들은 더욱 즐거워했다. 독도를 가지 못하고 울릉도에 왔다는 사실에 대해서 불평하는 사람은 별로 없는 것 같았다. 사람들은 목적지는 아니지만 섬이면 상관하지 않았다. 나는 그러한 사람들의 정황을 생각해보았다. 모두들 험한 풍파를 피할 곳을 찾았다는 안도감으로 독도를 잊어버리고 있었다. 우리가 찾아가야 할 곳은 분명 독도인데, 울릉도에 도착한 것으로 섬에 왔다고 생각했다. 사람들은 애초에 가기로 정한 그 섬에게 너무도 무심했다.

"오늘 새벽에 우리는 잠을 청하면서 지금쯤 독도에 거의 왔을 거라고 말했지요. 그때 이미 한바다호는 울릉도 근해에 와 있었던 거 아닙니까?"

백 기자가 지원상을 쳐다보면서 어이없다는 표정을 지었다.

"참, 그렇군요."

지원상은 손목시계를 보면서 시간을 계산해보았다.

울릉도 도동항은 아침잠이 아직 덜 깼는지 자욱한 안개 속에 편안히 누워있었다.

"지 선생은 좋으시겠습니다. 정작 고향으로 돌아오게 되었으니 그렇지 않습니까? 독도에서 울릉도로 회항한 것은 지 선생이 주장한 때문 아닙니까?"

나는 농담 삼아 말했으나 그 점이 의심스러웠다.

"독도나 울릉도나 모두 제 고향이거든요. 어차피 내일 이곳에 오기로 계획되었지 않습니까? 그러니 내일 오나 오늘 오나 매한가지지요."

"그래도 전혀 예상하지 않았다가 오게 되었으니 이상하지 않아요?"

"그렇기는 합니다만……."

지원상은 무슨 생각을 하는지 도동항을 등 뒤에 두고 독도 쪽을 바라보고 있었다.

갑판으로 몰려든 사람들의 얼굴에는 밤 동안의 그 불안의 흔적을 찾을 수 없었다. 여자들은 벌써 화장을 하고 옷도 갈아입어서 마치 엊저녁 선상 파티장에 모였을 때처럼 환한 얼굴들이었다.

"이 사람들은 원래 독도가 여행 목적이 아닌 것 같은데요?"

백 기자가 즐거워하는 사람들 표정을 물끄러미 바라보았다.

"꼭 독도가 문제겠습니까? 풍랑을 만났던 처지에 아무 섬에나 기항할 수 있다는 것만으로도 다행이지요."

지원상이 별것을 다 따진다는 식으로 피식 웃었다.

"그래도 모처럼 독도 답사대란 이름으로 선상학술회의까지 했는데, 울릉도에 도착한 것을 즐거워하는 품이 좀 이상하지 않아요?"

"그래도 말입니다. 다행이에요. 만약 한바다호가 조난이라도 당했다고 생각해보십시오. 어떻게 되었겠습니까?"

내가 아쉬운 얼굴을 하자, 백 기자는 무사한 것이 다행이 아니냐는 투로 말했다. 생각해보니 그 말이 옳기는 했다. 그 문제에 대해서 더 말하지 않았다.

섬의 얼굴

배가 도동항을 떠나 독도를 향한 것은 오전 11시 20분이었다. 아침식사 후에 울릉도 연안을 한 바퀴 도는 것으로 울릉도 관광을 마쳤다. 승객 중 울릉도 관광객으로 독도 답사대에 참여했던 23명은 울릉도에 남았다. 그들은 한밤중에 구명보트를 내려달라고 소란을 피웠고, 울릉도에 기항한 후에는 독도행을 원치 않았다.

다음에 전미림과 박 교수, 그리고 한밤 동안 갑판에서 지내다 혼절한 그 여대생 한 명도 울릉도에 내렸다. 전미림은 독도에서 춤판을 벌일 형편이 못 되었다. 어젯밤 멀미에 시달리면서 먹은 음식물을 몽땅 토해냈기 때문에, 위장이 탈났고 몸도 아주 쇠약해 있었다. 박 교수도 비슷한 처지였다. 그는 원래 여행 중 밤에는 술을 무척 즐겼는데, 평소 술 실력만 믿고 마시다가 멀미와 겹쳐서 밤새 고생했다. 파도를 뒤집어쓴 여대생도 몸이 너무 지쳐서 안정이 필요했다. 이들은 울릉병원에서 잠시 치료를 받은 후에 서울로 돌아가도록 조치했다.

울릉도를 한 바퀴 돌 때만 해도 바다 날씨는 고르지 못했다. 사람들 중에는 독도에 가지 말고 그냥 울릉도에 상륙해서 울릉도 관광이나 제대로 하자는 의견도 나왔다. 바람이 자지도 않았고, 날씨 상황도 모르는데, 다시 엊저녁처럼 배에서 시달릴 것을 생각하니 독도가 두렵고 귀찮았던 것이다. 그동안 독도에 대해서는 알 만큼 알았고 생각도 많이 했다. 또 날씨가 궂으면 독도에 가서도 상륙이 어려울 것이다. 그렇다면 구태여 독도까지 갈 필요가 있겠냐는 것이다. 그러나 도 교수가 고집을 부렸다. 독도선상학술대회를 겸한 독도 답사대인데, 울릉도에서 돌아왔다면 말이 아니다. 멀리서라도 독도를 봐야 한다. 그런 그의 고집에 반론도 많았다. 멀리서 보는 것은 아니 보는 것보다 못하다. 왜냐하면 그림자만 보고서 실체를 봤다고 생각할 수도 있기 때문이다.

독도 도착 예정 시간은 오후 4시경이라고 했다. 독도에 상륙해서 약 두 시간 동안 답사하고, 6시 30분에 다시 승선해서 묵호항으로 회항하도록 계획이 변경되었다.

독도에 도착할 때까지 선상에서는 '독도수비대의 역할과 의미'라는 독도수비대 홍순칠 대장의 독도 지키기 역사를 그 미망인으로부터 듣고, 독도 지키기 방법에 대해 의견을 나누는 시간이 마련되어 있다. 그리고 돌아올 때에는 '獨島의 四季'를 보면서 그 작자인 내가 '독도 체류기'를 발표하도록 되었다.

강의실에 답사회원들이 거의 모였다. 사람들은 어제보다 많이 지쳐 있었다. 그래도 독도수비대장 미망인이 직접 남편의 독도 지키기 내력을 발표한다는 말에 모두들 기대를 가졌다. 그런데 시간이 되어도 미망인이 나타나지 않았다.

도 교수가 발표대 앞으로 나와 2부 세미나 안내와 인사를 했다. 어제 저녁 풍랑에도 이렇게 건강한 모습으로 다시 만나게 되어 여간 다행이 아니라고 흡족해하면서 서두를 꺼내었다.

"그런데 여러분들에게 섭섭한 말씀을 드려야 하겠습니다. 오늘 제2차 세미나에는 이미 알고 있는 바와 같이 홍순칠 독도수비대장의 미망인인 박 여사께서 직접 나오셔서 홍 선생님이 독도를 지키기 위해 애쓰셨던 일을 증언해주시기로 되었습니다만, 몸이 아주 불편해서 울릉도에 내리게 되어 발표를 못 하시게 되었습니다. 엊저녁 풍랑에 너무 시달렸나봅니다. 그 점을 양해해주시고, 대신 그 사실을 증언해주실 다른 분을 소개하겠습니다. 이분은 울릉도 출신으로 한국해양대학을 졸업한 후 이십 년 동안 원양어선을 탄 진짜 바다의 사나입니다. 이분의 숙부께서도 독도수비대에서 활동하셔서 독도수비대에 대한 사실

뿐만 아니라 동해를 지키는 일, 한국이 해양 입국이 되는 방안에 대해서도 구체적인 제안을 하실 것입니다. 큰 박수로 환영해 주시기 바랍니다."

도 교수의 소개말을 들으면서 나는 놀랐다. 지원상이 그러한 증언을 하리라고는 전혀 생각 못 했다.

지원상은 발표자 좌석에 앉았다. 그는 아주 편안한 표정으로, 대타로나마 이런 자리에 나오게 된 것을 아주 소중하게 생각한다고 서두를 꺼내었다. 나는 다소 긴장하면서 그의 말에 귀를 기울였다.

홍순칠 선생의 선대는 원래 강원도가 고향인데, 그 조부 때 울릉도로 이주해서 섬을 개척한 개척 공신이기도 하다. 개척 초기 울릉도에는 겨우 네다섯 가구가 살고 있었다.

울릉도 문벌 집안 출신인 홍순칠 씨는 뭍에서 중등교육을 받은 지식 청년으로 당시 울릉도 청년지도자였다. 6·25 한국전쟁에 참여해서 상이군인인 그가 독도수비대를 창설한 것은 그의 조부 때문이었다.

그의 조부는 전부터 일본 어부들이 독도에 종종 나타나서 물개를 잡아가는 현장을 목도하였고, 독도를 지켜야 할 필요성을 손자에게 자주 이야기했다. 더구나 독도 근해는 울릉도 주민들의 귀한 어장이었는데, 만약 이곳이 일본 사람들 소유가 된다면 어장을 잃어버릴 것은 빤했다.

홍 대장은 일본의 독도 진출을 막기 위해서 울릉도 청년 30여 명을 모집하고 독도에 들어가 주둔 생활을 시작했다. 한편 섬에 사람이 살 수 있도록 동굴에서 생활하면서 막사를 짓기 시작했다. 또 사람이 사는 데 제일 필요한 식수를 해결하기 위해 서도에 물을 얻을 수 있는 굴을 파고, 밧줄로 동도와 서도를 왕래할 수 있도록 만들기도 했다.

　처음 독도수비대에 참여한 30여 명의 청년들은 대부분 상이군인들이었다. 그들은 나라를 지키는 일념으로 독도를 경비하기로 했다. 이렇게 독도수비대 활동이 본격화되는 동안 일본 경비성이 몇 번 나타나 상황을 탐지했고, 일본 어선들도 네다섯 번 나타났다. 그러나 수비대의 공격에 퇴각했다.

　독도수비대원들은 거의 독도에서 생활했다. 1년이면 겨우 몇 주 정도 울릉도로 돌아갈 수 있었다. 그것은 당사자들에게는 무척 어려운 일이었다. 경제 사정이 어려웠던 그 시절이어서 이 일을 하는 데에는 많은 돈이 필요했다. 그래서 홍 대장은 사회 여러 곳에 후원을 요청하기도 했으나 도움을 받지 못했다.

　홍 대장은 독도에 수비대가 주둔해 있음에도 일본 어선들이 자주 출몰하는 것을 알고서, 그들이 다시는 접근하지 못하도록 독도가 한국 영토임을 온 세계에 알리는 어떤 조치가 필요하다고 생각했다. 그래서 독도에 태극기를 부조해놓기로 계획을 세웠다. 그런데 그 일을 위해서는 많은 자금이 필요했다.

홍 대장은 집안 살림을 돌보지 않고 독도수비대 일에만 매달렸다. 부인은 결혼 당시 초등학교에서 교편을 잡고 있었는데 결혼 후에 사표를 내었다. 그러다가 생활이 어렵게 되자 복직을 했는데, 홍 대장은 부인에게 300만 원을 빌려 독도에 물탱크를 만들었다. 그 외에도 재정적 지출이 많아지면서 부인의 봉급만으로는 생계가 어려웠다. 부인은 결국 교편생활을 그만두고 울릉도 도동 부둣가에 무허가 간이식당을 차려 장사를 시작했다. 그 식당 수입은 독도에 태극기를 제작하는 데 많은 도움이 되었다.

홍 대장은 오로지 독도를 지키는 데 모든 생활을 바쳤다. 그는 이 일을 위해서 정부와 여러 친지, 사회단체에 후원을 요청했으나 큰 도움을 얻지 못했다. 그래도 그는 결국 독도에 태극기를 부조하는 일을 완성했다. 이후에 일본은 한국 정부에 항의를 했고, 외교적으로 독도 문제가 골칫거리가 되었다.

홍 대장을 비롯한 울릉도 청년과 주민들의 독도를 지키기 위한 애씀은 대단했다. 그러나 정부와 사회단체에서는 이 일에 관심을 두지 않았다. 오로지 독도는 울릉도 주민들에 의해서 지켜졌다. 그런데 큰 사건이 일어났다.

홍 대장이 간첩 혐의를 받고 경찰에 구속된 것이다. 그 당시에는 울릉도 근해에서 조업하던 울릉군 소속 어선들이 휴전선을 넘어가 북쪽 경비정에 나포되는 경우가 많았다. 납북되었다가 돌아온 어부들은 오랫동안 경찰의 감시를 받아야 했다. 이러한 일들이 빌미가 되어 그는 좌익으로 몰리게 되어 경찰과 정보기관을 오가면서 조사를 받았다. 결국 그는 무혐의로 풀려나게 되었으나 주변 사람들의 실망이 컸다.

지원상은 이런 내용을 발표하면서, 독도수비대의 초창기 일화를 아주 실감 나게 설명했다.

발표를 듣는 동안 사람들은 긴장했다. 발표가 끝나자 질문이 쏟아졌다.

"왜 정부에서는 이 독도수비대에 관심을 갖지 않았을까요?"

"당시 정부로서는 한일 관계가 중요한 현안이었으니까, 혹시 이 일이 한일 관계에 악영향을 끼치지 않을까 우려했겠지요."

한 청년의 물음에 지원상은 아주 간략하게 대답했다.

"홍순칠 씨를 비롯한 울릉도 청년들이 생업을 포기하면서까지 독도를 지키려 했던 근본적인 동기가 뭔가요? 정말 국토를 지키려는 일념에서일까요?"

백 기자가 물었다.

"글쎄요. 뭐라고 제가 말할 입장은 아닌데요. 그 동기를 단적으로 설명하기는 어렵지 않을까요? 중요한 동기는 울릉도와 독도의 거리감으로 이해할 수 있을 겁니다. 사실 독도는 울릉도 주민들에게 '우리 섬'이었지요. '독도는 우리 땅'이라고 누가 강조해서가 아니라 늘상 그곳에서 고기를 잡았고, 마치 시골 농가의 채마밭처럼 자연스럽게 '우리 섬'이 되었습니다. 그런데 일본 사람들이 들락거리면서 물개를 포획하고, 종종 자기네 땅이라고 우기는데 가만있을 수 없었겠지요? 곡식 창고를 넘보는 도둑처럼 생각했지 않겠어요? 그래서 제 집 광을 지키는 마음으로 나섰을 겁니다. 그러다보니 애국심도 생기고 재산과 생업을 희생하면서까지 그 일을 하게 되었을 테지요."

"그러면 왜 정부에서는 독도수비대의 일을 과소평가했을까요?"

계속해서 처음 물었던 대학생이 되물었다.

"정부에서는 독도를 상징적인 국가 영토 개념으로 생각하면서 실리보다는 명분 쪽으로 기울어져 있었겠지요. 또 국제 관계라는 것이 거의 명분 싸움이니까 되도록 조용한 것이 좋겠다고 생각했을 겁니다. 제가 뭐 정부의 입장을 대변할 처지는 아니니까 그럽니다만, 외무부 관리 입장에서는 독도 문제가 귀찮았던 것이지요. 독도수비대 활동이 공연히 일본 정부의 자존심을 건드리게 만든다면 좋을 일이 하나도 없을 테니까요."

"그러한 독도수비대의 활동에 일본의 반응은 어떠했나요?"

독도연구회 회장이라는 50대 중반의 신사가 물었다.

"제가 듣기로는 수비대와 일본 해안보안청 순시선 간의 신경전이 벌어졌다고 합니다. 그쪽 배가 수비대가 경비하는 독도 해상을 순시하면서 동정을 살폈고, 어떤 때는 일본해양 실습선이 독도에 근접해 와서 어로 작업을 하고 수비대의 정황을 살피고 돌아갔다고 합니다. 그럴 때마다 이편에서는 소총으로 위협사격을 해서 퇴각시켰다고 들었습니다."

여기저기서 질문이 쏟아졌으나 별 내용은 아니고, 그 당시 수비대의 활동 정황을 묻는 수준이었다. 지원상은 자기가 직접 체험한 일이 아니니까 디테일한 정황을 전할 수 없고, 단지 객관적인 면만 개괄적으로 전한다고 말했다.

"그런데 홍순칠 대장이 간첩으로 몰려 고초를 당했다는 것은 무슨 이유입니까? 혹시 그럴 만한 일이 벌어졌던 것은 아닙니까?"

부산에서 올라왔다는 어떤 고등학교 교사가 질문했다.

"글쎄요. 그 문제는 물론 당시 수사기록이 있을 테니까 밝혀졌겠고, 결국 홍 대장이 무혐의로 풀려났지만 당시 이곳 사정은 어로 작업 중인 배들이 고기떼를 따라 작업을 하다보면 휴전선을 넘어가 이북 경비정에 납치되는 경우가 종종 있었지요. 그러한 사건과 관련 있지 않았나 생각합니다. 정부에서 그 수비대를 탄압하거나 방해하기 위해서 조작된 것은 아닐 것 같고요."

"왜 어부들은 월경을 합니까? 거 참 이해되지 않는데요?"

그 질문자는 고개를 갸우뚱하면서 재차 물었다.

"배 타고 바다에 나가서 고기를 잡아보지 못한 사람은 이해할 수 없을 겁니다. 고기를 잡고 있는데 고기떼가 몰려가면, 휴전선 경계가 눈에 들어오겠습니까? 그리고 사실 어부들에게는 국경이라는 것이 별 의미가 없거든요. 휴전선이 정해져 있지 않았을 때에는 늘상 드나들면서 고기 잡던 곳이었지요. 마치 사냥꾼들의 사냥터 같은, 농사꾼들의 자기 밭뙈기 같은 그런 바다였지요. 그래서 넘어가게 된 겁니다. 그들이 뭐 다른 의도가 있어서가 아니지요."

지원상은 어부들이 고기를 잡다가 월경하게 된 경우를 별다르게 생각하지 않았다.

"제가 결론을 맺고 내려가겠습니다. '거리' 때문에 울릉도 주민과 정부 사이에 독도에 대한 입장 차이가 있을 수밖에 없지요. 울릉도와 독도의 거리가 정부 종합청사와의 거리보다 가깝기 때문에, 정부에서는 독도에 대해서 크게 생각을 하지 못하지 않았나 합니다."

지원상은 자신의 발표를 스스로 정리했다. 사람들이 수군거리면서 웃었다.

"앞으로 한 시간 후면 독도에 도착하게 됩니다. 날씨가 맑고 청명합니다."

동쪽 수평선상에 독도가 떠 있는 것이 강의실 강당에 모여 있는 사람들에게도 창을 통해 보였다.

"독도다!"

누군가가 나지막하게 말했다.

사람들은 먼 여행길을 거쳐서 이제 고향집에 돌아온 기분으로 홀가분했다. 이제야 독도에 도착하게 되었구나. 너무 감격스러웠기 때문에 오히려 표정이 덤덤했다. 강당에 있던 이들은 모두 갑판으로 올라가거나 한 층 아래로 내려가 선실 앞 난간에서 독도 쪽을 바라보았다. 섬 두 개가 아득히 수평선에 떠 있었다. 엷은 안개가 껴서 분명하게 그 섬의 형체가 드러나지는 않았지만, 독도는 분명 우리 앞에 나타나 있었다.

바다는 맑고 하늘은 청명했다. 독도를 눈앞에 두고 향진하는 뱃길은 미끄러지듯이 순탄했다. 배가 요동치지도 않았다. 묵호항에서 떠날 때처럼 바다는 호수처럼 잔잔했다. 그런데 독도의 모습은 점점 희미해져갔다. 가까이 다가갈수록 독도는 다가오는 사람들을 반기면서 제 모습을 환히 드러내 보여야 할 텐데, 마치 만나지 말아야 할 사람을 만나게 되는 것처럼 자꾸 달아나려 했다. 날씨가 점점 어둑어둑했다. 바람이 부는 것도 아닌데, 어딘가에 숨어 있었던 안개가 뱃길 주위로 몰려들기 시작했다.

나는 초조했다. 옆에서 내 표정을 살피던 지원상이 중얼거렸다.

"고 선생, 독도 친구들에게 줄 선물들 많이 준비해오셨습니까. 오늘 우리가 간다는 소식을 듣고 그들은 아마 고 선생을 기다리고 있을 겁니다. 이 년여 동안 한솥밥을 먹은 친구들도 몇 남아 있겠지요?"

그 말을 듣고 보니, 나는 그들을 위해 아무 선물도 준비하지 않은 것을 알았다. 아니, 이런 낭패가.

"걱정 마십시오. 그들은 아마 고 선생 얼굴만 봐도 다른 어떤 선물보다 더 반가워할 겁니다. 선물이야 주최 측에서 다 준비했을 테지요. 어쨌든 이제야 우리는 독도에 도착하게 되었습니다. 자, 내려가서 상륙할 준비나 하십시다."

지원상은 안개가 끼기 시작하는 것도 아랑곳 않고 선실 쪽으로 앞장섰다.

나는 선실에 들어가 대략 상륙 준비를 갖추었다. 카메라를 갖고 오지 않았으니 준비라야 뭐 별다를 것이 없었다. 바위를 타기 위해 등산화로 바꿔 신었고, 바람에 추울 것 같아서 파카 속에 조끼를 껴입었다. 그리고 누가 무엇을 물을 것에 대비해서 체류 기간에 메모해두었던 노트를 파카 안주머니에 집어넣고 지퍼를 잠갔다.

갑판으로 올라와보니, 이미 갑판과 선실 난간에는 상륙하려는 사람들로 꽉 찼다. 누가 상륙 채비를 서두르라고 알리지도 않았는데 사람들은 다 준비하고 나와 기다리고 있었다.

그런데 섬은 보이지 않았다. 바다는 어디서 그렇게 많은 안개를 숨겨놨다가 한꺼번에 내뿜었는지, 순식간에 하얀 운무가 가득히 깔려 있었다. 그리고 마치 꿈결처럼 바위섬 기슭을 때리는 파도 소리만이 은은히 들려왔다.

　나는 말이 막혔다. 섬이 나타나기를 기다리는 사람들도 서로 얼굴을 쳐다볼 뿐 누구도 입을 열지 않았다. 모두들 어떤 두려움에 짓눌려 있었다. 지원상도 나를 한 번 흘끔 쳐다볼 뿐 입을 다물어버렸다.

　"허어, 이거 무슨 변고지? 섬이 얼굴을 가리고 숨어버리는구나. 우리 보기가 부끄러워서인가? 아니면 우리가 싫어서인가?"

　백 기자가 침묵을 흔들면서 한마디 했다.

　운무는 쉽게 개일 것 같지 않았다. 이따금씩 희미한 불빛만이 그 짙은 안개를 꿰뚫고 언뜻언뜻 나타났다 스러지곤 했다. 수비대에서 신호를 보내는 것이다.

　"이 배에 타서는 안 될 사람이 아직도 타고 있는 모양인데, 이거 제비를 뽑아야 할 게 아냐?"

　지원상이 침묵을 깨고 한마디 하면서 나를 넌지시 쳐다보았다. 마치 내가 그 당사자라는 것 같았다.

　한바다호는 2시간을 더 기다리다가 독도 상륙을 포기하고 묵호항으로 회항하기로 결정했다.

　"날씨 때문에 독도 상륙을 못 하고 돌아가게 되어서 섭섭합니다. 이런 사태를 대비해서 우리가 준비해온 것을 여러분에게 보여드리겠습니다."

답사반 전원이 강당에 모이자 도 박사는 그 특유의 굵고 탁한 목청을 뽑으면서, '獨島의 四季'를 시청하며 작가의 독도 체험기를 듣기로 하겠다면서 나를 소개했다. 강당에는 대형 스크린이 준비되어 있었다. 사람들은 박수를 쳤다. 독도에 상륙하지 못한 것을 별로 안타깝게 생각하지 않는 듯했다. 하기야, 상륙을 하더라도 독도에서 무엇을 할 것인가? 독도 바위 위를 한 번 밟아봤다는 그 정도일 것이다.

"여러분이 이 영상을 보시기 전에 제가 먼저 한 말씀 드리겠습니다. 사실 저는 오래전에 고향을 떠나 객지 생활을 하고 있습니다. 대부분 도시 사람들은 거의 고향을 떠나 사는 나그네 처지입니다만, 그래도 항상 돌아갈 고향을 꿈꾸며 살고 있지 않습니까. 사실 요즈음에는 고향과 객지라는 구분이 희미해지고 있습니다만, 그래도 고향은 고향입니다. 그런데 저는 정신적으로도 완전히 고향을 떠나 있습니다. 그것은 제가 고향에 너무 많은 한과 부끄러움을 갖고 있기 때문입니다. 그런 처지일수록 더 고향을 사랑하고 가슴에 보듬어 안아야 그것들이 풀릴 텐데, 저는 용기가 없어서 그렇지 못했습니다. 고향을 뒤편으로 놔두고 소설로 그 문제를 풀려고 노력해왔습니다. 그러던 어느 날 그러한 제 소설이 모두 허위라는 것을 깨닫게 되었지요. 제 소설에는 고향 이야기가 많고 또 고향 문제를 진지하게 탐색해보려고 썼지만, 결국 그것은 근본적으로 고향으로 돌아가기 위한 염원에서 출발한 것이 아니라 잃어버린 고향을 소설로 대신해 보려는 음험한 의도가 있었음을 제 자신이 눈치채게 되었습니다. 그래서 저는 몇 년 전부터 소설을 그만두고 카메라를 택했습니다. 소설보다 더 사실적이고 직접적인 이 기기를 이용해서, 이 땅에서 묻혀져버린 진실을 찾아내자고 생각했지요. 그래서 탄광촌을 찾았고, 퇴폐업소도 뒤졌으며, 윤락가와 인신매매 장소 등 별별 곳을 카메라에 담았습니다. 그러다가 나는 다시 고향을 생각하게 되었고, 섬인 내 고향을 대신하여 또 다른 섬을 택해 그곳의 모든 실체를 카메라에 기록해보려고 생각했습니다. 그래서 찾은 곳이 독도였습니다. 이 년여 동안 독도에 머물면서 저는 여러 번 위험하고 어려운 고비를 넘기기도 했고, 그러면서 제 딴에는 최선을 다해 작품을 만든다고 했습니다. 그 결과 세상 사람들로부터 인정도 받았고, 오늘 여러분과 이렇게 만나게 된 것입니다."

나는 입안이 말라서 말을 더 할 수 없었다. 생수를 한 컵 마시고서 다시 이야기를 시작했다.

"이번에 제가 독도 답사대원의 일원으로 이 섬을 찾으면서 여러 친구와 이야기를 나누는 도중에 많은 것을 생각했습니다. 돌연한 기상 변화 때문에 고생도 많이 했고, 이제 막 독도를 코앞에 두고서 상륙도 못 하고 그 모습조차도 가까이서 대하지 못하고 돌아가게 되었습니다. 이러한 모든 일은, 사실 조금 전에야 깨달았습니다만 저 때문이라고 생각되었습니다. 날씨가 험악해지고 독도가 안개를 피워 자기 모습을 가려버리자, 어떤 분이 이 배에 타서는 안 될 사람이 탔다고 우스개처럼 말했습니다만 그게 사실입니다. 그 사람이 바로 접니다. 구약 요나서 이야기처럼, 저는 제가 가야 할 고향을 내버리고 공연히 다른 곳을 찾아서 방황해왔음을 알게 되었습니다. 이 독도에서 한 제 작업은 고향을 찾아갈 수 없는 사람들의 공연한 자기 방어기제에 불과합니다. 제 영상을 보면서 독도의 외면적인 실상은 조금 알게 되겠지만, 그게 무슨 의미가 있겠습니까? 그러한 제 철부지 행위들을 알고 있는 독도가 저를 거부한 것 같습니다. 어쩌면 사람의 일이 다 그렇지 않습니까? 섬을 너무 잘 안다고 하면서도 사실은 왜곡되게 알 경우도 많고, 어차피 고향을 떠나 사는 처지에 언젠가는 그 고향으로 돌아갈 것을 꿈꾸며 살아야 하는데, 사실은 돌아가야 할 고향을 놔둔 채 다른 곳을 고향으로 삼으려고 방황할 때가 많지요. 이거 공연히 제 어줍은 이야기만 늘어놓아서 죄송합니다. 여러분, 독도에 상륙하지 못한 것은 저 때문입니다. 독도가 저를 거부한 것이지요."

나는 이야기를 마치고 자리로 돌아와 앉았다. 백 기자가 이상한 눈으로 나를 건너다보았다. 지원상이 다가오더니, '수고했다'면서 악수를 청했다. 대형 화면에는 '獨島의 四季' 화면이 계속되었다.

끝없이 펼쳐진 푸른 바다 위에 오뚝하게 솟아 있는 두 개의
바위산이 가까이 다가오다가 화면에 가득 찼다. 그러다 화면이
바뀌면서 태풍 경보 TV 뉴스를 듣는 젊은이들이 부산스럽게
움직였다.

지상에서
마지막 여행

섬

5시 45분 발 제주행 탑승권을 내게 건네줄 때까지 아들은 내가 여행을 포기하기를 은근히 바랐다. 아내는 예식장에서 입고 있던 차림으로 핸드백 하나만 들고 나왔고 나도 맨손이다. 막상 준비 없이 빈 몸으로 떠나게 되니 홀가분했다.

"고르지 못한 날씨에 준비도 없이 떠나시면……."

"준비할 것이 뭐 있겠냐? 돈 가진 것 얼마 있으니 되겠지."

"추위에 몸조심하시고, 불편하시면 곧 돌아오세요."

"소식이 없으면 별일 없다고 생각하고, 일이 생기면 연락하마."

나는 '일이 생기면'이란 말을 해놓고 보니 뭔가 가슴이 묵직했다. 그때 심하게 기침이 나왔다. 식구들의 걱정스러운 눈길이 부담스러워 나는 얼른 탑승자 대기실로 들어가버렸다.

대기실 의자에 앉아 여객기들이 기착해 있는 광장을 바라보았다. 활주로에 그늘이 지고 있었다. 날이 저무는 것인가? 세상이 끝날 날도 이렇게 예정에 없는 여행을 떠나듯이 찾아올 테지. 아내 손을 꼭 잡은 내 손바닥에서 엷은 땀이 배어나왔다. 안내판 전자시계 숫자가 5:38이다. 가만히 들여다보았다. 찰깍 5:39, 찰깍 5:40. 시간은 쉬지 않고 가고 있었다. 들리지 않는 시간이, 움직이는 음향이 내 심장을 자극했다. 지금쯤 애들도 비행기를 탔을까요? 아내는 내 긴장한 얼굴을 보면서 중얼거렸다. LA행 여객기 출발은 6시 5분이다.

"이렇게 무작정 떠나는 여행이 재미있지 않아요?"

나는 아내가 불안해할까봐 위로하기 위해 한마디 했다.

"왠지 불안해요."

아내는 바람이 불고 있는 활주로를 내다보면서 중얼거렸다.

"누구나 떠나기 전까지는 불안하겠지. 그러나 떠나고 나면 생각보다 안정될 거야. 새로운 상황에 들어가는 것은 불안하지만, 일단 상황이 주어지면 사람은 다 적절하게 적응하기 마련이니까."

"혹시 주말이라 호텔 방이 있을까요?"

"그래도 둘이 묵을 방 한 칸이야 없겠어? 호텔이 없으면 여관도 좋고, 여관이 없으면 여인숙이라도 있겠지? 우리가 자는 데 한 평 반이면 족하지 않겠어?"

"한 평 반이라구요?"

아내는 의아스러운 눈길로 나를 쳐다보았다.

그래요. 한 평 반이지. 나는 문득 우리가 최후에 머물 그 깊고 어두운 방이 한 평 반쯤 될 것이라고 생각해보았다. 다시 기침이 발작하듯 했다. 의사이면서 개신교 장로인 친구 성 박사 말이 생각났다. 친구는 나를 진찰한 담당 의사에게 내 병세를 알아보고서 말했다. 죽음은 끝이 아니고 새로운 세계로 들어가는 과정이야. 모든 사물은 완전히 소멸되지 않아. 단지 그 상태만 변하는데, 그것은 다른 세계로 편입되기 위해서이지. 그러니 새 세계를 구경하기 위해 여행 준비를 하듯이 죽음을 준비하게. 죽음을 준비해? 죽음을 준비해! 나는 한동안 그의 말을 이해하지 못했다. 그런데 오늘 예정에 없는 여행을 떠나려고 나서니 이해가 되었다. 이 여행도 그 준비의 하나인가? 나는 친구의 말이 위로로만 들리지 않았다.

번거로운 결혼 예식 절차를 마친 후, 신혼여행을 떠나는 막내 아들 내외의 인사를 받고 집으로 돌아오던 나는 차를 운전하는 큰아들에게 여행을 떠나고 싶다고 말했다.

"동생이 여행에서 돌아오면 인사나 받으시고 떠나시죠. 제가 모든 준비를 해두겠습니다."

큰아들은 막내를 내보내는 쓸쓸함을 해소하기 위해 아버지로서 한번 해보는 말이라고 생각했던 모양이다. 그러나 곧장 공항으로 가자고 재촉하자 아들은 의아하게 여기면서도 내 의사를 따라주었다.

우리를 싣고 온 쾌속정이 〈동백아가씨〉 노래를 토해내면서
막 포구를 떠나고 있다. 나는 떠나는 배를 향해 손을 흔들다가
아내의 눈길에 주춤하고 어색하게 손을 내려버렸다. 다시는 뭍
으로 나가지 못할 사람 같네요. 아내는 옥색 바다를 건너다보면
서 중얼거렸다. 나는 숨겨뒀던 내 모습이 들켜버린 것처럼 멀쑥
했다. 뭐라고 한마디 하려고 아내 곁으로 다가서자, 아내는 바
람에 흐트러진 내 목도리를 고쳐주었다. 노랫소리가 점점 가늘
어졌다. 쾌속정은 불과 15분 거리에 있는 맞은편 성산포항으로
질주하고 있다. 나로부터 점점 멀어져가는 배를 바라보는데 마
음이 한가했다. 피곤한 여행에서 고향으로 돌아온 기분이다.

마치 소가 누워 있는 형상과 같다고 해서 우도(牛島)라고 이
름 붙여진 이 섬은 바다 위에 떠 있는 한 척의 큰 범선이었다.
지두청사(地頭靑莎)라는 해발 132미터 우도봉 정상에 서니 섬
주변 전경이 한눈에 들어왔다. 맞은편 성산포가 바로 손에 잡힐
듯이 앉아 있다. 작은 마을을 중심으로 사방으로 뻗어나간 해안
선과 그 건너 질펀한 들판이며 몰락한 왕조의 무덤처럼 묵묵하
게 앉아 있는 오름[岳]들의 줄기가 한라산을 향해 완만하게 뻗
어 있다. 그러한 정경을 바라보노라니 마음은 한결 여유로워졌
다. 바다에 떠 있는 범선은 바람에 순응함으로써 원하는 곳으로
갈 수 있는 자유를 누릴 수 있다. 바다는 막혀진 성이 사방으로
트인 자유의 공간이라는 생각이 들었다.

항구에서 섬 관광을 안내하는 버스가 도착했다. 버스에서 내린 사람들은 얼굴을 때리는 바람을 외면하면서 우도봉 정상으로 오른다. 시들은 잔디밭이 완만하게 경사를 이루어 오르다가 정상에서는 바다를 향해 강하하여 절벽이 되었다. 사람들은 깎아지른 절벽과 그 뒤 바다를 배경으로 추억거리를 만들려고 카메라 셔터를 열심히 누른다. 사진에서 자신의 모습을 보는 것은 즐거울 것이다. 사진에는 자신의 시간이 담겨 있으니까. 선생님, 죄송합니다만 한 컷 부탁합니다. 젊은 신혼부부가 내게 카메라를 건네면서 미안해했다. 나는 즐겁게 응했다. 감사합니다. 제가 한 컷 찍어드릴까요? 두 분이 아주 행복하게 보여요. 나는 아내를 쳐다보면서 이들의 청을 들어주기로 했다. 행복하게 보이는 노부부의 겨울여행 사진은 이들에게 한 번쯤 괜찮은 이야기가 될 것이다. 우리 부부는 행복한 표정을 지으면서 카메라 앞에 섰다.

"즐겁게 여행하세요."

피차 그렇게 인사를 나누고 헤어졌다. 사람들이 이곳저곳에 흩어져서 바다 경관에 탄성을 지른다. 메마른 들판에 까만 염소가 낯선 여행객들을 쳐다보면서 게으른 울음을 울었다. 쾌속정 여객선은 성산포 항구 안으로 들어가버렸는지 시야에서 사라져버렸다. 연락선은 이제 나와 상관없다. 결국 나는 이 작은 섬에 갇히게 되는구나. 가슴이 답답해지면서 눈앞으로 부연 물안

개가 몰려드는 것 같다.

짧은 겨울 해가 한라산 정상 위에 아슬아슬하게 걸려 있다. 바다는 점점 짙은 옥색으로 변했다. 우리 부부는 절벽 사이로 난 오솔길을 따라 조심조심 아래로 내려갔다. 깎아지른 절벽 단면들이 시루떡처럼 줄무늬가 선명하게 차곡차곡 쌓여 있다. 오랜 풍상을 견디면서 살아온 헤아릴 수 없이 긴 시간이 남아 있다. 까마득히 흘러간 영겁 속에 인간이 누리는 짧은 시간이 허망하게 생각되었다. 사람의 감각과 인식이 미치지 못하는 곳에 얼마나 많은 비밀이 숨어 있는가? 나는 그 바위에 박혀 있는 작은 모래 화석처럼 무한한 시간 속에 자리 잡고 있는 내 이야기가 떠올랐다. 내가 돌연히 이곳으로 여행지를 정한 것은 우연이 아니라고 생각되었다.

성산포 쪽에서 여객선이 섬으로 다가오고 있다.

"여보, 떠났던 배가 다시 들어오네요."

아내가 목소리가 들뜨듯 했다.

"떠났으니 다시 오는 거겠지요."

나는 무심한 듯이 말하는 아내를 쳐다보았다. 생각해보니 그 말이 맞다. 떠났으니 오는 거겠지. 죽음은 다른 세계로 떠나는 여행이야. 세상에 왔으니 떠나야 하지 않겠어? 친구의 말이 다시 생각났다.

"온 김에 며칠 쉬었다 갑시다. 서울 생각, 막내아들 생각 다 잊고 우리 둘 생각만 합시다. 언제 우리 그렇게 여행한 적이 있었어?"

나는 아내의 등을 가볍게 안으면서 웃었다. 그동안 내가 살아왔던 시간을 생각하면 일생을 동반자로 살아온 아내에게 미안했다.

나는 여행도 많이 했다. 그런데 여행을 하면서 세상을 잊은 것이 아니라 오히려 더 많이 생각했다. 사업 생각, 회사 생각, 동행한 상사 생각……. 그것은 여행이 아니었다. 오늘 처음으로 이렇게 완전한 여행을 하게 되었다. 신혼여행도 살아갈 계획과 쾌락과 정욕에 휩싸여 여행다운 여행이 되지 않는다.

꿈

김포공항을 떠날 때까지도 이 섬에 오리라고는 생각하지 못했다. 그런데 찾아오고 보니 정말 고향집에 돌아온 것처럼 마음이 한가로웠다.

"왜 하필 이곳으로 오셨어요? 바람도 거칠고 숙박 시설도 허술한데……."

제주공항에 도착해서 하룻밤 묵으면서 나는 문득 우도를 가고 싶었다. 뒷날 성산포라는 해안 마을로 올 때까지 아내는 아무 말도 하지 않았다. 이 여행은 처음부터 예상하지 않았던 일이어서 아내는 모든 것을 내게 맡겼다. 제주 동남쪽 끝 해변 마을에 도착해서 이 섬으로 가는 쾌속정을 탔을 때만도, 그냥 섬이나 둘러보고 돌아가려니 생각했던 모양이다. 그런데 내가 섬에 딱 하나 있는 여관에서 방을 잡고 며칠 쉬다 가자고 했을 때, 아내는 엉뚱한 내 행동에 의구심을 갖기 시작했다. 30년 넘게 같이 사는 동안 이런 일은 한 번도 없었다.

우도봉에서 내려온 우리는 대기해 있는 버스를 탔다. 버스는 마치 달구지처럼 시멘트로 포장된 좁은 길을 천천히 걸어가듯 갔다. 길가 양쪽은 모두 낮은 돌담으로 둘러싸여 있는 밭들이다. 한겨울이지만 파란 보리가 자라고 있다. 그 건너 너른 잔디밭에는 검은 소 두 마리가 마른 풀잎을 뜯다가 고개를 쳐들더니 한가하게 버스를 보면서 하품을 했다. 검은 소는 흔하지 않다. 게으른 소의 울음 때문에 섬 전체가 신비롭게 보였다. 좁은 길마다 관광객이 탄 승용차들이 느릿느릿 움직이고 있다. 섬은 살아 있었다.

시멘트 슬래브 지붕 집들이 옹기종기 모여 있는 영일동이라는 동네에 버스가 멎었다. 우리는 갯가 길을 따라 내려갔다. 저무는 햇살이 바다 위에 부서지면서 잔물결이 눈이 부실 정도로 반짝였다. 깊은 낭떠러지가 반원을 이루었고, 그 안에 모래밭이 나타났다. 검은 현무암 절벽이 하얀 모래사장을 아늑하게 둘러싸고 있다. 모래밭으로 들어가는 돌계단 입구에는 음료수를 파는 간이매점이 있고, 비치파라솔과 플라스틱 의자들이 원형으로 놓여 있다. 사람들은 거기에 앉아 음료수를 마시면서 바다를 내려다보고 있다. 시멘트로 된 계단을 내려가니 모래밭이 나왔다.

"저기 동굴이 보이지."

모래밭을 에워싼 검은 절벽 중간쯤에 굴 입구가 크게 나타났다.

나는 아내의 손을 잡고 모래밭으로 내려갔다. 하얀 모래들이 신발 밑에서 뽀드득 소리를 냈다. 잔물결이 이는 모래밭 끝쯤에 듬성듬성 너럭바위들이 앉아 있고, 그 주위로 밀려왔던 물들이 살살살 지절거리면서 내려갔다.

우리는 동굴 입구 쪽 편편한 검은 바위에 나란히 앉아 발을 뻗었다. 아내는 뒤를 돌아보면서 눈을 크게 떴다. 어둑한 굴 입구가 생각보다 넓은 모양이다.

"저 안에는 또 다른 굴이 있는데, 밀물 때는 여기까지 물이 차서 굴에서 바깥출입을 할 수 없어. 오늘은 아마 물이 좀 써는 모양이지. 저 굴 안에는 이삼백여 명이 앉을 수 있다고 하는데, 요즈음엔 동굴음악회를 한다나 봐요."

나는 어젯밤에 호텔에서 읽은 지방 신문 기사를 아내에게 말했다. 보름이나 그믐밤에 동굴에서 음악회가 열린다는 것이다.

"꼭 동화에 나오는 굴 같네요? 언제 와보셨어요?"

내가 굴에 대해 말하자 아내는 의아스러운 눈길로 물었다.

"언젠가 이야기하려고 했는데, 내가 전쟁고아로 보육원 생활을 한 때가 있었지. 성산포에서 두 해 반을 살면서 초등학교를 졸업하고 중학교도 일 년쯤 다녔는데……."

나는 지금까지 아내에게 하지 못했던 이야기를 꺼내었다.

"그래요?"

아내는 믿어지지 않는다는 표정이다. 아내는 지금까지 내 소년 시절 이야기를 듣지 못했다. 전문 경영인으로 성공했다고 세상이 다 인정해주는 내가 구태여 소년 시절 고아원 생활을 말할 필요가 없었다. 그러나 언제고 죽기 전에 아내에게는 이야기를 하려고 벼르고 있었다. 한국의 유명 재벌그룹의 주력 회사 회장인 나는, 야망을 갖고 인생을 차곡차곡 쌓아올린 성공한 경영인이라고 남들이 인정했다. 현숙한 아내와 예쁜 두 딸과 총명한 아들 셋을 거느린 다복한 가정의 가장이다. 그런데 막상 건강이 허물어지면서 경영 일선에서 물러나고 보니, 남들이 복이라 생각하는 것들이 모두 부질없어 보였고, 어려웠던 시절의 기억들이 잠을 깨고 일어나듯이 되살아났다.

"고아원에서 생활하셨어요?"

나는 재차 확인하려는 아내의 물음에 쿨룩쿨룩 기침이 나왔다. 미열이 일면서 얼굴이 벌겋게 달아올랐다. 아내가 손수건을 꺼내 내 땀을 훔쳐주었다.

"그래서 나중에 가족들은 만났나요?"

기침이 멎고 숨을 몰아쉬려는데 아내가 은근히 다시 물었다. 나는 고개를 가로 저었다.

엉뚱하다는 아내의 표정이다. 나는 사실 양부모 밑에서 자랐는데 사람들은 부잣집 외아들로 알고 있다. 아내와 자식들도 그렇게 생각하고 있다. 아내는 잠잠했다. 나는 말없이 바다만 내려다보는 아내의 그 표정이 부담스러웠다.

바닷물이 써기 시작했다. 모래밭이 점점 넓어졌다.

"간조 때가 되어 바닷물이 밀려나가면 저 바위 주변이 뭍이 되어 바위들이 모두 제 모습을 드러내는데, 거기에는 미역새라는 작은 돌미역이 돋아나고 바위 아래는 조개와 소라 같은 어패류가 많이 널려 있지. 우리는 그것을 따다가 돌로 깨어 바닷물에 헹구어 먹기도 했어."

나는 물이 써서 뭍이 되어버린 너럭바위 위에 앉아서 그때 일을 말하기 시작했다. 말하는 동안에도 바위 아래로 쫄쪼르르 쫄쪼르르 물 내려가는 소리가 났다. 아내는 자꾸 내 얼굴을 쳐다보면서 믿어지지 않는다는 표정이다. 나는 동화를 만들어 아내에게 들려주고 있다.

"전 당신이 좋은 환경에서 곱게 자란 외동아들이라고 알고 있었는데, 어떻게 인생을 연극처럼 철저하게 연기하며 사셨어요? 당신은 어디를 보나 구김 없이 자란 패기 찬 귀공자였어요. 그런데……."

아내는 바다를 내다보면서 혼잣말처럼 중얼거렸다. 한평생 같이 살아온 남편의 새로운 모습에 심한 배신감을 느끼고 있을 것이다. 그녀의 표정에서 나는 문득 여자의 그러한 심사를 헤아릴 수 있었다. 그 감정은 땅 위에서 살아가는 모든 인간들에 대한 불가사의함일 것이다.

함흥에서 전쟁 피난민들과 고아들을 태운 미 수송선 LST는 제주읍으로 들어가지 않고 성산포 앞바다에 정박했다. 이미 읍에는 원주민보다 더 많은 피난민들이 들어와 있었다. 몇 해 전에 4·3사건으로 섬은 전쟁터가 되었다. 아직도 섬은 완전히 평정되지 않았는데, 피난민들까지 몰려들었으니 사정이 매우 어렵게 되어 있었다.

성산포에 정박한 수송선은 우선 고아들을 모으고 미군들이 특별히 도와주어 보육원을 만들었다. 그 원아 중 일부는 임시로 우도초등학교에서 지내게 되었다. 성산포에 있는 학교와 공공시설에는 이미 피난민들로 차서 원아들을 더 수용할 수 없었기 때문이다. 우도에 들어온 보육원 원아들은 마을 사람들의 호의로 여러 집에 나누어 숙식을 하게 되었는데, 나는 교장 관사로 가게 되었다.

4월 새 학기 전이었다. 이곳 아이들은 교과서도 없었고, 학용품이라야 누런 종이로 된 공책과 잘 부러지는 연필이 전부였다. 그런데 우리 원아들은 미군들이 준 연필과 공책을 비롯해서 갖가지 학용품을 쓰고 있어 이곳 아이들은 우리를 부러워 했다.

나는 교장 딸인 영애와 친했다. 그녀는 나와 같은 학년이었는데, 학급에서 공부도 잘했고 얼굴도 예쁘고 옷차림도 단정해서 곧 내 눈에 들었다.

그런데 우도에 머문 지 두 달 만에 성산포로 들어가게 되었다. 나는 영애와 헤어지는 것이 섭섭했다. 그 후에 몇 번 우리들은 우도 학교로 찾아왔다. 개인 날 썰물 때에 보육원 부식을 충당하기 위해 5~6학년 학생들은 이 섬에 와서 미역과 조개를 따기도 했다. 그해 여름방학에는 우도초등학교에서 며칠간 합숙하면서 해산물을 채취했다. 며칠 바다에서 지내는 것도 즐거웠지만 영애와 만날 수 있어서 좋았다. 그렇게 하는 동안 영애와 더 친해졌다.

이야기를 듣던 아내가 소리 없이 웃었다.

"숨겨 두고 말고 할 이야기가 아니에요. 보육원 원아였으니까 교장 선생님 따님이 천사처럼 보였겠지요."

아내는 그때 내가 너무 순진했다고 생각했다.

"그런데 큰 사건이 터졌어."

"사건이라니요?"

아내는 눈을 크게 뜨면서 놀라는 척했으나 뭐 별스런 사건이 겠느냐는 표정이다.

"그 소녀를 사랑해서 고아원을 탈출하기라도 했나요?"

"탈출? 그보다 더 충격적인 일을 벌여놓았지."

아내는 손으로 입을 막으며 쿡쿡 웃었다. 좀처럼 소리 내어 웃는 법이 없는 여자였다.

"말씀해봐요. 궁금하네요. 당신이 저질렀다는 그 놀랄 만한 사건이 도대체 뭐예요?"

아내는 재촉하면서도 들으나마나한 이야기 정도로 생각하는 것 같았다. 아내는 내가 사랑 이야기를 간직할 만한 위인이 못 된다고 알고 있다. 상대방에게 항상 차갑게 대하고 원리원칙을 고집하며 일에 미쳐 사는 멋없는 사내에게 무슨 아름다운 이야 기가 있겠느냐는 투로 웃었다.

"아름다운 이야기라면 저도 들으면서 함께 즐거워할 수 있어요."

아내가 소리 없이 웃자 그 뺨에 볼우물이 선명하게 나타났다. 나는 그러한 아내의 마음이 더 좋게 보이면서 내 고백거리가 점점 부끄러워졌다.

사랑

바닷물이 들어오기 시작했다. 밀물 때가 된 모양이다. 우리가
앉아 있는 너럭바위 밑으로 바닷물이 밀려들기 시작했다. 순식
간에 바위가 반쯤 물에 잠겼다. 나는 아내를 끌고 듬성듬성 앉
아 있는 바위를 건너뛰면서 동굴 입구에 왔다. 아직도 모래밭까
지는 물이 차지 않았다.

"이제 조금 있으면 우리가 앉았던 바위가 겨우 얼굴만 남아
있게 되고 이 모래밭도 온통 물바다가 되지."

나는 동굴 입구로 돌아와 아내를 옆에 앉히고는 밀물 때의
정황을 설명하였다.

"밀물과 썰물 현상은 달이 차고 기울기 때문이라고 알고 있
었는데, 실제로 보니까 신비해요. 이렇게 몰려왔던 바닷물은 어
디로 빠져나가 쉬다가 다시 순식간에 몰려오는 건가요?"

아내는 벌써 모래밭을 채운 바닷물을 보면서 고개를 갸웃거
렸다.

"육 학년 일 학기 초였는데, 내가 보육원에서 미군들이 주고
간 구호물품을 도둑질해서 이 섬으로 도망쳐 왔지."

나는 아내에게 보육원 시절에 내가 저질렀던 부끄러운 사건
을 이야기하였다. 아내는 내가 도둑질했다는 말이 믿어지지 않
는 모양이다.

"하필 내가 왜 물건을 훔치고 이 섬으로 들어왔는지 알겠소?"

"섬이 안전하다고 생각했겠지요?"

아내는 심드렁하게 대답하면서도 내 태도가 수상한 모양이다. 나이 든 남편은 새삼스럽게 왜 철부지 소년 시절에 저질렀던 부끄러운 이야기를 꺼내는가? 숨겨두어도 누구도 모를 텐데, 그렇게 생각하고 있을 것이다.

"평소 이야기에 너무 인색한 당신이 오늘은 어쩐 일이세요? 바쁘다는 구실로 지금까지 많은 이야기를 숨기고 사셨어요?"

"그래서 모처럼 여행을 왔으니 그동안 못다 한 이야기를 하려고 해요."

아내는 남편의 이야기를 사실로 믿고 싶었다.

"내가 좋아하는 그 교장 딸 때문이었소."

아내는 눈이 똥그래졌다.

"이제는 거짓말도 능숙하게 하시는구려. 나를 즐겁게 하기 위해 소설을 쓰시고 있지요?"

아내는 소리 내어 웃었다.

보육원을 후원하는 미군부대에서 종종 고아들에게 선물을 주고 갔다. 나는 원생을 대표해서 미군 소령으로부터 공책과 연필, 크레용, 그리고 건빵과 초콜릿 상자를 받았다. 미군이 돌아간 다음에는 받은 것을 다시 원장에게 바쳤다. 원장은 필요할 때 나눠주겠다고 말했다. 우리는 그 말을 믿고 기다렸다. 그런데 일주일이 지나도 나눠주지 않았다.

　일요일 오전이었다. 원생들이 모두 원장과 총무 선생을 따라 천막 교회로 주일예배를 보러 갔다. 나는 일부러 배가 아프다는 핑계로 숙소인 학교 교실 한구석에 누워 있었다. 예배가 시작될 시간쯤 해서 복도를 막아 임시 보육원 사무실로 쓰는 방에 들어갔다. 아이들과 같이 미군이 주고 간 물품을 운반했기 때문에 보관한 장소를 알고 있다. 나는 학용품과 건빵과 초콜릿을 훔쳐 책보자기에 싸 허리춤에 묶고 보육원을 나왔다.

　처음부터 우도로 도망칠 것을 생각해서 항구로 나왔다. 다행히 배가 있었다. 그때에는 우도에도 피난민들이 살고 있을 때여서 성산포를 오가는 배들이 많았다.

　우도에 도착하는 즉시 교장 관사를 찾아갔다. 영애는 없었다. 공책 두 권과 연필 몇 자루를 교장 부인 앞에 내놓았다.

　"이거 영애에게 주세요. 며칠 전에 미군 고문관이 보육원에 들러서 특별 선물을 주고 갔어요. 그래서……."

　나는 그럴듯하게 거짓말을 했다. 교장 부인은 그 말을 사실로 믿었다.

　"고맙구나. 영애는 지금 바닷가에 해초를 채집하러 갔다. 가을에 전도 학생 과학전람회에 출품하기 위해……."

　방학을 끝내고 개학한 지 얼마 안 된 때여서 아직도 여름 더위가 남아 있었다.

"아마 고래굴 아니면 광대코지 부근에 가 있을 거다."

나는 영애 어머니 말대로 그 곳으로 나갔다. 고래굴과 광대코지는 이 섬에서 경관이 빼어난 바닷가 이름이다.

검은 모래밭에서 그녀를 쉽게 찾을 수 있었다. 영애는 썰물이 되어 온몸을 다 드러낸 너럭바위 밑동에서 이름 모를 해초를 캐고 있었다. 그녀는 나를 보더니 놀라면서 반가워했다.

"전도 과학전람회에서 우리 반은 우도 해안가 해초들을 채집하여 출품하기로 했는데……."

그녀는 전람회 출품에 대해 설명했다. 6학년 학생들이 여름방학 숙제로 해초를 채집해서 제출했는데, 담임선생이 거기에 보충할 것을 몇몇 학생들에게 채집하도록 했다는 것이다.

우리는 따가운 햇살을 피해서 동굴 입구로 왔다. 나는 허리춤에 차고 간 보자기를 풀어 건빵과 초콜릿을 꺼내었다.

"특별히 총무 선생님이 네게 보냈다."

영애도 알고 있는 보육원 총무의 이름을 들어 거짓말을 하고는 그녀와 눈길이라도 마주칠까 얼른 너럭바위로 달려갔다. 그녀도 뒤따라왔다.

"내가 뭐 도와줄 거 없어?"

"저 바위 밑에 거무스름한 미역 같은 거 보이지. 그거 좀……."

얕고 편편한 바위 밑을 가리켰다. 아직 물이 덜 써서 그 밑에는 물이 조금 고여 있었다. 손을 내밀어 해초를 잡아당겼으나 미끄러워 제대로 잡히지 않았다. 신을 벗고 아랫도리를 걷어 올려 물로 내려서려 했으나 안 되었다. 나중에 물이 더 써면 하자. 만류하는 소리를 들었으나 물러설 수 없었다. 그만 일어나. 그 소리를 들으면서도 점점 머리를 너럭바위 아래로 들이밀어 손을 뻗었다. 조심해. 영애가 걱정하는 소리를 듣는 순간 바위를 붙잡고 있던 한 손이 미끄러지면서 머리가 물에 처박혔다. 눈에서 번쩍 불똥이 튀고 머리가 아려왔다. 그녀는 바위를 놓쳐버린 내 한 팔을 잡고 끌었다. 나는 겨우 일어났으나 윗도리는 온통 바닷물로 적셔져 몸에 착 달라붙었다.

"어떻게 하지. 짠물에 옷이 젖었으니……."

그녀는 울상을 지으며 쩔쩔맸다. 그래도 나는 마음이 편했다.

"괜찮아. 곧 마를 거야."

나는 젖은 윗도리를 벗고 물을 대강 짜서 바위 위에 널었다. 뒤돌아서는데 벌거벗은 내 상체를 그녀 앞에 드러내 보인 것이 부끄러웠다.

"햇살이 따갑지. 어서 저 그늘로 들어가자."

그녀는 동굴 쪽으로 앞장섰다. 나도 뒤따라갔다.

동굴은 시원했고, 맨몸이었지만 부끄러움도 사라져버렸다. 전쟁 전에 어머니와 함께 살던 고향집 안방처럼 편안했다. 함흥에서 집안 식구들과 헤어진 뒤에 보육원 생활을 계속해왔지만 이런 감정은 처음이었다. 나는 편편한 바위를 찾아 맨몸으로 벌렁 누웠다. 도둑질은 했을망정 여기까지 와서 영애를 만났으니 긴장이 풀리면서 졸음이 올 것 같았다. 고향을 잃어버린 처지에 영애가 살고 있는 이 섬을 고향이라고 생각해보았다. 마음이 가라앉으면서 이제는 영애에게 모든 것을 말해도 될 것 같았다. 자리에서 일어나 내가 오늘 여기에 온 사연을 모두 말해버리고 싶었다.

"여기서 며칠 놀다 가겠어. 보육원은 갑갑해서."

그녀의 시선을 외면하고 먼바다를 바라보면서 중얼거렸다. 뭉게구름이 한가롭게 바다 위를 건너가고 있었다.

"무슨 일이 있었어?"

나는 고개를 가로저었다. 자기가 보고 싶어 찾아왔다는 것을 짐작하리라 생각했다.

"이 섬에서 살 수 없을까? 보육원이 싫어졌어."

생각하지 않았던 말을 엉뚱하게 해버렸다.

"왜 그래?"

그녀의 추궁에 사실대로 말해버렸다.

"이것들은 모두 훔친 것이야?"

그녀는 내가 준 초콜릿을 내보이면서 못 믿겠다는 듯이 말했다.

"보육원에서 그렇게 배고프니?"

그녀는 내가 배고파서 도둑질을 한 줄 안 모양이다.

228

"배고파서 그런 것이 아니야."

보육원 원장과 총무가 싫었고, 더구나 영애가 보고 싶어 여기로 왔다고 말하려고 했으나 말문이 열리지 않았다. 그런데 다시 생각하니, 왜 도둑질을 하면서까지 섬을 찾아와 영애를 만나려고 했는가? 영애가 이런 내 마음을 이해할 수 없을 것이라고 생각하니 쓸쓸했다.

하늘이 어두워지더니 빗방울이 듬성듬성 떨어지기 시작했다. 그녀는 얼른 내달아서 너럭바위 위에 널어놓은 내 윗도리를 갖고 왔다. 빗방울이 잦아지더니 물을 퍼붓듯이 쏟아졌다. 나는 하늘이 뚫어질듯이 내리는 비를 보면서도 마음이 편안해졌다.

"날씨가 무더운데 잘 되었다. 며칠 비라도 쏟아졌으면 좋겠다."

비가 오면 그녀와 이 동굴에서 오래 같이 지낼 수 있으려니 생각했다. 영애가 이상한 눈길로 나를 쳐다보았다. 얼굴이 달아오르더니 온몸이 뜨거워졌다. 보육원 물품을 도둑질한 도둑놈! 그렇게 비웃는 것 같았다. 그의 눈길이 두려워 빗속으로 뛰어나갔다. 야! 어딜 가? 만류하는 영애의 목소리가 빗소리 속에서 어렴풋이 들려왔다. 빗물이 순식간에 온몸을 적셔버렸다. 몸이 시원하더니 곧 둥둥 하늘로 떠오르는 기분이었다. 그녀에 대한 부끄러움이 빗물에 모두 씻겨 내리는 것 같았다.

날이 개이고 햇살이 부서졌다. 비가 그칠 때까지 빗속에 서 있었다. 영애가 밖으로 나와서 빗물에 온통 젖은 나를 보더니 내 팔을 잡아끌었다. 나는 추워서 덜덜 떨었다. 영애는 나를 끌다가 고개를 돌려버렸다. 빗물에 속옷도 안 입은 내 몸에 젖은 옷이 착 달라붙어서 내 몸뚱이가 그대로 드러나 있었다.

"옷을 벗어 물을 짜고 말려야겠다. 햇살이 좋으니 곧 마를 거야."

그녀는 여전히 나를 외면하고 말했다.

"저리 가!"

내 옷 속에 감춰져 있던 모든 몸이 그대로 그녀에게 보이는 것이 부끄러워 버럭 고함을 질렀다. 영애는 키득키득 웃으면서 동굴로 가버렸다. 나는 그 자리에 웅크려 앉아서는 옷을 벗고 물을 짜서 바위 위에 널었다. 다음에는 아래옷도 그렇게 했다. 속옷도 완전히 젖어버렸다. 나는 뒤를 흘끔 돌아보았다. 영애가 빤히 내 거동을 보고 있었다. 나는 그녀에게 눈을 부라리고는 등을 돌려 맨 마지막 속옷도 벗어 물을 짜고 널었다. 그러고는 너럭바위 아래로 내려가 슬며시 몸을 숨겼다. 영애에게 벗은 모습을 감출 수 있었으나, 바다와 하늘이 벌거벗은 내 몸을 보고 있다고 생각하니 부끄러워졌다. 그러면서 왜 굴 밖으로 나와 일부러 비를 맞았는지 생각할수록 우스웠다.

어느 정도 옷이 마르자 나는 아직도 축축한 옷을 입고 비로소 바위 위로 올라앉아 영애를 바라보았다. 영애는 입가에 웃음을 함빡 머금고 여전히 나를 쳐다보고 있었다.

동굴로 들어가 영애 옆에 앉았다. 영애가 건빵을 내 손에 쥐어주었다. 나는 건빵을 받는 척하면서 그녀의 손을 슬며시 잡았다. 영애는 잠잠했다. 바닷소리가 들릴 뿐 사방이 조용했다. 어디서 물새 소리가 들리는 듯했다. 바닷물이 빠르게 밀려들더니 순식간에 너럭바위들이 잠겨버렸다.

"왜 굴 밖으로 나가 비를 일부러 맞았니?"

"부끄러워서."

나는 영애 손을 잡고 있었던 것도 부끄러웠다.

"뭐가?"

얼른 대답할 말이 생각나지 않았다.

"도둑질한 것이……"

기어드는 소리로 대답했다. 아직도 그녀의 손을 잡은 내 손을 거두지 못하고 있었다.

"뭐, 그 정도에……"

영애가 굴 밖을 내다보고 중얼거리듯이 말했다. 굴 안이 조용하고 바닷소리가 들려왔다.

"빗물이 네 잘못을 다 씻어주리라 믿었어?"

한참 만에 영애가 내 얼굴을 바로 쳐다보며 물었다.

"믿기보다는……. 뭐, 그렇게라도 하고 싶었어."

내 힘없는 대답에 그녀는 말없이 고개를 끄덕였다.

"여기서 좀 기다리고 있어. 집에 가서 마실 물을 갖고 올게. 넌 여기서 며칠 묵어야 할 테니까. 보육원에서 널 찾으러 올지도 몰라. 네가 아는 곳이라면 여기밖에 또 없지 않니?"

영애는 채집한 해초들을 담은 대바구니를 들고 일어났다. 혼자 두고 가지마. 나는 속으로만 말했다.

영애가 가버리자 외롭고 무서웠다.

다시 비가 내리기 시작했다. 온통 하늘과 바다가 빗속에 묻혀서 사방이 뿌옇게 되었다. 바닷물이 동굴 앞까지 밀려왔다. 밖으로 나가는 길이 물에 잠겨 없어졌다. 나는 동굴 안으로 더 들어가 자리를 잡았다. 여기에 갇혀서 영영 빠져나갈 수 없을 것 같았다. 그런 일을 미리 알고서 영애는 혼자만 빠져나갔을지도 모른다.

그때 영애 말이 생각났다. 동굴 안에 다시 동굴이 있고, 그 동굴은 끝이 없어서 아마 섬 저편으로 뚫어졌을 것이다. 바닷물이 가로막는다 해도 굴 안에서 며칠은 버틸 수 있다. 건빵과 껌과 초콜릿이 있다. 혹 보육원에서 찾으러 온다 해도 동굴 안 깊숙이 들어가 있으면 찾지 못할 것이다. 그렇게 생각되자 바닷물이 동굴 앞을 채워버린 것이 다행이다. 동굴 안은 편했다.

비가 차츰 가늘어지더니 날이 개었다. 하늘은 구름 한 점 없이 맑았고, 햇살은 바닷물 위에 눈부시게 쏟아졌다. 동굴 밖으로 나왔다. 물 아래 하얀 모래 하나하나가 그대로 드러났다. 바닷물에 얼굴이 어리었다. 그런데 그 옆에 교장 딸 영애도 나타났다. 이제는 동굴이 조금도 두렵지 않았다. 밤이 되어도 좋겠다. 영애가 마실 물과 어쩌면 먹을 밥을 갖고 올지도 모른다. 그렇게 생각하자 더욱 영애가 보고 싶고 기다려졌다.

나는 동굴 안으로 들어와 편편한 바위 위에 반듯하게 누웠다. 온몸이 노곤하면서 눈꺼풀이 무거웠다. 졸음이 슬슬 밀려왔다. 그때였다. 부스럭거리는 기척이 동굴 안쪽에서 났다. 벌떡 일어나보니 박쥐 두어 마리가 날갯짓을 하면서 동굴 안을 이리저리 날아다니고 있었다. 나는 박쥐를 따라갔다. 가다보니 길이 두 갈래로 나뉘어 있었다. 오른쪽을 택해서 들어가니 굴 안이 차츰 넓어지면서 어둑했다. 무서워 뒤돌아서려는데 저편에서 가는 햇살이 한 줄기 들어오고 있었다. 그 햇살을 따라 조금 더 들어갔다. 굴 안이 넓어서 서서 걸어도 굴 천장이 머리에 닿지 않았다. 조금 더 들어갔다. 작은 옹달샘이 나왔고, 그 주위에는 마치 이불을 한 채 깔아놓을 만한 모래밭이 있었다. 그 건너에서 파도 소리가 났다. 눈을 가까이하고 내다보니 또 다른 바다가 펼쳐져 있었다. 이 모래밭과 옹달샘은 다른 편에서 파도가 들이치면서 밀려온 물과 모래가 만들어놓은 것임을 알았다. 얼마나 오랜 세월 동안 파도가 들이쳤기에 이렇게 되었을까? 세상 됨됨이가 신비했다.

나는 되돌아오다가 다른 길로 들어섰다. 더 넓은 굴이 나왔다. 그런데 사방이 어둑해서 더 지체할 수 없었다. 나오는데 천장에서 물방울이 뚝뚝 떨어지고 있었다. 바위 틈틈에 한 줌도 안 되는 모래흙이 있으면 그 위에는 연한 풀들이 자라고 있었다. 굴 내부를 들여다보면서 나오는데, 신기한 것들을 많이 만났다.

처음 있었던 자리로 돌아와 바위 위에 누웠다. 학교에서 집에 돌아와보면 아무도 없을 때가 있다. 무섭고 외로워서 엉엉 소리 내어 울었다. 식구들이 나만 혼자 따돌려놓고 어디를 갔는지 궁금하고 섭섭했다. 그러다가 차츰 무서움이 사라지고 나대로 시간을 보낼 수 있었다. 그렇게 하는 동안 무서움도 식구들에 대한 섭섭함도 모두 잊고 혼자서 지냈다. 그때처럼 이 동굴 안이 온통 내 집처럼 생각되면서 영애가 있을 때보다 더 편안하고 자유로웠다. 그런 생각을 하는 동안 졸음에 빠져들었다.

깨어 보니 어둑했다. 주위를 돌아봤으나 아무도 없다. 박쥐 소리도 나지 않았다. 굴 밖으로 나왔는데 바닷물이 전보다 더욱 들이차서 모래밭이 안 보였고 나가는 길도 막혀버렸다. 물소리만 들려왔다. 지나는 배도 보이지 않았다. 박쥐의 기척도 안 들리고 메마른 바위에 낀 이끼나 가는 풀포기도 보이지 않았다. 온몸이 으슬으슬 추웠다. 영애야! 나는 무서워서 교장 딸 이름을 목청껏 불렀다. 잠시 후에 '여엉애애아아야······' 메아리가 되어 다시 울려오다가 차츰 사라져버렸다. 메아리는 더욱 갑갑

했다. 내 목소리가 동굴 밖으로 나가지도 못한 채 굴 안에서 빙글빙글 돌다가 녹아버린다고 생각되었다. 점점 무서워져 훌쩍훌쩍 울기 시작했다. 어둠이 점점 짙어졌다. 아무도 오지 않았다. 점점 배도 고팠다. 마른 건빵 몇 알을 입에 넣고 씹었다. 달착지근한 맛이 입안에 차면서 무서움이 조금 덜했다. 다시 편편한 바위 위에 가만히 누웠다. 소리를 질러서인지 목이 말랐다.

나는 그때 일을 지금 여기에서 일어나고 있는 것처럼 자세히 말하는데, 듣고 있던 아내가 빙긋이 웃었다.

"그 소녀는 그날 동굴로 돌아오지 않았어요?"

아내는 그 뒷이야기가 궁금한 모양이다.

"뒷날 왔어."

"그래요?"

아내가 다소 안심하는 표정이다.

"그런데 혼자 오지 않고, 교장 선생과 보육원 총무와 같이 왔어. 영애는 내가 동굴에 있다는 것을 교장에게 말했고, 교장은 보육원에 연락했던 거야."

그때 교장과 보육원 총무 앞에 서 있는 내 모습이 떠올랐다. 그 후 얼마 동안 그 일이 생각될 때마다 부끄러움에 온몸이 쪼그라들곤 했다. 그녀는 나에게 별다른 마음을 갖지 않았는데, 나 혼자만 그녀를 좋아했던 것이 더욱 부끄럽고 섭섭했고, 나중에는 밉기까지 했다.

나는 보육원 총무에게 끌려 다시 섬에서 쫓겨나듯이 떠났다. 그 후에도 이 일을 생각할 때마다 에덴에서 쫓겨나는 아담과 하와의 모습이 떠올랐다. 그 당시 이 섬은 내게 에덴과 같은 곳이었다. 보육원 생활은 고되고 갑갑하고 지겨웠다. 특히 제일 상급학년이어서 어린 동생들을 관리하는 것도 귀찮고 싫었다. 그래서 성산포에서 이 섬을 바라보면서 언제면 저 섬에 가서 자유롭게 살아갈 수 있을까 엉뚱한 생각을 하기도 했다. 그 공상 속에는 영애도 끼어 있었다. 그런데 그 동굴 사건 이후로 내게는 돌아갈 섬이 사라져버린 것이다.

내 이야기를 듣던 아내는 고개를 끄덕였다. 우도가 내 마음의 에덴이라는 말에 약간 긴장된 표정을 지었다.

"그 후에 그 아가씨를 못 만나셨어요?"

아내는 내 표정을 은근히 살피면서 물었으나 나는 웃기만 하고 대답하지 않았다.

그해 겨울에 보육원은 부산으로 옮겼다. 그리고 1년 후에 서울로 올라오게 되었고, 나는 끝내 부모를 만나지 못했고, 너무 엄격하여 내가 그렇게 싫어하였던 원장의 양자가 되었다. 부산에 있을 때 그녀에게 편지를 두 번 썼다. 한 번은 이름을 밝혀 썼는데, 답장이 없었다. 두 번째는 여자 이름으로 편지를 보냈다. 편지 내용이 무엇인지는 지금 기억에 없다. 아마 안부와 앞으로 계속 편지라도 나누자고 제안했던 것 같다.

"참 아름다운 이야기에요. 당신이 일에만 매달려 사는 멋없는 사내인 줄 알았는데……."

아내가 하얀 이를 드러내 보이면서 웃었다.

"그 부끄러운 사건이 지금까지 당신에게 남아 있어 당신을 오히려 단단하게 만들었을 겁니다."

아내는 내 소년 시절의 부끄러운 추억을 위로하듯 의미를 만들어주었다.

"그럴까? 그런데 시간이 지나 내가 사회적으로 자리를 잡게 되면서부터 그 부끄러움을 잊어버리고 살았어. 현실에 타협하면서 수없이 부정한 일을 의도적으로 저지르면서 살았고, 욕망의 노예가 되어 그 순수는 이미 산화되어버렸지. 그런데 요즈음에야 그 부끄러움이 새삼스럽게 되살아나는구려. 쿨룩쿨룩."

나는 기침을 계속하면서도 힘들여 말했다.

"이제라도 그 부끄러움이 되살아났으니 다행이에요. 지금까지는 오만을 자랑하며, 허세를 명예로 착각하며 살았지만, 앞으로 남은 시간은 그 부끄러움을 은혜로, 가진 것 없음을 복으로, 육신의 노쇠함은 새로운 소생을 기약하는 소망으로 간직하고 살아갈 수 있을 겁니다."

아내는 내 손을 가만히 잡으면서 축축한 목소리로 어린아이 달래듯이 말했다. 나는 그 말에 위로가 되면서도, 그때 소녀에게 내 비밀이 탄로 났을 때처럼 얼굴이 따갑고 가슴이 두근거렸다.

"어서 가봅시다. 밀물이 밀려오네요."

아내는 나를 잡아 일으키려 했다.

"밀물이 들어오면 다시 써겠지. 열두 시간만 기다리면 되거든."

"그래요?"

"그것도 그 소녀에게 배운 것이어서 잊히지 않아요. 그녀가 집으로 돌아간 다음에 나는 동굴 안에서 열두 시간을 기다리기로 작정했거든."

"모든 것은 끝이 없나 봐요."

"끝이 없다고?"

"그래요. 이 동굴도 끝이 없다면서요."

"끝이 없는 것이 아니라 끝을 모르는 것이겠지. 아마 섬 저쪽으로 관통되었을지도 몰라."

"그 말이 맞아요. 사람들은 세상에 대해서 너무나 모르는 것이 많죠. 안다고 하면서도 사실은 잘못 아는 경우도 많고……."

아내는 내가 살아온 인생살이와 이 아름다운 자연 경관에서 뭔가 어떤 신비한 비밀이라도 느낀 것처럼 말했다. 그 그윽한 눈길이 참으로 오랜만에 다가오는 아내의 모습이었다. 바닷물이 급하게 몰려들기 시작하자 모래밭으로 내려와 있던 관광객들이 서둘러서 나가기 시작했다.

"그때 그 소녀와 같이 해초를 채취하던 너럭바위가 어디쯤이에요?"

아내는 바닷물이 가득 채워진 모래밭 건너 머리만 내밀고 있는 바위들을 바라보면서 웃었다.

"벌써 밀물에 잠겨 저 머리만 보이네."

나는 어정쩡하게 말하면서 물에 겨우 머리만 내밀고 있는 바위들을 가리켰다.

"열두 시간 뒤에는 다시 떠오르겠지요."

"그럴 테지. 모든 것은 이 바닷물처럼 밀려갔다가 다시 돌아오거든. 달이 차면 기울고, 기울면 차듯이."

"우리 인생도 그렇지 않을까요?"

아내는 내 얼굴을 바로 쳐다보면서 말하더니 먼바다로 눈길을 돌려버렸다. 아내의 눈자위에 불그스름하게 슬픔이 고이기 시작했다. 나는 잠잠했다. 아내도 내 병을 알고 있다. 사실 나는 아무도 모르게 어느 날 여행을 떠나듯이 이 땅을 떠나고 싶었다. 병에 패배해서 야위고 헐어빠진 모습으로 고통을 못 이겨하는 모습을 누구에게도 보이고 싶지 않았다. 나는 죽음에 대해서 막연하게 생각했던 것들을 이 섬에서 다시 한 번 확인할 수 있었다. 시간이 흘러 혹 사물의 외형은 변할지라도 기억의 자취들은 영원한 시간의 늪에 잠겨 있다가 어느 날 다른 모습으로도 되살아날 것이다. 그 여자에 대한 지금의 내 기억도 아마 사실과는 많이 다를 것이다. 그것은 시간을 먹고 사는 동안 쉬지 않고 새롭게 변신하였기 때문이겠지.

"당신은 이제 새사람으로 태어날 것입니다. 소년 시절 부끄러운 추억이 당신을 어린아이로 만들면서 새로운 삶을 생각할 수 있기 때문이지요. 축하해요."

아내는 어제 들은 고아 이야기와 오늘 이야기가 나를 새롭게 회복시키는 어떤 계기가 될 것이라고 생각하는 모양이다. 그녀는 겨울바람에 휘날리는 내 흰 머리카락을 쓸어올려주면서 그 소녀처럼 웃었다.

"그 소녀에 대한 추억과 사랑의 감정은 아마 저를 그 소녀처럼 사랑하게 만들었으리라 생각해요. 아무려면 어때요? 그것은 다 아름다운 것이니까요."

아내의 말에 나는 가슴이 뿌듯했다. 그녀를 향한 마음도 나를 이루어놓은 중요한 요건들임에 틀림없다. 아내는 그러한 내 생각을 엿보고 있는지 모른다.

"여보! 언제 우리 다시 이 섬으로 와요. 지금처럼 달이 이지러져 그믐이 가까운 때가 아니라, 대보름 둥근 달이 이 동굴 안을 환하게 비춰줄 그날을 택해서……."

대보름 둥근 달이 뜰 때에? 내게 그 시간이 다시 올까? 그렇게 생각하는데 심하게 기침을 하기 시작했다.

욕망

방은 마치 먼 이역 항구에 정박해 있는 여객선 선실 같았다. 밤새 요람처럼 흔들리는 바람에 잠이 오지 않았다. 파도 소리와 바닷물이 갯가로 밀려왔다가 모래를 쓸어안고 내려가는 소리가 한데 어우러져 방을 요람처럼 흔들어놓았다. 가만히 귀 기울여야 들리는 그 소리는 한번 귀에 잡혔다 하면 계속 귓가에 맴돌았다. 혹 심장의 한복판에서 울려나오는 것 같기도 했고, 꿈속에서 듣는 소리 같기도 했다. 어머니 자장가를 들으면서 고향 집 안방에 누워 있는 것 같기도 했다.

나는 잠을 포기하고 밖으로 나왔다. 바람은 잔잔했으나 방에서 듣던 바닷소리가 더 크게 들렸다. 동편 하늘이 발그레 짙어갔다.

"해가 뜨려면 아직 멀었을 텐데."

손목시계를 보았다. 4시가 조금 넘었다. 민박집을 뒤돌아보았다. 방마다 신혼부부들로 만원이다. 탁 트인 동편 넓은 바다를 향해 앉아 있는 이 집은 일출 시간에 맞춰 신혼부부들이 몸을 섞으면 자식을 얻는다는 소문이 전국적으로 퍼져 있다.

현관과 복도에는 이 집을 거쳐간 신혼부부들이 낳은 아기 백일 사진들이 액자에 끼여 진열되어 있다. 그래서 이 집 주인은 기상청에서 일출시간을 정확하게 알아내 그 시간 10분 전에 각

방에 모닝콜을 해준다. 더구나 그믐날이나 보름날에는 임신 확률이 더 크다고 한다. 그래서 신혼부부만이 아니라 결혼해서 아이를 얻지 못하는 부부들도 많이 찾아오는 유명한 민박집이 되었다.

"바람이 찬데 왜 나오셨어요?"

아내의 기척에 멈칫했다. 길가 돌담에 기대어 어둑한 바다를 내다보던 나는 뭔가 숨겨두려다가 들킨 사람처럼 쑥스러웠다.

"들어가요. 기침이 심해지면 어찌하시려고?"

"쿨룩쿨룩."

아내가 걱정하는 말이 떨어지자마자 기침을 참을 수 없었다. 그러면서도 아내에게 마저 하지 못한 이야기 때문에 가슴이 묵직했다.

"해가 뜰 때 부부가 잠자리를 같이하면 아기를 얻는다고 하던데, 우리는 당신의 몸이나 회복되었으면 해요."

아내가 내 귓가로 입을 가까이하고서 속삭였다.

"우리가 잠자리를 같이하면 새로운 생명의 기운을 얻어 몸이 회복되지 않겠어요?"

잠자리를 같이한 적도 퍽 오래되었다. 그 일이 가능할까? 나는 갑자기 허약한 몸이 부끄러웠다.

그런데 더 급한 일이 있다.

"내가 당신에게 숨겨둔 말이 있어서 이러는가 봐요. 쿨룩쿨룩. 사실은 내 과거 속에 숨어 있는 일들을 당신에게 말하고 싶었던 때가 종종 있었지만, 말하지 않아도 살아가는 데 아무 지장이 없게 되자 지금까지 숨겨왔소. 이제는 분장한 얼굴로 무대에 섰을 때 내 거짓 연기에 박수를 보내주던 관객들이 모두 떠나버렸으니, 비로소 거짓 연기를 폭로해야 할 때가 온 것 같소. 이제는 진짜 내 모습대로 단 며칠이라도 살고 싶어서 이 섬을 찾아왔는데, 당신에게 숨겨온 그 일 때문에 자꾸 가슴이 답답해요. 어쩌면 이 섬은 내 허위로 가득 찬 인생을 마감하는 무대가 될 거요. 박수칠 관객이 없으니 나는 탈을 벗고 진실된 연기를 할 수 있지 않겠소? 쿨룩쿨룩쿨룩."

나는 계속 쿨룩거리면서 어렵게 말하는데, 힘이 부쳐서 기침이 멎지 않았다.

"당신의 아름다운 이야기는 제게도 아름다운 이야기로 남을 수 있어요. 그냥 간직해두세요. 저는 아름다운 이야기를 간직하고 있는 당신을 남편으로 둔 것만으로도 아름다워지는 기분이에요."

아내는 기침 뒤에 가쁘게 숨 쉬는 내 등을 쓸어주면서 달래듯이 말했다. 나는 등을 펴고 바다를 바라보았다. 밤바다는 모든 생각을 말끔히 씻어 내릴 것 같았다. 스무하루 야윈 달이 바다 위에 은빛을 뿌려놓고 있다. 연안 모래밭에 작은 파도가 들이칠 때마다 오색 구슬들이 사방으로 뿌려졌다. 그러한 정경이 내 눈과 가슴을 산란하게 만들었다. 가슴이 두근거리면서 입술이 말랐다. 어렵게 입을 열었다.

"내가 그녀를 다시 만난 것은 실로 우연이었소. 그 우연이 내게 어떤 운명의 고리를 만들어줄 것 같은 예감을 갖게 했소."

대학 2학년, 군사 쿠데타가 일어나던 그해에 그녀를 다시 만나게 되었다. 나는 4·19 이후 진보적인 학생 서클에서 활동하고 있었다. 그 서클은 남북 대학생 교류를 위한 전국 대학생 조직체가 되었다. 나는 한 친구와 같이 제주대학 조직 결성을 위해 제주에 와 있었다. 1961년 5월 15일 저녁, 제주시 한 식당에서 제주 조직책을 만나 조직 결성과 진로에 대한 의견을 나눈후 헤어졌다. 부두 쪽에 있는 여관으로 돌아가기 위해서 시내중심가인 칠성통 거리를 걷다가 차나 한잔 마시려고 길가 2층다방으로 들어갔다. 시골 다방 같지 않게 분위기가 조용했고, 전축에서 흘러나오는 음악도 좋았다.

나와 친구는 커피를 한 잔 마시고 한 30분쯤 음악을 들으면서 제주 사람들의 표정을 살피다가 일어나려고 할 때였다. 옆자리에 앉아 있는 여자들 중 한 사람이 내 눈길을 사로잡았다. 어딘지 익숙한 얼굴이었다. 나는 친구가 계산을 할 동안 출입구쪽으로 나오면서 다시 그녀를 바로 쳐다보았다. 그때 그 여자의눈길이 계속 나를 좇고 있음을 알았다. 틀림없이 교장 딸 영애였다.

나는 친구에게 먼저 여관으로 들어가 있으라 하고서 다방 구석에 자리를 잡아 앉아 그들 일행이 일어나기를 기다렸다.

잠시 후에 그녀가 내게 다가왔다.

"오래만이에요!"

그녀는 반경어로 인사를 하는데, 정장 차림이라서 사뭇 어른스러워 보였다. 나는 뭐라고 첫인사를 할지 머뭇거렸다.

"같은 학교 선생님들과 저녁을 먹고서 차를 한 잔 하던 참이었어요. 처음 뵐 때부터도 전 알아봤어요."

그녀가 내 앞에 앉아서 반가워하는데도 나는 다른 생각을 하고 있었다. 인구 10만이 넘는 이 소도시에서, 우연히 들른 길가 다방에서 그녀를 만났다는 사실이 예사롭게 생각되지 않았다. 사실 오늘은 제주 지역 대학생 대표들과 모임을 가진 다음에 일찍 숙소로 돌아가 쉬었다가 내일 첫 비행기로 상경하기로 되어 있었다. 다방에 들를 계획은 전혀 없었다. 여관으로 가는 길 양편에도 다방들이 많이 있는데, 하필 이 다방에 들어갔다는 것도 예삿일이 아니었다.

"이렇게 만나니 반갑고, 한편으로 신비롭기까지 합니다."

나는 그녀와 만난 지 5분도 채 안 되는 그 시간 동안 내 머릿속을 오갔던 생각들을 솔직하게 털어놓았다.

"처음에 저는 알아봤습니다. 반갑고 한편 놀라웠어요. 이따금 생각날 때가 있었는데, 사과할 일도 있고요……."

그녀는 약간 얼굴을 붉히면서 애매하게 말하였다. 그 표정에서 가슴에 오래도록 묻어둔 말이 있었구나 생각했다. 우리는 다시 차를 시키고 이야기를 계속했다. 나는 친구를 만나러 내려왔다가 내일 올라간다고 사실대로 말했다. 그녀는 사범학교를 나와서 지금 우도초등학교에서 교편을 잡고 있는데, 내일 오전에 교육청에서 회의가 있어 왔다가 친구들을 만났고, 내일 오후에 학교로 돌아간다는 것이다.

"우도학교가 보고 싶습니다. 성산포도 가보고 싶고요."

나는 솔직하게 말했다.

"내일 꼭 올라가야 될 일이 없으면 하루쯤 있다가 올라가세요."

그 말에 서울 올라가는 것을 유예하기로 곧 결정했다. 중요한 임무를 띠고 내려왔으나 그 일도 내게는 우도와 성산포에 대한 그리움에 비기면 별 의미가 없을 것 같았다. 그러나 그것은 마음뿐이었다. 어떻든 내일 첫 비행기로 올라가야 했다. 올라가서는 잠시 그녀를 생각하다가 번잡스러운 서울 생활에서 만나게 되는 많은 여자들 틈에서 잊을 것이다.

우리는 거리로 나왔다.

"제주시에는 자주 내려오시나요?"

"그 이후 처음입니다."

피난 시절과 아주 달라진 제주 시내 거리가 낯설다고 말했다.

"제주를 잊어버렸으니까 낯이 설겠지요."

그녀는 낯설다는 내 말이 섭섭하다면서 나를 쳐다보지도 않고 말했다. 나는 오히려 그 반대라고 말하려 했으나, 그녀의 찬 표정에 입이 열리지 않았다.

나는 그녀가 안내하는 대로 제주 거리를 구경하고서 부두 방파제로 갔다. 늦은 봄이라 산책 나온 사람들이 많았다. 밤바다 수평선에는 불을 밝힌 고깃배들이 일렬로 늘어서 있었다. 한라산이 희미한 음영으로 다가와 우리 앞에 앉아 있고, 제주 시내도 한눈에 들어왔다. 우리는 방파제 끝에 있는 등대까지 걸어가면서 이야기를 계속했다.

"제가 편지를 두 번 보냈는데, 받으셨어요?"

나는 주저하다가 7년이나 흐른 시간 저편의 이야기를 꺼내었다.

"편지를 받은 적이 없는데요?"

그녀는 잠시 걸음을 멈추고서 나를 빤히 쳐다보다가 다시 걸으면서 혼잣말처럼 중얼거렸다. 나는 받았으면서 회답을 못 하여 미안하니까 안 받았다고 하는구나 생각했다.

"시골까지 편지가 오는데 중간에 분실되는 수가 많아요. 그런데 이상하지요. 아버님이 먼저 받으셔도 꼭 제게 보여주실 텐데요."

그녀는 편지를 못 받았다는 것을 재차 강조했다.

"걱정하지 마세요. 이상하게 영애 씨가 그 편지를 받지 못했다니까 마음이 좀 가라앉는데요. 전 받고도 회답을 하지 않았나 섭섭했거든요."

"그랬어요? 전 그래도 보육원에서 크리스마스카드 한 장은 보내줄 거라고 기다렸거든요."

그 말에 오히려 나는 미안했다. 크리스마스카드라도 보낼 것을 그랬다고 후회했다.

"그때 제가 고자질하려고 하지 않았는데, 그렇게 되었어요. 저는 세균 씨가 그곳에 혼자 있을 것이 걱정이 되어 집으로 데려오려고 아버지께 말씀드렸는데, 아버지께서 보육원에서 알아야 한다고 연락을 하셨어요. 물건을 몰래 훔쳐서 섬으로 왔다는 것은 아버님도 몰랐거든요. 그냥 보육원이 싫어서 뛰쳐나온 줄만 아셨을 거예요. 지금이라도 그날 일을 용서해주시는 거지요?"

그녀는 나지막하게 말하면서 얼굴을 숙였다.

"전 벌써 잊어버렸는데 그렇게 다 기억하고 있었네요."

그녀가 그 사실을 기억하고 있다는 것은 나에게 유다른 감정을 갖고 있다는 증거라고 생각했다. 가슴이 뭉클하니 고마웠다.

"서울로 올라간 이후에 우도는 곧 잊어버렸겠지요?"

그녀는 나를 빤히 쳐다보면서 마치 우리 사이에 어떤 약속이라도 있었는데 내가 배반한 것처럼 물었다.

"이따금 생각이 났어요. 그런데 그때마다 온통 부끄러움뿐이어서……."

나는 보육원 물품을 도둑질한 일이며, 비에 젖은 몸을 그녀 앞에서 보인 일이라든지, 그 굴 안에서 보육원 총무와 그녀의 아버지 앞에 들킨 일이 생각날 때마다 부끄러웠다고 솔직히 털어놓았다.

"섬은 추억 속에서만 남아 있었겠네요."

그녀는 여객선 터미널이 있는 항구 저편 쪽을 바라보면서 혼잣말처럼 중얼거렸다. 환한 불빛들이 수면 위에 반사되어 내항은 온통 불바다가 되었다. 불과 물이 어우러진 그 정경은 우리를 그 섬 동굴로 안내하면서 심장을 들끓게 만들었던 때와 같았다.

"대학 생활은 어때요?"

그녀는 섬에서 어린아이들과 생활하는 것이 동화처럼 아름답기는 하지만, 이따금 도시에 대한 동경으로 혼란스러워질 때가 있다고 말했다. 우리의 대화는 피난 생활의 그 추억거리에서 현실의 문제로 옮겨갔다.

우리는 밤이슬을 맞으면서 이야기를 계속했다. 소금기를 몰고 오는 축축한 밤바람이 목덜미를 스칠 때마다 서늘한 감촉이 나를 긴장시켰다. 도시의 야경도 차츰 시들해졌다. 그래도 우리의 이야기는 끝이 없었다. 낚시꾼들도 거의 자리를 떴다. 새벽이 조용히 다가오고 있었다.

"참 즐거웠어요. 언제 다시 만날지 모르지만, 이따금 편지나 주세요. 서울에 남자 친구가 있다는 것은 제게 참 위안이 되거든요. 세균 씨도 섬마을 여 선생에 대한 동화 같은 추억을 안고 있으면, 이따금 번잡스러운 생각들을 조금씩 순화할 수 있을 거예요. 혹시 기회가 닿으면 우도로 한번 오세요. 그 동굴에서 여름은 지낼 수 있거든요. 동굴에서 보름달을 구경하는 것은 장관이에요."

그녀는 나를 여관까지 데려다주고 갈리는 인사로 약속을 받듯이 말했다. 그녀의 목소리에 진득한 정이 묻어 있었다. 아마 그녀는 여름방학 때마다 나를 기다릴지도 모른다.

"고마워요. 저도 아마 번잡스러운 일에 시달릴 때면 그 섬에서 아이들과 어울려 살아가는 바다같이 깨끗하고 관대한 영애 씨를 생각하게 될 겁니다."

나는 그녀의 손을 오래도록 잡고 있었다. 그녀가 슬며시 손을 뺐다. 그리고 뒤도 돌아보지 않고 먼저 몸을 돌렸다.

아침에 여관에서 차려준 식사를 하는데 서울에서 군인들이 혁명을 일으켰다는 소식을 라디오를 통해 들었다. 식사를 끝내고 서둘러 공항으로 가려는데, 어제 만났던 청년으로부터 전화가 걸려왔다. 급하니 공항으로 나오지 말고 우선 여관에서 피하라는 것이었다. 어제 회합에 참여했던 동지가 이미 경찰에 연행

되었다고 전했다. 우리는 각각 따로 떨어져 있다가 기회를 얻어 육지로 나가기로 약속하고 헤어졌다. 친구는 항공편을 포기하고 배를 이용하겠다면서 부두 쪽으로 갔다. 나는 문득 우도 생각이 났다. 우선 제주시를 떠나 있을 생각으로 버스 터미널로 향했다.

이미 거리에는 무장한 군인들이 탄 트럭이 간간히 보였다. 버스 터미널에도 무장한 군인이 지키고 있었다. 나는 시내 외곽으로 나가 일주도로에서 기다렸다. 화물차라도 있으면 얻어 탈 생각이었다.

그날 오후 성산포에 도착해서 부두 동정을 엿보았다. 임검 경찰의 태도를 살피다가 다행히 우도로 가는 어선을 얻어 탈 수 있었다. 무작정 섬으로 향하면서 그녀와의 인연이 하늘이 정해준 것이라고 생각하니 마음이 놓였다. 그 다방에서 만난 일이라든지, 바쁘지 않으면 하루쯤 머물렀다 가라는 그녀의 권유가 이미 다시 만나게 될 것임을 예측하고 한 말이라고 생각되었다.

선착장에 내렸을 때 성산포와 우도를 오가는 여객선이 도착해서 손님들이 내리고 있었는데 그중 그녀가 끼여 있었다. 그녀는 어선에서 내리는 나를 보더니 멍청한 표정으로 어색하게 웃었다.

"오늘 새벽에 갈려서면서도 왠지 곧 만나게 될 것 같은 예감이 들었어."

그녀는 어젯밤과는 달리 친근하게 반말을 쓰면서 피식 웃었다. 반가움을 애써 숨기려는 그녀의 마음이 그대로 얼굴에 나타났다. 이곳으로 오게 된 사연을 대강 설명했다.

"군인들이 일어났는데, 당분간 피해 있는 것이 좋을 것 같아서……."

내가 이 섬으로 온 것이 군인들 때문이라는 점을 강조하듯이 말했다.

"다시 고자질은 안 할 테니까 안심해."

그녀의 장난스러운 그 말이 진실이라고 믿어졌다. 그러나 불안했다. 정국의 움직임도 모르는 상태였고, 앞으로 어떻게 처신해야 할지 계획도 없었다. 그러나 틀림없는 사실은 내가 쫓기는 신세라는 점이다. 아무리 친절하게 대해준다고 해도 그러한 신세로 그녀에게 의지한다는 것이 불안하고 자존심이 상했고, 한마디로 기가 죽었다. 언젠가 보육원에서 도망쳐 나왔을 때와 비슷한 심정이었다.

"잘 생각했어. 이것도 인연이야. 내가 잠시 머물 집을 소개해줄 테니, 그냥 대학을 휴학한 학생이라고 하고 당분간 이 섬에서 지내도록 해."

그녀는 마치 누님처럼 내 처지에 알맞게 이곳에서 처신할 여러 일을 설명해주었다.

나는 그녀의 소개로 해녀조합 조합장 집에서 머물게 되었다.

3년 전에 남편과 사별한 이 50대 초반의 여자는 고성마을에서 시집을 왔다고 해서 고성댁으로 불렸다. 아들 셋과 딸 하나를 키우는데, 큰아들은 부산에서 대학을 나와 직장에 다니고 있고, 둘째 역시 부산에서 대학을 다니다가 올봄에 입대했다. 그 밑으로 외동딸과 막내아들은 제주시에서 고등학교를 다니고 있어서 집안에는 부인 혼자 살고 있었다. 'ㄱ' 자 형으로 앉은 두 채의 초가집은 얕은 담 울타리 안에 채마밭까지 있어 섬 안에서는 꽤 여유 있는 집안이었다. 남편은 이 섬의 유지로서 부산 등지로 해산물 장사를 하여 돈도 꽤 모아 생활에 여유가 있었다. 그러나 부인은 어릴 때부터 바다에 살았던 터라 여전히 물질을 하였고, 섬 해녀조합 책임을 맡고 있었다. 고성댁은 마음이 넓고 성질이 시원시원할 뿐만 아니라 음식 솜씨도 유달라서 섬에 오래 머물 사람들은 이 집을 이용한다고 했다. 내가 부인에게 전쟁 당시 성산포 보육원에서 생활했으며, 그녀의 집에서 지낸 이야기를 했더니 더욱 반갑게 대해주었다.

"몇 달이고 마음 푹 놓고 지내여. 아들이 군에 나가서 마음이 섭섭하던 참이었는데, 잘되어서."

그녀가 나에 대한 소개를 어떻게 했는지 고성댁은 나를 특별히 대해주었다.

내가 묵게 된 방은 별채 뒷방이었다. 동향으로 앉은 초가 뒤에는 작은 채마밭이 있고, 그 건너에는 농사를 짓지 못하는 들판이 바다로 이어져 있었다. 마침 미역 채취 철이라 마을 공동으로 채취한 미역을 들에 널어 말리고 있었다. 나는 식사시간을 제외하고는 거의 바다와 동굴에서 지내었다. 언제 어떤 일이 닥칠지 모르기 때문에 식사 후에는 바닷가를 돌아다니거나, 동굴에서 낮잠을 자거나 책을 읽었다. 그녀는 학교 일과가 끝나면 오후에 동굴로 찾아오기도 했고, 어떤 때에는 저녁 후에 집으로 찾아왔다. 주인아주머니는 우리 사이를 어떻게 생각했는지 그녀에 대해서 아무런 내색도 하지 않았다. 나중에 알았는데, 이 집 주인은 그녀의 재종 고모였다.

저녁 후에 혼자 바닷가를 거닐다가 동굴로 찾아가 있으면 뒤따라 그녀가 오기도 했다. 동굴은 우리에게만 주어진 우리만의 공간이었다. 우리는 대부분 사회와 정치 이야기를 많이 했다. 4·19 이후 혼란한 사회상과 총칼을 든 군인들이 일어선 후 나랏일을 걱정하기도 했다.

며칠 지난 후였다. 나는 동굴로 찾아온 그녀에게서 제주도지사에 군인이 임명되었고, 진보적인 사회단체와 지식인들이 검거되었다는 소식을 들었다. 더욱 불안하고 초조했다. 그날은 달이 유난히 밝았다. 마침 물이 써서 동굴로 에워싼 백사장에 달빛이 가득했다. 그녀는 말없이 멍청히 달을 바라보는 나의 손을 꼭 잡으면서,

"걱정하지 말아. 이 섬에서 여름방학까지만 지내도록 해. 시

간이 지나면 좀 풀릴 거야. 세균이가 그렇게 거물이야?”

그녀는 나를 위로했다. 그렇게 오래 섬에 머물려고 생각하지 않았다. 처음 며칠은 섬이 좋고 그녀와 같이 있는 것이 즐겁기도 했으나, 정국이 이대로 꽁꽁 얼어붙는다면 여지없이 숨어 사는 처지가 될 것이다. 그녀에게 신세를 지는 것도 미안했다. 만약 붙잡히게 된다면 교사인 그녀가 틀림없이 불이익을 당하게 될 것이다.

“내 문제는 아무 걱정도 하지 마. 난 애초부터 섬 학교에서 교편을 잡는 것을 원하지 않았어. 여기가 내 아버지 고향이긴 하지만, 난 섬에서 뛰쳐나가고 싶었거든. 학교를 그만두라면 서울로 올라가 대학을 다닐 생각이야. 그렇다고 세균 씨에게 부담을 주려는 것은 절대 아니니까 그렇게 알아.”

그는 어른스럽게 말하면서 내 마음을 편안하게 해주었다. 통이 크고 너그러운 그녀 앞에서 아무 말도 할 수 없었다.

“영애, 정말 고마워!”

갑자기 그녀에게서 내 감정이 바닷물처럼 흘러가고 있음을 느꼈다. 고아로 자라서 그때까지 진정으로 나를 사랑하여 위하고 아껴주는 사람을 만나지 못했다. 영애는 가족과 헤어진 이후 세상에서 만났던 최초의 따스한 사람이었다.

나는 갑자기 뜨거워지는 가슴을 진정하지 못해 그녀를 와락 껴안았다. 그녀의 찬 입술에 내 입술이 포개졌고, 내 떨리는 심장이 그녀의 심장으로 전해졌다. 손을 잡고 입술을 포개고, 다시 더 뜨거운 입을 맞추고 그다음에 우리 각자는 자신의 몸을 완전히 흩뜨려놓고 서로 뒤섞여버렸다. 우리는 백사장에서 서로 껴안고 뒹굴었다. 그렇게 지내었으나 우리는 더 이상의 아무것도 생각하지 못했다. 그때까지 세상에 나와서 처음으로 나를 진정으로 위하는 다른 한 사람을 만났다는 기쁨에 취해 있었다.

그날 밤 우리는 썼던 물이 다시 들어와 백사장이 완전히 호수처럼 물로 가득 채워졌을 때 집으로 돌아왔다. 그날 밤 한잠도 자지 못했다.

뒷날은 토요일이었다. 오전 수업을 마친 그녀는 성산포로 나간다면서 내게 편지를 쓰도록 했다. 나는 겉봉투 주소를 주인아주머니 이름으로 하여 서울 집에 편지를 써서 그녀 편에 보내었다.

"내일 저녁 아니면 모레 아침에 돌아오겠어."

그녀의 아버지는 성산포에 있는 고성초등학교 교장으로 재직하고 있어서 주말에는 집으로 가곤 했다.

그런데 막상 그녀가 섬 밖으로 나가버린 그 토요일과 일요일이 더없이 불안했다. 나는 경황없이 동굴 밖 바닷가에 나가서 성산포 쪽을 바라보면서 하루를 보내었다. 일요일 밤에는 혹시 그녀가 찾아올까 밤새 기다렸다. 뒷날 학교 종소리를 들었다. 나는 몰래 학교 울담 너머에서 학교 운동장 안을 살펴보았다.

월요일은 애국조회 날이어서 그녀가 운동장에 나타날까 해서였다. 그러나 아무리 찾아도 보이지 않았다. 조회가 끝나자 낙심해서 되돌아서는데, 그때 그녀가 학교 쪽으로 다가오고 있었다. '영애' 하고 소리를 지를 뻔하였다. 그녀는 아침에 오는 어선을 타고 오느라고 늦었다고 말했다. 나는 시무룩하니 그녀의 말을 건성으로 들었다. 그녀는 어둑해진 내 표정을 읽었는지,

"오늘은 오전 수업만 있으니까, 끝나면 동굴로 갈게."

그렇게 말하고는 급히 교문 안으로 들어가버렸다. 나는 울담 틈으로 운동장 가운데를 걸어가는 그녀의 뒷모습을 한동안 바라보다가 그녀가 현관 안으로 사라지고서야 뒤돌아섰다.

나는 점심을 먹고 곧 동굴로 갔다. 물이 써고 있었다. 보름과 그믐에 간만의 차가 심하다고 들었다. 주인아주머니 말을 따르면 오늘은 아홉물이라고 했다. 간조 때보다 이틀이 더 지난 물 때였다. 오후 2시쯤 되면 간조가 된다고 했다.

나는 동굴 안에 들어가 편편한 현무암 바위 위에 반듯하게 누웠다. 앉아서 그녀를 기다린다는 것이 너무 초조해서 아예 잠을 청하기로 했다. 이틀 밤이나 잠을 설쳤으니 쉽게 잠이 올 것 같았다. 바위틈에 숨어 있던 물들이 썰물 따라 모래를 쓸고 급하게 내려가는 소리가 명랑하게 들렸다. 더 내려가면 모래밭이 끝나는 해안가에 바닷물이 모래를 해안가로 밀고 올라왔다가

다시 쏠어 내려가는 소리가 은은하게 들려왔다. 나는 그 소리를 들으면서 50까지 헤아렸다. 그리고 다시 100까지 세었다. 그동안 그녀가 오리라고 믿었다. 그러나 오지 않았다. 150까지 다시 세기 시작했다. 그래도 오지 않았다. 이렇게 자꾸 100을 200으로 다시 300으로 세는 동안 나는 잠에 빠졌던가?

가슴이 답답했다. 입 안으로 짭짤한 무엇이 자꾸 들어왔다. 내 몸이 둥둥 하늘로 솟아오르다가 갑자기 땅 위로 떨어졌다. 엉겁결에 소리를 지르면서 눈을 떴다. 그녀가 반듯하게 누워 있는 내 가슴 위에 엎디어 있었다. 그녀의 입이 닫혀 있는 내 입을 막고 숨을 헉헉 가쁘게 내쉬고 있었다. 그제야 나는 정신이 되돌아왔다. 나는 입을 열면서 그녀의 허리를 두 손으로 부여안았다. 그녀가 굶주렸던 것처럼 내 입술을 빨기 시작했다. 나도 그녀의 입술을 빨았다. 빠는 것이 아니라 심장을 빤다고 생각하고 힘을 내었다. 그러는데 차츰 잠에 빠졌던 내 혼들이 소리를 지르면서 깨어났다. 흐트러졌던 몸의 부분들도 환성을 지르면서 일어나더니 아랫도리로 모여들었다. 힘이 불끈 솟아났다. 현무암 바위도 뚫을 것 같은 기세였다. 나는 그녀가 내민 입술을 빨면서 이틀 밤 동안 생각했던 대로 그녀의 치마를 걷었다. 그리고 숨이 가빠 제대로 정신을 차리지 못하는 그녀를 재빨리 안아 일으켜서는 옹달샘이 있는 모래밭으로 갔다. 아랫도리가 벗겨진 영애를 하얀 모래 위에 눕혔다. 그리고 그녀의 하얀 블라

우스 단추를 풀었다. 하얀 젖무덤이 봉긋하게 솟아올랐다. 그녀는 아무 상관도 하지 않고 그냥 내 입술만 빨았다. 나는 입술을 내맡긴 채 한 손으로 그녀의 치마를 벗기고 다음에 하얀 속옷까지 벗겼다. 그녀의 몸을 하얀 모래밭에 눕혔다. 나는 그녀를 모래 속에 묻고 싶었다. 파도가 해안가를 치는 소리가 규칙적으로 박자에 맞춰 들렸다. 어느 사이에 바지를 벗은 나는 그녀의 배 위에서 그 바닷소리의 리듬에 맞춰 몸을 움직이기 시작했다. 무쇠 같은 내 남성이 현무암 바위를 뚫을 듯이 그녀를 공격했다. 내 입술을 빨던 영애의 입놀림이 디 거칠어졌다. 내 서툰 몸짓이 아슬아슬하게 고비를 넘기고 있을 때 그녀의 입에서 짧은 비명이 흘러나왔다. 어디서 물새 우는 소리가 파도 소리에 뒤섞여 들려왔다.

나는 정신없이 그녀를 공격하고 나서야 그녀의 가는 흐느낌을 들었다. 그제야 내가 폭풍처럼 몸을 태울 때 그녀가 울고 있었다는 사실을 알았다. 정신을 수습하고 그녀를 안아 같이 일어났다. 아! 그녀의 하체에서 흘러내린 빨간 선혈이 하얀 모래 위에 뿌려져 있었다. 그것을 보는 순간 가슴이 떨리면서 벅찬 희열에 몸이 둥둥 굴 천장으로 올라가는 것 같았다.

"영애! 이것 봐."

나는 그녀를 안은 채 모래 위에 뿌려진 선혈을 가리켰다. 그녀는 멍청하게 그 핏자국을 쳐다보더니 내 눈을 뚫어져라 쳐다

보았다. 나는 말을 잃고 말았다. 그녀를 어떻게 달래야 할까, 그
궁리만 하고 있었다. 그녀는 핏자국이 묻은 모래를 두 손으로
가득 죄었다. 그리고 그것을 다시 두 손에 각각 나눠 쥐더니 오
른쪽 손에 든 것은 내게 내밀었다.

"잊지 마. 이것은 내 생명이야. 기억해줘."

나는 그 말뜻을 모르면서 그녀가 내민 그 모래를 받았다. 그
녀는 모래 옆에 있는 옹달샘으로 가더니 하체를 씻었다.

"여기 봐!"

나는 그녀를 바로 볼 수 없어서 외면하고 바닷소리만 듣고
있었다. 그녀는 옷을 제대로 입더니 나를 불렀다.

"이 물 봐!"

그녀의 선혈이 풀려진 물에 그녀의 얼굴이 선명하게 어리었
다. 나는 고개를 끄덕이면서 그녀의 옷에 묻은 모래를 털어내렸
다. 바다 물소리가 은은하게 들려왔다.

그 뒷날부터 밤마다 우리는 그 동굴에서 각자 자기를 완전히
헤쳐놓았다가 다시 한몸으로 화합시키는 그 일을 되풀이했다.
그 후에는 그녀의 선혈을 찾아볼 수 없었으나, 그녀는 얌전히
미친 사람처럼 자신을 탐하는 나를 대해줬다. 어둑한 동굴 안에
서 그녀가 나타나면 이 동굴만이 내게 허락된 유일한 공간이라
는 생각이 스쳐지나가고, 그다음에 갑자기 허기가 심해지고 절
망감이 더해졌다. 그러면 완전히 그녀의 성을 탐함으로만 내 존

재성을 확인하는 것처럼 되었다. 열여드레 달이 뜨던 날부터 시작한 우리의 사랑은 그믐이 되어 만조가 될 때까지 계속되었다.

5월이 다 가는 날 아침이었다. 건장한 청년 둘이 내가 묵고 있는 집으로 찾아왔다. 그들은 내가 양아버지의 사촌동생인 원 대위로부터 나를 데려오라는 명을 받은 청년들이었다. 당시 군사 정부의 실세 밑에서 실무를 맡고 있던 원 대위는 마침 제주도 군부대에 지시해서 나를 데려오도록 조치했던 것이다.

나는 그녀에게 인사말도 못 하고 섬을 떠났다. 섬에서는 내가 체포되었다고 소문이 퍼졌다. 아침에 일부러 해안 순시선을 타고 찾아온 청년들을 섬사람들은 그렇게 생각할 수밖에 없었다.

서울로 올라간 후에 앞으로 학생운동에 참여하지 않겠다는 구두서약을 원 대위에게 하고서야 예전대로 학교를 다닐 수 있었다. 전국 대학생 조직을 구상하던 친구들은 모두 재판을 받고 감옥살이를 했다. 그러나 서울로 올라간 이후 얼마 동안은 밤마다 그녀의 환영에서 벗어나지 못했다.

동편 수평선 위로 붉은 해가 덩어리되어 솟아오르고 있다. 아내가 내 손을 꼭 잡은 채 가득히 미소를 머금고 해를 향해 눈을 감고 있다.

"눈을 떠요. 해가 막 뜨려는데."

나는 아내의 귀에 속삭였다.

"지금쯤 민박집 방에서는 행복한 사랑이 끓겠지요."

아내는 눈을 뜨고는 수줍은 듯이 빙긋이 웃으면서 속삭였다. 예전에 전혀 볼 수 없었던 표정이다.

"미안해요."

"당신이 회복될 것 같아요. 이제 그 무거운 과거는 다 새로 떠오르는 태양 앞에 내놓았으니……."

우리는 민박집을 바라보다가 그 길가로 나왔다. 마침 갯 냄새가 코끝으로 몰려들었다.

배신

섬에 와서 이틀째 되었다. 겨울 날씨인데도 맑고 따스했다. 민박집을 나와 바닷가 횟집에서 잡어 매운탕으로 아침식사를 했다. 이곳에서 식사를 할 때마다 대학생 때 몇 주 머물렀던 그 집 아주머니 음식 맛이 생각났다.

"혹시 이 우도에서 옛날 해녀조합 조합장을 하셨던 고성댁이라는 할머니가 계셨는데 아십니까?"

나는 그때 들은대로 그분의 가족 상황을 설명했다. 그동안 초가집들은 모두 헐리고 시멘트 집으로 변했기 때문에 동네 분위기가 예전과 딴판이어서 그 집을 찾을 수 없었다. 섬으로 온 후부터 그 집을 어림잡아 찾아보려고 했으나 허사였다.

식당 여자주인도 고개를 흔들었다. 이 섬에 들어와 장사를 시작한 지 몇 년이 안 되었기에 예전 살던 사람들은 몰랐다. 그때 마침 아침 바다에 들었던 나이든 해녀가 식당에 들어왔다.

"삼촌, 이 어른이 그러시는데 그 누구 모르쿠과?"

여자 주인은 내가 말한 대로 그 할머니의 가족 상황을 설명했다.

"해녀조합 조합장을 했고, 큰아들이 부산에서 직장에 다녔고, 둘째아들이……."

"그러면 승수 모친이주. 아이고, 어떵허연 그 성님을 찾는고? 재작년에 돌아가셨주. 여든 될 때까지 여기서 물질허멍 살다가 부산 큰아들네 집으로 갔는디, 돌아가셨젠 소문만 들었주."

해녀 할머니는 주인의 말을 모두 듣지도 않고서 곧 그 고성댁의 사정을 말했다. 나는 돌아가셨다는 말에 식사를 할 수 없었다. 여든 살까지 이 섬에 남아서 물질을 했다는 그 말을 들으면서 쉰대여섯 여장부 같은 모습을 생각했다. 나와 그녀 사이에 있었던 그 일들을 모를 리가 없건마는 부인은 내색 한 번 하지 않았다. 그 넓은 도량은 바다 같았다.

고성댁이 돌아가셨다는 말에 비로소 그분과 나와 관계를 맺게 했던 그 시간을 실감나게 측량할 수 있었다. 환갑이 된 내 나이와 3년 전 여든일곱에 돌아가셨다는 그 부인 사이에 놓여 있던 시간이 내 앞으로 밀물처럼 다가왔다.

이 섬과는 세 번째 인연이었다. 단순히 왔다는 것이 아니라, 내 인생의 승부수가 될 주요한 사건을 만들기 위해서 이번에는 내가 자진해서 찾아왔다.

"난 그 어른에게 두 번 신세를 졌지. 대학생 때 오고 나서 10여 년 후였는데, 1971년 10월이었어."

아내에게 그 부인과 이 섬에 얽힌 내 생애의 한 가닥을 말하지 않을 수 없었다. 주저하지 않고 이 섬으로 오는 데에는 그녀와 사랑을 나누었던 그 깊은 현무암 동굴과 마음이 넓고 음식 맛이 좋은 아주머니가 어쩌면 이 섬이 내 생애를 결정 짓는 중요한 계기를 마련해줄 것이라는, 막연하지만 어떤 확신 같은 것을 가질 수 있었기 때문이었다.

그때 나는 세웅상사 무역부 대리였다. 직책은 대리였지만 입사 4년차로 이사가 직접 지휘하는 특별 사업을 담당해서 추진하는 특수 요원이었다. 직접 회장이 지시하는 사업을 담당 이사의 기획을 거쳐 대리 5명과 과장급 1명이 책임져서 추진했다.

여름휴가를 다녀온 특수무역부 담당 권 이사가 나를 불렀다.

"자네 한국전쟁 때 제주도 성산포에서 몇 년 살았다면서?"

"예?"

나는 대답을 하면서도 이사가 언제 이러한 내 개인사까지 알

264

고 있는가 의아했다.

"그 앞에 우도라는 섬이 있는데, 거기 가봤어?"

그 순간 가슴이 철렁 내려앉았다. 그동안 잊고 있었던 그녀가 생각났고, 그녀와의 일을 알고 있는 것이 아닌가 당황 했다.

"잘 압니다."

"그 섬에서 지낸 적도 있나?"

전쟁 중에 보육원 원아로, 그리고 5·16 이후 도피해서 몇 주 지낸 일을 말했다. 이미 다 알고 있으면서 일부러 묻고 있다고 판단했다.

"그럼 지금 그 섬에 연락이 닿을 만한 사람이 있어?"

"예."

그녀와 그 도량이 넓고 음식 맛이 좋은 고성댁 생각이 났다.

"알았어."

그날은 그 정도로 이야기가 오갔다.

3주 후에 명령이 떨어졌다. 홍콩으로부터 금궤를 밀수하는데 물품 인수 지역으로 우도를 정했고, 그 인수에 따른 구체적인 준비를 나에게 맡겼다.

"이 일만 성공하면 자네 능력을 회장님이 인정하실 거야. 사람에게 기회는 자주 있는 것이 아닌데, 한 번 주어졌을 때 최선을 다해서 성공해야 하는 거야. 노름도 끗발이 날 때 해치워야 해."

이사는 나에게 모든 사항을 일임했다. 우도 앞바다에서 운반선과 접선을 하게 되는데 그에 따른 모든 준비를 하도록 했다.

나는 꼭 10년 만에 다시 섬을 찾게 되었다. 그녀는 학교를 떠났으나, 그때 내가 머물렀던 그 고성댁은 그대로 있었다. 약간 늙었을 뿐 여전히 상군 해녀로서 바다 물질을 하면서, 결혼한 막내아들과 같이 그 집에서 살고 있었다. 부인은 나를 보더니 죽었던 아들이 살아 돌아온 것처럼 반가워했다. 나는 은밀하게 그녀에 대해 물었다.

"시집간 잘 살암서."

고성댁은 어설프게 웃더니 더 말하지 않았다. 나는 뭔가 더 묻고 싶은 말이 있었으나 내가 맡은 일이 중요해서 영애 문제는 뒷전으로 미뤄버렸다. 이제 결혼하고 아들을 낳았고, 다시 부인이 임신 중인 처지에 옛 여자에게 더 관심을 가질 여유도 없었다. 이미 그녀는 내 추억의 창고 한구석에 먼지를 뒤집어쓰고 묻혀 있어 내 관심에서 떠나버린 후였다.

"아주머니, 다음 주말쯤에 저희 회사에서 사원 몇이 이곳으로 낚시를 올 텐데, 며칠만 식사를 좀 해주십시오."

그때에도 섬에는 숙박시설이 없었다.

"집이 누추해서, 이제는 손님 치우기가 어렵기는 하지만 자네가 부탁하는 일인데……."

고성댁은 사양을 하다가 내 청을 들어주었다.

이사와 팀원 셋이 섬으로 내려왔다. 우리는 낚시꾼으로 며칠 동안 연안 낚시를 했다. 계획된 날에 고성댁 아들에게 부탁해서 모터보트를 한 척 빌려 좀 멀리 나가서 밤낚시를 하기로 했다. 일행 중에 배를 부릴 줄 아는 사원이 있어서 배에는 우리만 승선했다. 계획대로 한밤중에 홍콩에서 들어온 금궤 밀수선과 접선해서 금궤를 인수받았다. 밤새 낚시를 한 우리는 고기 몇 마리 외에 금궤를 가득 담은 아이스박스들을 배에서 동굴로 운반해서 숨겨두었다. 그리고 다음 날 제주로 운반해서 미리 준비해놓은 대로 항공화물로 본사까지 운반했다. 그 사업을 처음부터 끝까지 실무 차원에서 추진한 것은 나였다. 그때 내 능력은 그 당시 이사였던 회장의 둘째 아들에게 인정받게 되었다. 회사 사정이 어려웠을 당시에 밀수한 그 금궤는 회사에 큰 도움이 되었다.

나는 아내를 데리고 동굴로 가서 금궤를 밀수할 당시의 정황과 과정을 상세하게 설명해주었다. 아내는 듣기만 했다.

"그때가 둘째 애를 가졌을 때였어요."

아내는 뭔가 생각나는 모양이다.

"당신이 일주일 기간으로 제주로 출장을 갔던 때가 생각나요. 그 이후부터 당신은 매년 한 직급씩 승진했지요. 아내로서도 사는 보람이 컸던 그 즈음이었어요. 아들만 둘을 낳자 시부모로부터 사랑을 받았고, 남편은 회사에서 인정받는 엘리트 사원으로 동기보다 고속 승진을 계속했고, 아기들은 잘 자랐고, 남편은 월급 외에 더 많은 돈을 갖다주었으니까요. 그래서 그 즈음이 내게는 제일 행복했어요. 그래도 당신은 그때까지만 해도 가정을 생각했으니까요. 그런데 그때가 바로 당신이 이 섬을 배신하였던 때였구려."

나도 아내의 '배신'이란 말에 정신이 번쩍 틔었다. 맞는 말이다. 금궤 밀수를 성공한 이후부터 나는 자신을 배신했고, 부끄러움과 사랑이 숨어 있는 이 섬을 배신했다.

"그때부터 당신에게는 이 섬은 욕망의 덫이 되었구려?"

욕망의 덫, 듣고 보니 맞는 말이다. 꿈꾸던 섬에서 사랑의 섬으로, 그리고 욕망의 덫만이 널려 있는 섬으로 변했다. 사람 사는 것이 다 그렇지 않은가?

그 후에 그룹에서는 이 우도 개발 프로젝트를 수립하도록 내게 명령이 떨어졌다. 우도뿐만이 아니라, 성산포 일대 경관을 살려서 대단위 관광위락단지를 조성하는 사업이었다. 그러나 그때 내가 나서서 강력하게 반대했다. 마침 어떤 재단에서 성산포에 호텔을 세웠으나 재미를 못 보던 때여서, 우선 채산성을 문제 삼아 그 사업을 포기하도록 건의했다. 그러나 사실은 이 아름다운 섬이 욕망의 덫으로 전락하는 것을 용납할 수 없었기 때문이다.

동굴에서 나와 여관으로 돌아오다가 아내는 초등학교를 돌아보고 싶다고 했다. 예전 그 자리에 있었으나 이름도 우도초등학교로 변경되었고, 슬레이트 건물은 콘크리트 슬래브 건물로 바뀌었다. 이 학교에서 내가 몇 달 공부했고, 저 뒤 관사에서 살았고, 그 집에서 자란 그녀는 나중에 이 학교 교사로 근무했고, 어느 날 나는 그녀를 기다리느라 이 학교 앞길에서 서성거렸고……. 그러한 생각들을 하면서 운동장으로 들어갔다. 아내가 나보다 앞장서 먼저 학교 구내로 들어가 구석구석을 찬찬히 돌아봤다. 좁은 운동장이지만 갖가지 놀이 운동 시설이 섬 학교치고는 제대로 갖춰져 있었다.

"여보, 이리 와봐요."

학교 정문에서 운동장 오른편 부속건물 앞에 서 있던 아내가 나를 손짓해 불렀다. 아내는 도서실로 지은 건물 앞에 세워져 있는 돌비석을 가리켰다. 마른 이끼가 끼어 비문이 선명하지 않는 그 비석은 길이 1미터 폭 50센티미터쯤 되는데, 시골 학교 운동장 한구석에서 흔히 볼 수 있는 그런 비석이었다. 그것은 세웅그룹이 이 학교 도서관을 건립하는 데 금 1천만 원을 희사했다는 교육시설 공적비였다.

"일천만 원?"

아내가 멍청하게 서 있는 나를 쳐다보면서 뭔가 물을 듯했다.

나는 그 비석이 세워지게 된 경위를 설명했다. 1980년대 초에 세웅그룹에서는 낙도 학교에 도서기증운동을 앞장서 벌였다. 역시 우도학교도 그 대상이 되었다. 우도에 대한 내 관심을 이 기회에 좀 더 펼쳐보려고 당시에 부사장이 된 회장 동생에게 학교에 뭔가 좀 도움이 되는 일을 하자고 건의했다. 마침 학교 육성회에서 자체적으로 기금을 마련해서 특별교실을 신축하려던 때였다. 그래서 1천만 원과 어린이용 도서와 학습 자료를 기부했다.

나는 그러한 사연을 아내에게 말하면서도 부끄러웠다. 내게 베풀어준 섬의 그 무한한 순수를 단돈 1천만 원에 사버렸다는 자책감이었다.

동굴

설핏하게 잠이 들었던가, 어디서 둥둥둥 북소리가 들려왔다. 사람들이 덩실덩실 춤을 추면서 바다 위를 달리고 있었다. 파도도 달려가는 사람들을 바라보면서 웃기만 했다. 기러기 떼들이 사람들 머리 위를 따라 원을 그리듯이 날면서 호위하듯 했다.

잠이 깼는데도 그 북소리가 귓가를 맴돌았다. 환영처럼 스쳐지나갔던 그 꿈을 생각하면서 나는 누운 채로 꼼짝 않았다. 사위가 어둠으로 꽉 차 있어서, 육신이 그 어둠 가운데로 점점 녹

아버리는 것 같았다. 그때 어디선가 어둠을 비집고 소리가 들려왔다. 파도 소리인가? 바람 소리? 아니 빗소리인가? 그 소리에 어둠이 약간씩 흔들렸다. 섬 전체가 흔들리는 것 같았다. 나는 가만히 몸을 뒤척이면서 슬며시 눈을 떠보았다. 주위 윤곽이 희미하게 드러나기 시작했다. 무덤 속으로 스며드는 미명인가? 소리가 점점 크게 들려왔다. 바람이 창문을 흔드는 소리였다. 그 사이로 옆에 누운 아내의 고른 숨소리도 들렸다. 그제야 민박집 방에 누워 있다는 것을 알고는 조심스럽게 몸을 일으켜 보았다. 삼사리에 들 때와 다름없이 사지와 오장육부가 그대로였다. 아, 내가 아직도 살아 있구나. 새삼스럽게 살아 있다는 사실에 대한 감격이 가슴을 채웠다.

나는 밖으로 나왔는데 깜짝 놀랐다. 대낮처럼 달이 밝았다. 동편에서 둥근 달이 떠올라 있었다. 내가 섬에 온 날짜를 헤아려보았다. 그믐 즈음에 왔는데 벌써 보름이라니? 선착장 건너 멀리 뭍에 있는 항구와 그 주위 집들, 거리와 가로등 등이 대낮처럼 펼쳐져 있다. 멀리 성산포와 그 너머 완만한 능선으로 뻗은 한라산이 편안히 잠자고 있었다.

이 섬에 들어온 첫날밤부터 매일 새벽에 잠이 깼다. 바닷가 모래사장을 쓸어내는 파도 소리에 끌려 밖으로 나오면, 거의 소멸되어가는 달이 동편 하늘에 위태롭게 걸려 있었다. 그 이후부터 달은 하루 다르게 야위어졌다. 떠오르다가 미처 뜨지도 못하고 하늘 저편으로 떨어질 듯한 조각달을 볼 때마다, 죽음으로 다가가는 내 육신을 보듯 했다. 달이 완전히 사그라졌을 때 내 생명도 마지막일 것이다. 그래서 되도록 밤에 잠이 깨도 바깥출입을 하지 않았다. 그런데 며칠 전이었다.

"여보, 달이 점점 커져가요!"

마당에 나갔던 아내가 소리를 지르면서 방으로 들어왔다. 그 순간 여위어가던 달이 새로 차기 시작한다는 것을 알았다.

나는 여관 담에 기대어 둥글게 떠오른 달을 보면서 움직이지 않았다.

인기척이 나더니 아내가 등 뒤로 와서 내 등을 안아주었다.

"밤이 낮처럼 밝지요."

바람 소리에 흔들리면서 들려오는 아내 목소리가 예전 같지 않았다. 갑자기 주위가 조용해지면서 섬이 요람같이 흔들거렸다. 울컥 목이 메었다.

"오늘이 보름인가요?"

아내가 내 방한복 깃을 세워주면서 소곤거렸다. 나는 고개를 끄덕였다.

"참, 지금 그 동굴에서 음악제가 열리고 있다고 그래요."

"음악제라니?"

아내도 알고 있었구나! 나는 도착 첫날 제주시 지방 신문에서 음력 보름을 전후해 동굴음악제가 열린다는 기사를 읽었다.

그래서 아내에게는 알리지 않았으나 그 동굴에서 열리는 음악제를 아내 몰래 혼자서 관람하고 싶었다.

"우리가 들르던 그 동굴에서 일 년에 몇 번 간조 때 음악제를 열어왔는데, 금년에는 특별히 음력 섣달 보름밤을 택해서 자정에 열리나 봐요. 지금 야단이에요. 이번에는 서울에서 유명한 성악가도 몇 사람 초청했는데, 당신이 좋아하는 그 테너 채 교수도 왔다고 그래요."

아내가 내 손을 슬며시 잡고 끌었다.

동네를 벗어나 동굴이 가까워지면서 나는 가슴이 벅찼다. 지금 몇 시지? 자정이 가까웠어요. 지금 제일 간조가 심한 때라 그래요. 아내의 목소리가 밤바다 물소리처럼 들렸다. 어떻게 알았어? 저녁에 혼자 그 동굴에 갔었는데, 그때 알았어요. 음악회 준비를 하고 있었는데, 당신께 알리려다가 깜짝 놀라게 해주려고 안 알렸어요. 내가 이미 알고 있는 일이었는데, 왜 아내에게 알리지 않았던가? 오늘 오후부터 방에 누워 있으면서도 동굴 음악제만 생각했다.

기침이 다시 시작되었다. 아내는 보건소에서 감기약을 지어다주었으나, 나는 내 기침의 내막을 알고 있었다. 폐를 갉아먹는 암세포가 동면에서 깨어나 꿈틀거리기 시작하는 것이다. 초저녁부터 미열이 나고 몸이 으슬으슬 추웠다. 그래서 일찍 잠자리에 들었는데, 음악제 생각에 잠을 깨었다.

백사장을 껴안은 굴 입구 주변은 대낮처럼 환했다. 동굴로 내려가는 모래밭 입구 계단에 '제3회 동굴음악회'란 안내판이 보였다. 여기가 사람이 죽어서 혼이 머문다는 곳인가? 나는 아내의 손을 잡고 천천히 계단을 내려가면서 생각했다. 죽음의 저편 세계로 내가 천천히 다가가는 것 같았다.

모래밭으로 내려섰으나 주위가 조용했다. 동굴 입구로 다가갔더니 여자 안내원 둘이 우리를 안내했다. 좁은 굴 입구를 지났다. 동굴 안은 온통 하얀 백열구 불빛으로 가득 찼다. 새로운 나라로 들어가는 접경지대 같았다. 통로가 차츰 좁아졌다. 동굴 벽에 "자세를 낮추고 더 들어가십시오. 음악회장 20m"라는 안내가 붙어 있다. 나는 자세를 낮추었다. 천장에서 물이 뚝뚝 떨어졌다. 마치 저 세상으로 가는 안내자를 따라가고 있다고 생각했다. 내 손을 꼭 잡고 가던 아내가 나를 쳐다보면서 웃었다.

"당신, 내 아내 맞아요?"

"당신은 내 남편 맞아요?"

서로 마주 쳐다보며 웃는데 아내의 얼굴이 굳어졌다.

"불안해요?"

"새로운 나라로 들어갈 때에는 늘 불안하게 마련이오. 이 섬으로 들어올 때도 그랬지 않았소?"

뭔가 의구심에 젖은 눈길로 서로를 바라보고 있을 때였다. 안에서 이상한 소리가 들려왔다. 박수 소리 같았다.

우리는 좀 더 자세를 낮추고 좁은 동굴 길을 걸어가는데, 갑자기 입구가 커졌다. 우리는 그 자리에 우뚝 서버렸다.

동굴 안에는 사람들이 가득 앉아 있었다. 오른편에 마련된 무대에는 테너 채 교수가 굵은 목소리로 〈희망의 나라로〉 마지막 소절을 토해내고 있었다. 현악 사중주단이 마지막 두 토막 선율을 연주했다. 동굴을 가득 메운 사람들이 박수를 쳤다. 동굴을 지키고 있는 수많은 종유석들이 우우 일어나 소리를 지르는 것 같았다. 나는 아내를 돌아봤다. 그녀의 눈가에 흐르는 물기가 반짝였다. 동굴이 꿈틀거리면서 흔들거렸다.

"아니, 두 분께서 어쩐 일이십니까?"

음악회가 끝난 다음에 채 교수가 다가오면서 우리 내외를 보고는 의아한 표정으로 반가워했다.

"채 교수가 동굴 음악회에 오신다고 해서 며칠을 기다렸어요. 정말 자연의 동굴이 채 교수의 목소리를 더 신비롭게 만들어주는구려."

"여러분, 음악을 사랑하시는 우리 원 회장님께서 우리 동굴 음악회를 참관하시려 일부러 서울에서 내려오셨습니다."

채 교수가 모여 있는 청중들을 향해서 소리를 질렀다. 마치 자기 때문에 귀한 사람이 온 것처럼 말했다. 사람들이 웅성거렸다. 이 음악회를 주도해왔던 현 교수도 다가와 인사를 하면서 기뻐했다. 우도초등학교 교장이라는 사람과도 인사를 나누었다. 이렇게 오셨는데 몰라 뵈었습니다. 오래전부터 저희 학교에 특별히 관심을 가져주시는 세웅그룹을 잘 알고 있습니다. 나는 얼굴이 화끈 달아올랐다. 낮에 봤던 그 먼지 묻은 기념비가 생각났다. 그리고 금궤를 실어 나르던 그 일과 이 동굴 어디에 있는 그녀의 빨간 선혈이 섞인 그 작은 모래밭과 옹달샘이 생각났다. 그곳이 어디쯤인가? 밤이라서 얼른 눈에 잡히지 않았다. 나는 고개를 돌리면서 그곳을 찾아보려는데, 눈앞으로 섬광이 번쩍했다. 누가 카메라 플래시를 터뜨리는 것인가? 다시 눈을 떠서 앞으로 보는데, 초로에 접어든 한 여인과 나란히 서 있는 젊은 여자가 섬뜩하게 다가왔다. 내 바로 앞에 영애가, 틀림없이 그녀가 중년에 접어든 여인과 나란히 서서 나를 바라보고 있었다.

"영애!"

나는 그녀의 이름을 부르려는데도 입이 열리지 않았다. 오늘 밤에 제주시로 가시렵니까? 채 교수가 흐트러진 내 초점을 의식하면서 물었다. 며칠 이곳에서 지낼 생각이오. 그렇게 대답하는데, 그녀 옆에 서 있는 그 중년 여자의 얼굴에서 문득 내 모습을 발견했다.

'섬은 내 모든 것을 다 내게 말해주었다. 나는 이제 편안하게 이 섬을 떠난다.'

뒷날 아침 늦게 잠이 깬 부인은 숨이 멎은 남편과 그가 남긴 두 줄의 글을 읽었다.

흔
들
리
는

성(城)

1.

　백재호 교장은 순희가 들고 온 우편물 중에서 세웅그룹 변회장으로부터 온 노란 사각봉투를 먼저 뜯었다. 청해초등학교 재학생 전원을 서울 견학시키겠으니 응해달라는 초청장이었다. 지난여름에 낚시하러 왔던 그들 일행이 교장 사택에서 며칠 머물렀는데, 그것이 인연이 된 것이다. 돌아간 후에 보낸 친필 안부편지에 '언제 서울에 들를 기회가 있으면 찾아주십사'라는 사연이 있었으나 그저 흔한 인사 정도로 알았을 뿐이다.

　백 교장은 그 초청장을 다시 읽어보았다. 회사에서 공문 형식으로 보낸 초청장 외에 변 회장이 직접 쓴 친필편지가 끼어 있었다. 사전에 의논도 없이 이런 청을 드려 송구합니다만, 전 그때 그 섬에서 받은 인상과 섬사람 특히 섬 어린이들의 천진한 모습을 잊을 수 없어서, 생각하다가 이 일을 계획하였사오니 물리치지 말아주십시오. 이런 일은 저희 회사에서 벌이는 장학사업의 일환으로 이루어지는 것이기 때문에 제 개인에게 부담을 가지실 필요는 없습니다. 그 점 이해하시고 저희들이 섬 어린이들을 초대할 수 있는 기회를 만들어주십시오.

편지 내용이 교장 마음에 들었다. 변 회장은 단단한 체구와 패기 어린 눈매에 비해서 마음은 더없이 푸근해서 상대를 편하게 해주는 인상이었다. 더구나 윗사람에 대한 예의가 반듯해서 며칠 상종하는 가운데 조카처럼 정이 들었던 젊은이었다.

그러나 백 교장으로서는 그의 청을 받아들이고 싶지 않았다. 아무리 회사에서 벌이는 일이라 하더라도 회장인 그에게 신세지는 일임에 틀림없다. 그러나 그것보다도 아이들의 서울 구경이 어쩐지 부담스러웠다. 한때는 다른 섬 학교가 서울 구경 가는 것을 보면서 우리도 하는 생각이 없었던 것은 아니었으나, 막상 당하고 보니 마음이 내키지 않았다. 혹시나 바다로 콱 막혀 있는 이 섬에서만 살아온 아이들이 서울 구경을 갔다 와서 섬을 우습게 볼까 두려웠다.

백 교장이 다른 우편물을 읽는 동안, 순희는 교장실 탁자 위를 정리하고 들고 온 들꽃 다발을 화병에 갈아 꽂아놓았다.

"교감 선생님 들어오십사 해라."

교장은 책상에서 눈을 떼고 순희를 쳐다보다가 꽃다발을 보고 빙긋이 웃었다. 그녀의 표정과 꽃이 잘 어울리는 것 같았다.

"요새 할머니는 어떠시냐?"

"그저 그래요."

순희는 얼굴에 금방 그늘이 졌다. 백 교장은 공연한 이야기를 꺼냈구나 싶었다.

"공부는 잘 되냐?"

그러고 보니 대입검정 날짜가 얼마 남지 않았다. 하얗게 질린 그녀 얼굴에서 시간에 쫓기며 공부하는 정황을 알 것 같았다.

"시험 끝날 때까지 이 방에 마음 쓰지 말아라."

그는 교장실에라도 마음을 덜 쓰면 시간을 절약할 수 있을 것이라 생각했다. 그렇다고 순희가 그 말을 곧이듣지 않을 것은 뻔하다.

순희가 나가고 이어 교감이 들어왔다. 사제지간이라 교감은 매사에 교장 앞에서는 조심스러워했다.

"부르셨습니까."

"그리 앉게."

그는 교감이 들어왔는데도 금방 나간 순희의 야윈 얼굴을 잠시 생각했다. 대입검정만 합격하면 학교를 그만두게 하고 교육대학을 보내려는 계획을 이미 세워놓고 있었다. 순희 같은 여자가 초등학교 교단에 선다면 자기가 못다 한 몫까지 하리라. 너무나 착한 아이다.

그는 하얀 자기 화병에 꽂혀 있는 들국화 다발을 보면서, 변회장에게서 온 편지를 교감 앞으로 내밀었다.

지난봄에 부임한 송 교감도 이 학교 출신으로 교장이 아끼는 제자 중 한 사람이다. 정년을 얼마 안 남긴 그로서는 언젠가 송 교감이 이 학교를 맡게 될 것이라 믿고 있다. 외딴 섬 학교에 뭍 사람이 교장으로 부임해와서 학교를 위해 일해주기를 바라기는 어렵다.

"이거 보게."

단둘이 앉으면 그들은 언제나 사제지간으로 돌아간다. 교장은 약간 그을렸으면서 단단한 송 교감의 얼굴에 신뢰를 갖는다. 마흔다섯에 교감이 되었으면 빠른 승진이다. 그는 성실하고 능력 있을 뿐만 아니라 품성도 곱다. 그가 이 학교 교감으로 있을 때, 고등학생인 송 교감에게 교육대학 진학을 권했다. 언젠가 이 학교를 그에게 맡기려는 의도에서였다.

송 교감은 초청장을 읽고 나서 교장의 표정을 슬쩍 훔쳐보았다. 낭보임에 틀림없다. 한번 서울 구경하는 것이 문제가 아니라, 재벌 그룹과 인연을 맺어두면 앞으로 학교에 도움이 될 일이 많이 있을 것이다.

"고마운 분입니다. 저도 인사를 나눴습니다만, 느낌이 괜찮았습니다."

송 교감은 교장이 별로 달갑게 생각하지 않을 것을 짐작하면서도, 초청에 응하도록 권하고 싶었다.

"교감 선생 생각은 어떤가?"

"무슨 말씀입니까?"

교장은 그의 되묻는 말을 못들은 척 창밖으로 눈을 주었다. 마을 뒤 높은 지대에 있는 학교라서 교장실에 앉으면 백사장을 옆에 낀 작은 포구와 그것을 싸안고 있는 마을이 한눈에 들어왔다. 둘은 아무 말도 하지 않았다. 교장실이 갑자기 고즈넉했다. 교감은 교장의 허옇게 바랜 굵은 머리카락과 검붉게 그을려 쭈글쭈글 시들은 얼굴 피부가 갑자기 달궈진 쇠붙이처럼 강인하게 느껴졌다. 교장은 푸근한 삼촌처럼 모든 것을 이해해주다가도, 한 번 고집을 세웠다 하면 굽히지 않는 성미이다.

"다른 데 소문내지 말게. 좀 생각해서 결정하지. 나도 그 변회장이란 사람이 마음에 들어서 거절하기가 미안하기도 하고……."

교감은 교장 말투가 이상하게 느껴졌다. 거절하기가 미안하다면 이미 그 초청을 거절할 생각을 굳혀놓았다는 거 아닌가.

교장은 초청장이 들어 있는 노란 사각 봉투를 도로 받아서 책상 맨 아래 서랍 속에 집어넣었다. 교감이 교장실을 나갔다.

교장은 5평쯤 되는 방을 뒷짐 지고 서성거렸다. 방 안은 언제나 그대로이다. 이미 이 방을 지킨 지 5년이 되었다. 교장으로 승진해서 들어와 6년을 살고서 뭍으로 나가 3년 있다가 지원하다시피 해서 다시 들어왔다. 그러고 보니 이 방에서 10여 년을 지냈다. 평교사와 교감으로 근무한 시간까지 합치면 30년이 넘는다. 한평생을 이 청해초등학교에서 살아온 것이다.

그는 학교 현황판으로 눈을 주었다. 관내 인구 남 412명, 여 553명, 합계 965명, 세대수 257세대, 마을별 학생수, 해산리·청해리·청송리·청도리·청악리 학생수 남 74명, 여 64명, 계 138명······.

방을 나온 백 교장은 국기 게양대 옆에 서서 교실에서 뛰쳐나오는 아이들을 바라보았다. 흠 없는 아이들, 섬이라 해도 그들에게는 부족함이 없다. 아름다운 자연 풍광과 고기잡이도 괜찮고, 밭도 다른 섬에 비해서는 비옥한 편이다.

그는 교실 앞 화단을 끼고 죽 걸어가면서 교실 안을 들여다보았다. 아이들이 빠져나간 교실에는 당번만 남아서 교실을 정리하다가 서로 눈이 마주치자 웃으면서 고개를 끄덕였다. 아이들의 착한 마음이 가슴으로 스며들었다. 그는 유리창 안으로 고개를 들이밀고서 당번 아이들을 보며 웃었다. 이 세상에서 가장 착한 아이들. 저들이 서울 구경을 가서 행여나 섬을 우습게 생각하면······. 갑자기 두려워지기 시작했다. 그것은 그 자신이 섬을 떠나 사는 동안에 겪었던 일이다.

그의 선대인 백 씨와 교감네 선대인 송 씨네가 이 섬을 이루었다. 섬 한가운데 버티어 선 청해산을 중심으로 그 기슭의 험하지 않은 해안가에 밭을 일구고 모여 살았다. 산 전체가 울창한 숲이고 여러 곳에 샘이 있어 식수도 귀하지 않았다.

백 교장은 학교 뒷산으로 올라갔다. 숲이 산 중턱까지 울창해 있고, 그 아래로는 경사진 잔디밭이 펼쳐져 있어 아이들 놀이터가 되었다. 아침마다 교장이 앞장서서 학생들을 데리고 이 잔디밭을 지나 산 중턱에 있는 해신당(海神堂)을 한 바퀴 돌고 바다를 보면서 체조를 했다.

"참 아름답고 훌륭한 섬입니다. 이 섬에 사셨던 선대들이 이렇게 섬을 가꾸어놓았으니, 자손들이 축복을 받는 거 아닙니까."

교장은 포구 곁에 펼쳐진 까만 모래밭에 튀는 햇살을 보면서, 여름에 놀러 왔던 변 회장의 탄복하던 모습이 떠올랐다. 그때 그는 비록 작은 섬학교 교장이기는 했으나, 재벌 총수 앞에서 자긍심을 가졌다. 돈을 버는 사람 못지않게 고향을 지키면서 살아온 섬사람들의 모습을 보여준 것 같았다.

잡목으로 우거진 숲 속에 해신당이 있다. 섬사람들은 이곳을 마을마다 흔히 있는 성황당 정도로 생각하지 않고 섬을 이루어놓은 조상신을 모신 곳으로 여겨왔다. 교장은 학교에 갓 입학한 1학년을 데리고 올라와서 이 해신당에 얽힌 이야기를 자랑스럽게 들려준다.

옛날에 한 선비가 이 섬으로 귀양 오게 되었다. 어느 날 그는 섬의 서남쪽 지금 청송리 바닷가로 내려가 조개를 잡다가 오막살이를 발견하게 되었다. 거기에는 젊은 여자가 살고 있었다. 선비와 여자는 사이좋은 부부가 되어 행복하게 섬 생활을 하였다. 어느 날 선비는 관가에서 보내온 돛단배에 몸을 싣고 섬을 떠났다. 그런데 배가 너른 바다로 나갔을 때, 풍랑이 거세어져서 그는 그만 조난을 당하고 말았다.

얼마 후에 선비가 정신을 차려보니 처녀와 같이 살던 그 오막살이에 와 있었다. 여자가 풍랑에 휩쓸려 위험하게 된 선비를 구한 것이다. 그제야 선비는 처녀와 더불어 일생을 살라는 하늘의 명을 거역하고 세상으로 나가려던 자신의 잘못을 깨달았다. 그래서 섬에서 살기로 작정했다. 그렇게 살기 시작한 후부터 모든 일이 잘되었다. 고기도 잘 잡혔고, 잡은 고기를 가지고 뗏목을 타 육지로 나가 팔아 돈도 많이 벌었다.

섬이 살기 좋은 곳이란 소식이 세상에 전해지면서 뭍에서 사람들이 모여들어 마을이 이루어졌다. 만사가 형통했고 많은 재산까지 이루었다. 그러던 어느 날, 생활이 윤택해지면서 선비는 서울 생각을 하게 되었다. 그래서 오랜만에 서울 나들이를 했다. 그런데 서울로 올라간 선비는 섬을 잊고 말았다. 그는 서울에서 벼슬도 하고 새로 가정을 꾸려 영화를 누리며 잘 살아가다가 조정의 큰 싸움에 휘말리게 되었다.

선비는 그제야 문득 섬에 둔 부인이 생각났다. 그래서 모든 것을 다 버리고 급히 섬으로 돌아왔다. 그러나 부인은 선비를 기다리다가 병을 얻어 소생할 가망이 없는 지경에 있었다. 선비는 자신의 잘못을 깨닫고 부인에게 용서를 빌었다.

"이제 나는 세상을 떠나지만 하늘에 가서도 당신을 잊지 않겠습니다. 내가 죽으면 청해산 중턱 청해리 포구가 내다보이는 곳에 묻어주십시오. 그리고 당신이 섬을 떠나지 않는다면, 저는 하늘에서도 늘 당신을 도와드리겠습니다."

여자는 숨을 거두었다. 선비는 여자의 부탁대로 그를 바로 그 자리에 묻고 훌륭하게 치산했다. 그 후 1년에 한 번씩 음력 정월 보름이 되면 온 섬사람들이 모여 제사를 지내었다. 섬에 사람들이 많이 살게 되면서 그 제사는 섬의 큰 행사가 되었다. 사람들은 여기 모신 그 부인이 이 섬을 지켜주는 풍요의 신으로 믿게 되었다.

백 교장은 이 해신당에 얽힌 이야기를 통해 섬 역사를 대강 알 만했다. 이야기는 어디서나 흔히 들을 수 있는 것과 한가지로 아주 단순하고 평이하다. 그런데 특이한 것은 해신당이 포구를 바라보며 있다는 점이다. 그곳은 육지를 바라볼 수 있는 곳이면서 육지로 떠나려는 사람들을 감시할 수 있는 곳이다. 여인이 이곳에 묻어달라고 한 것은, 섬을 떠나려는 마음과 떠나서는 안 되겠다는 마음이 서로 뒤얽혀져 있는 섬사람들의 모습을 지켜보겠다는 것이라고 해석해보았다.

백 교장은 뒷짐을 지고 숲이 우거진 해신당을 바라보다가 슬며시 미소를 지었다. 초등학교 교장이 어린아이들을 데리고 와서 이 이야기를 하다니 우스운 일이다. 그런데 아이들은 그 이야기를 재미있게 들었다.

그는 해신당에서 좀 내려와 잔디밭에 있는 반반한 바위에 자리를 잡고 학교를 향해 앉았다. 잔디밭 가에 우거진 억새 숲 사이에서 노란 들국화들이 수줍게 숨어 있다. 순희는 여기에서 들국화를 꺾었을 것이다. 꽃을 꺾으면서 소식 없는 아버지와 어머니를 생각했을 테지.

그녀의 아버지는 군에서 제대하면서 해군 시절에 사귄 여자를 섬으로 데리고 와 살림을 차렸다. 홀어머니를 모신 처지에도 집안은 평안했고 부부는 행복했다. 그런데 배를 탔던 순희 아버지는 조난을 당하고 결국 시신도 찾지 못하였다. 순희가 다섯 살 때였다. 2년을 기다리던 순희 어머니는 뭍으로 나가더니 돌아오지 않았다. 순희는 할머니 밑에서 자라면서 초등학교를 마치고 인천에서 중학교를 다녔다. 그런데 그녀가 2학년 되던 봄이었다. 할머니가 이상해지기 시작했다. 아침이면 청송리 마을 바다로 죽 뻗어나간 바위 위에 앉아서 지는 해를 바라보다가 돌아오곤 했다. 바람이 몹시 불어 파도가 심할 때면, 청송리 백사장에 주저앉아 아랫도리에 파도가 덮쳐와도 개의치 않고 바다를 향해 욕지거리를 마구 해대곤 했다. 이따금 아들과 며느리 이름을 부르면서 마을을 돌아다니기도 했다. 그 소식을 들은 순희는 학교를 그만두고 섬으로 돌아왔다. 언젠가 교장은 청송리 쪽을 지나가다 흐트러진 머리에 미친 여자처럼 바다를 향해 소리 지르는 노파를 본 적이 있다.

교장은 학교로 내려왔다. 점심 생각이 없었다. 직원실로 들어서는데, 현관 옆 구석지 책상 위에 엎디어 책을 보던 순희가 벌떡 일어났다. 교감의 자리는 비어 있었다.

교장실로 들어온 그는 반듯하게 앉아서 책상 서랍 속에 넣어두었던 초청장을 꺼내어 다시 읽어보았다. 서울 구경을 신나게 하는 아이들 모습이 떠올랐다. 남산도 오르고, 방송국도 구경하고, 63빌딩, 경복궁, 창경원, 어린이대공원도 보고……. 교실에서 공부한 것들을 직접 눈으로 확인하는 즐거움도 클 것이다. 그러나 다음 순간 가슴이 섬뜩했다. 그 천진한 아이들의 눈가에 아쉬운 표정이 떠올랐다. 그들이 서울에서 본 것은 모두 규모가 크고 신기한 것이겠지만, 막상 섬 집으로 돌아가려고 하니 서울을 떠나고 싶지 않을 것이다.

138명 학생 중에 단 한 사람이라도 그런 마음을 갖게 되어 이 청해도가 감옥처럼 느껴지게 된다면……. 가슴이 답답했다. 잠시 창밖 포구 쪽을 내다보았다. 거기에 서울 가는 배를 탄 천진한 아이들 모습이 떠올랐다.

그는 서랍을 열고 편지지를 꺼내 책상 위에 반듯하게 펴놓았다. 그리고 변 회장에게 편지를 쓰기 시작했다.

2.

"선생님, 언제 우리 서울 구경 가요?"

"무슨 말이니?"

수업 시작하기 전에 반 아이들로부터 질문을 받은 담임은 어리둥절하여 되물었다. 에이, 선생님도 다 아시면서. 아이들은 사정을 모르는 선생이 믿어지지 않았다. 선생들은 직원실에 들어와서도 학생들에게 들은 이야기를 하지 않았다.

교장도 아이들 사이에서 그런 소문이 퍼지고 있다는 것을 알면서도 모른 척했다. 소문의 생리를 아는 터라, 입을 다물어버리는 것이 소문을 잠재우는 최상의 방법이다. 덮어두라는 것을 퍼뜨린 것은 교감일 것이다. 그렇다고 그를 불러다 따질 수도 없다. 교감이 그 소문을 퍼뜨렸다는 증거도 없다. 혹시 그룹 측에서 일부러 소문을 흘릴 수도 있다. 여름에 섬에 와서 일주일이나 보내면서 다른 사람들과도 상종했을 테니, 소문은 다른 데서 날 수도 있다.

그런데 소문이 빠르게 번지면서 내용이 달라졌다. 세웅그룹에서 초등학교 학생과 교직원들을 초청하여 서울 구경을 시키려는데, 교장이 반대해서 성사되지 못한다는 것이다. 교장은 점심하러 갔다가 부인에게서 그런 소문을 들었다.

"원 당신도 무슨 고집이 그럽니까. 이 섬이 당신 거랍니까?"

교장은 부인의 핀잔에 심란했다. 그래서 학교에 돌아오는 즉시 교감을 불렀다.

"요즈음 무슨 소문 못 들었는가?"

교장은 교감을 의심하지 않을 수 없었다. 할 말이 있으면 직접 내게 할 일이지, 소문으로 사람을 궁색하게 만들다니. 속으로 생각했다. 교감은 입을 열지 않았다.

"학생들이 서울 구경 가는 것을 어떻게 생각하는지?"

교장은 감정을 누르고 물었다. 교감은 이번 기회가 중요한 고비라고 생각했다.

"언제고 섬은 변할 것입니다. 서울 구경보다는 학교 발전을 위해서 그 그룹과 관계를 맺어둘 필요가 있다고 생각합니다."

교감은 남에게 신세지는 것을 꺼리는 교장의 성미 때문에 거절한 줄 알았다. 그는 그 말을 묵살했다. 자기 생각과는 거리가 먼 상대와 이야기한다는 것이 헛수고라고 생각되었다.

"교감 선생, 난 이따금 요 인천이나 수원 나들이만 해서 돌아올 때면 종종 우울하고 속이 상하는데, 아이들이 서울 구경하고서 혹시 상처 입을까 두렵네. 그곳 사람들 생활을 부러워하고 고향을 우습게 생각하면 큰일 아닌가."

그제야 교감은 그의 심중을 제대로 알았다. 그러나 그런 생각 자체가 낡은 것이다. 아니, 청해도 사람이라고 섬에서만 살아야 할 이유가 있단 말인가. 설사 운명이라고 해도 그것을 뛰어넘을 힘과 욕심을 길러주는 것이 교육이 아닌가. 교감의 생각은 탄탄했다.

"그리고 또 한 가지는, 이 섬은 일제 시대부터 타지 사람들이 와서 발붙이기가 어려웠어. 그것은 섬사람들의 폐쇄적인 생각 때문이 아니라 섬을 보호하기 위해서였네."

교장은 서울 구경을 보내지 않겠다는 의도를 교감에게 분명하게 말했다. 그때 순희가 우편물을 들고 들어왔다. 그는 순희를 쳐다보면서 너도 서울 구경하고 싶으냐고 물어보려다 그만두었다.

교장은 우편물에서 세웅에서 보내온 초청장이 있을 거 같아서 거들떠보지도 않았다.

"교장 선생님, 이건 등기입니다."

순희가 세웅그룹 로고가 선명하게 새겨진 노란 서류봉투를 교장 눈앞으로 내밀었다. 교감의 눈총이 그 봉투에 머무는 것을 알면서 그는 봉투를 뜯었다. 생각한 대로, 지난번 초청을 거절한 편지에 대한 회신이었다. 서울 체류기간 일체 비용을 회사가 부담하고, 인솔 교사나 견학 학생들 마음을 어둡게 하지 않도록 특별 배려할 테니 청을 거절하지 말아달라는 간곡한 친필 사연이다. 또한 이번 초청은 그룹 재단에서 계획된 연례행사 중 낙도 어린이 초청 사업이니 부담을 갖지 않아도 된다는 내용이었다.

교장은 그 편지를 교감에게 내밀면서,

"학교에서 일방적으로 결정할 문제가 아니니, 마을 사람들과 의논해야 하겠네. 서울 구경 가는 것은 학생들이니까."

이 역시 유보하도록 하는 조치였다.

그날 저녁 젊은 이장들 넷이 교장을 찾아왔다. 그들은 이번 세웅그룹 초청을 가능하면 받아들이는 것이 좋겠다는 주장을 했다. 이장들은 모두 교장의 제자들이고 교장의 성미를 아는 터라 속으로는 그의 고집에 불만이 많았으나, 겉으로 내놓고 강력하게 주장하지 못했다. 그 정도 의견을 제시한 것도 전에 없던 일이었다.

이장들은 10년 전이나 지금이나 달라진 것이 없는 섬 형편으로서 이번 기회가 어떤 변화의 계기라고 생각했다. 그러나 섬의 일은 이장들이 결정하지 못했다. 아직도 청해도에는 각 마을 장로 격인 어른들로 구성된 원로회가 있어서, 큰일은 의논하여 결정해왔다. 그래서 교장은 이장들에게 원로회 의사를 묻겠다고 하고 그들을 돌려보냈다.

교장은 원로회 어른들을 모아서 이 일을 의논했다. 섬에서는 처음 있는 일이라서 학교 책임자가 단독으로 결정할 문제가 아니라고 생각했다. 그런데 어른들도 서울 나들이를 찬성했다. 돈 대고 구경시켜준다는데 마다할 필요 없다, 우리도 미역이나 마른 육포나 선물하면 성의를 주고받는 격 아닌가, 그런 투였다.

결정이 나자 섬은 바글바글 끓기 시작했다. 학교 아이들은 서울 이야기로 들뜨기 시작했고, 학생 있는 집에서는 견학 준비하느라 어머니들이 부산을 떨었다. 그런 정도가 아니다. 왜 아이들만 부르는 것일까 학부모도 구경시켜주지, 왜 노인들도 불러주지 않지. 섬에서 한 번도 뭍 나들이를 못한 노인네들은 죽기 전에 서울 구경 한 번 해보는 것이 소원이기도 했다.

그는 그런 말이 들려올 때마다 답답하고 두려웠다. 섬이 파도에 떠밀려 떠내려가는 것이 아니라, 서울 바람에 흔들리게 되겠구나 생각했다.

백 교장은 선생들과 순희와 학생 전원이 4박 5일 일정으로 서울 구경을 다녀오는 동안 학교를 지켰다.

몇 달 동안 학교 안은 온통 서울 이야기로 넘쳤다. 그렇게 이야기가 좀 잠잠해지자, 서울 바람이 불어오기 시작했다. 그룹에서는 구경 간 사람들에게 선물을 한 아름 안겨주었다. 옷과 유명 상표 운동화 한 켤레, 고급 라디오, 그 외 여러 학용품이 풍성했다. 그리고 그룹에서는 학교 교실마다 비디오 시설을 약속했고, 컴퓨터 30대와 학생 도서 1천여 권도 기증하기로 했다.

학교에 비디오 설치를 마치는 날에는 변 회장이 도서와 컴퓨터 기증식을 위해서 전세 모터보트를 타고 왔다. 섬사람들은 은인이 찾아온 것처럼 그를 환영했다.

변 회장이 돌아간 다음에 각 마을 이장들과 청년층이 중심이 되어 '청해도 개발위원회'가 만들어졌다. 청해도 개발을 위한 사업을 기획 추진하는 일을 담당할 조직이 필요하다는 취지에서였다. 백 교장은 그 위원회의 고문을 맡아달라는 청을 겨우 사양했다. 개발위원회가 조직되고 한 달쯤 지나서였다. 세웅그룹과 청해도가 자매결연을 맺게 되었다는 소문이 나돌았다. 교장은 학교와 결연을 맺는 일이 아니라서 직접 관여하지는 않았으나 속은 뒤틀렸다. 더구나 소문으로만 그런 소식을 들었을 뿐이지, 누구 한 사람 찾아와 그에게 전후사정을 말하지 않았다.

교장은 유지들과 이 문제를 의논하려 했으나, 혹시 자매결연을 훼방하는 것처럼 생각할까봐 참는 수밖에 없었다. 그는 생각 끝에 교감을 불러 자매결연 사정을 알아보고서 마을 이장들을 학교로 불러들였다.

11월로 접어들어서 교장실은 썰렁했다.

"이거 바쁜 사람들을 오라고 해서 미안하네. 그런데 내가 이렇게 만나자는 것은 교장으로서가 아니라, 여기가 비록 학교 교장실이긴 하지만 자네들을 가르친 선생으로서이네."

젊은 이장들은 고개를 숙이거나 창밖으로 돌리고는 그의 시선을 피했다. 그들은 그의 뜻을 면전에서 거역하거니와 이의를 내놓을 형편이 아니었다. 그만큼 그는 섬 학교 교장이면서 섬의 어른이었다.

"이거 다 아는 일이네만, 난 자네들이 섬을 사랑해서 여러 가지 일을 계획하는 것에 대해서 이래라 저래라 할 생각은 없네. 그러나 청해도에서 일어난 지금까지 일들을 한번 생각해보게. 자네들이 더 잘 아는 일이지만 일제 시대에도…….”

백 교장은 말을 하다가 창밖으로 눈을 주었다. 흰 파도에 눈이 부셨다. 그가 경성사범학교 강습과를 다니던 시절에 방학이 끝나 서울로 가려고 포구에 나오면, 뱃머리에 마을 사람들이 모여들어 마치 자식을 대하듯 그를 환송해주었다. 그 정을 배반할 수 없어, 그는 미련스럽게도 이 섬을 지키기로 마음먹고 지금까지 살아왔다. 이미 자식들은 서울이나 인천으로 떠나 살고 있지만, 정년 후에도 섬에서 살다가 죽을 생각이다. 그에게 문득 지나간 60여 년 가까운 긴 세월이 몰려들어왔다.

일제 시대에도 일본 사람들이 이 섬에 통조림 공장을 짓고 잠수부를 두려고 했다. 그러나 섬사람들이 완강히 반대해서 발붙이지 못했다. 그 일에 앞장선 것은 유지회였으나, 섬사람들의 힘을 합치도록 한 것은 그였다. 그 후에도 여러 곳에서 사람들이 드나들면서 섬 개발을 이야기했다. 해수욕장과 낚시터를 만들고, 콘도를 지어서 관광개발하면 섬이 발전한다는 것이다. 그러나 그가 나서서 아예 그런 말을 꺼내지도 못하도록 못을 박았다.

“조상들이 외부 사람들이 들어오지 못하도록 애쓴 데에는 그만한 이유가 있어. 그들이 들어오면 어차피 우리가 쫓겨나게 되니까 그런 거야. 그러면서 우리 스스로가 섬을 가꾸기 위해 마음 썼지. 그렇다고 옛날식으로 살 수 없는 세상이 되었다는 것도 모르는 바는 아니지. 섬을 개발하더라도 우리 식대로 하자는 말일세. 돈 가져 사업하는 사람들은 결코 밑질 장사를 하지 않는 법이네. 나도 그 변 회장이 그럴 사람이라고 생각하고 싶지는 않고, 또 그에게 호감을 갖고 있네. 그러나 그것은 내 개인 생각이고, 그러한 호감을 이 청해도 문제와 관련지어서는 안 되네. 그러나……."

그는 개발위원회에서 하는 일들에 대한 재검토를 간곡하게 부탁했다. 개발위원회와 유지회를 하나로 통합해서 섬에 대한 일을 처리하는 방법까지 제시했다.

"선생님의 뜻을 잘 압니다. 그런데 요즈음 시대가 전과는 하루가 다르게 변하고 있습니다. 이대로 살아가다가는 이 청해도가 몇십 년 뒤떨어집니다."

청송리 이장이 먼저 입을 열었다.

"몇십 년 뒤떨어지는 것이 문제가 아니라, 잘못하다가는 우리가 이 섬을 잃어버리게 되는 것이 더 큰 문제 아닌가?"

백 교장은 세웅그룹 정도면 이 섬을 통째로 사버릴 수도 있을 것이라고 생각했다. 그러나 이장들은 최근 이 주변 섬들이 놀라게 변하고 있는 상황을 설명했다. 해수욕장을 만들어놓으니 한여름에만 돈을 벌어도 한 해는 먹고살게 되었고, 해양 관광단지나 휴양지로 개발하는 바람에 땅값이 치솟아 하루아침에 부자가 된 일을 일일이 예로 들어 말했다.

"호텔이나 콘도와 민박촌과 술집이 생겨서 수입이 좀 늘었다고 섬사람들이 다 행복하게 사는 것은 아닐세."

백 교장은 이들 마음이 이미 굳어져 있는 것이 안타까웠다. 그래서 이제 이들을 설득할 수 없음을 느꼈다. 얼마 전까지도 교장의 말을 잘 따르던 이들이 이렇게 변한 이유가 무엇인가? 서울 사람들 때문인가, 아니면 이미 이들 마음이 변하고 있었던가.

백 교장은 변 회장이 아무래도 마음에 걸렸다. 지난여름에 낚시를 하러 우연히 이 섬에 찾아와서 교장을 찾았을 때는 공손하고 친절한 청년이었다. 자신의 집에 머물게 하면서 그를 조카나 동생처럼 대해주었다.

"이렇게 섬을 깨끗하고 아름답게 살려놓은 선생님과 마을 어른들을 존경합니다. 섬은 예전 그대로 남아 있어야, 도시 생활에 찌든 사람들이 이따금 찾아와서 쉴 수 있지 않겠습니까. 요즈음 관광개발이라는 미명하에 얼마나 아름다운 곳을 망가뜨렸습니까. 더구나 어린이들의 순진한 모습이 섬처럼 아름답습니다."

회장은 섬사람들과 아이들의 때 묻지 않은 모습에 감탄하면서, 이 섬은 세상에 속하지 않은 자연 그대로 보존되어야 한다고 말했다.

그는 그 말에 호감이 갔다. 시원찮은 장사꾼이면, 우선 섬을 보고 땅값이나 물으면서 어디 휴양지로 사들일 땅을 생각할 텐데, 그는 전혀 그런 내색을 내지 않았다.

그런데 두 번째 비디오 시설을 마치고 컴퓨터 기증식을 하러 왔을 때에는 교감이나 마을 이장들을 직접 상종했고, 그를 섬 어른으로만 대했다.

이장들은 그의 말을 듣기만 하고 자기네들 이야기는 별로 하지 않았다. 그는 이 기회에 섬에 대한 문제를 툭 털어놓고 이야기하고 싶었는데, 말을 하지 않으니 이야기판이 진전되지 않았다.

"유지 어른들하고 상의하도록 하게. 개발위원회 일도 섬의 중요한 일이니까. 서로 상의하는 것도 도리네."

교장은 역정을 내듯이 그 점을 강조했다.

"알았습니다."

그들은 겨우 그 대답을 하고는 일어났다.

3.

세웅그룹과 청해도가 자매결연을 맺게 되었다.

11월 24일. 가을인데도 날씨는 청명했다. 학교 교실을 두 개 터놓아 자매결연식장으로 썼다. 세웅그룹에서는 자매결연 기념으로 200여 평 규모로 다목적용 건물을 지어주고 피아노 한 대와 도서를 계속 기증할 것이고, 만약 서울로 대학을 진학하는 학생들이 있을 경우에 장학금과 생활비를 지원하겠다고 약속했다.

백 교장은 본인이 극구 사양했음에도 불구하고, 자매결연에서 섬 대표로 나서게 되었다. 개발위원장이란 사람도 젊은 청년이고, 특히 자매결연을 통해서 직접적으로 혜택을 받은 것은 초등학교이니 교장이 그 자리를 맡는 것이 옳다는 중론을 혼자 거절할 수 없었다.

2시에 시작한 결연식장에는 5학년 이상 학생들과 마을 유지들, 부녀회와 어촌계 간부들이 참석했다. 세웅그룹 측에서는 회장과 기획실장, 그리고 그 외 몇 간부급 실무자들이 나왔다.

"금번 청해도와 세웅그룹이 자매결연을 맺음에 있어, 서로가 도우면서 사는 사회의 아름다운 모습을 실현하기 위해 피차 형제애로 도와나갈 것을 약속합니다."

결연서를 서로 교환하였다. 이어 변 회장이 인사를 하였다.

"……앞으로 자매결연 후에 저희들이 정표로 추진해나갈 사업은 별도 양쪽 실무자들이 의논하겠지만, 저희 그룹에서는 힘닿는 데까지 이 아름다운 섬을 위해 일할 것이므로 그 점 이해해주셔서, 피차 서로 돕고 사는 명랑한 사회를 이룩한 본보기를 세상에 남길 수 있기를 기대합니다."

모두들 요란스럽게 박수를 쳤다. 백 교장도 인사말을 했다.

"세웅그룹 측에서 우리 청해도를 아껴서 그간 물심양면으로 도와주셨고, 이제부터 더욱 탄탄히 관계를 맺게 되었으니 감사합니다. 우리는 소박하게 바다와 더불어 살아와서 섬 밖 세상일에 대해서 잘 모릅니다. 아무쪼록 서로가 편안한 마음으로 사귀고 정을 나눌 수 있기를 바랍니다."

미지근한 인사말에 사람들은 조금 실망했다. 이어 선물교환 순서가 되었다. 세웅그룹에서 나온 기획실장이 앞으로 나가더니 들고 온 봉투를 열어 종이에 쓴 사항을 읽어 내려갔다.

"우리 세웅그룹은 이번 청해도와 자매결연을 영원히 기념하기 위해 청해초등학교 도서관 정보실 및 다목적용으로 이용할 수 있는 건물을 신축하여 기부하려 합니다. 이 건물이 온 섬사람들에게 유용하게 쓰여지게 될 것입니다."

이어 박수가 터졌다. 백 교장은 어안이 벙벙했다. 너무나 엄청난 선물이었기 때문이다. 교실 하나 짓기 위해 교육청을 드나들던 일을 생각하면 강당 겸 도서관을 지어준다는 것은 꿈에도 생각 못 할 일이었다. 이어 섬 주민을 대표하여 청해리 이장이 주민들이 정성껏 담은 굴젓 열 통을 드린다고 발표했다. 또 박수가 터졌다. 뒤이어 변 회장과 백 교장이 일어나 악수를 교환하고 결연식은 끝났다.

식에 참석했던 섬사람들이 싱글벙글 큰 잔치판에 온 것처럼 즐거워하면서 얼른 자리를 뜨지 않았다.

"에, 안내 말씀 드리겠습니다. 이제 오늘 이 뜻깊은 날을 기념하기 위해 낚시대회를 서단도에서 거행하겠습니다. 참가할 주민들께서는 어협 순시선인 청해호를 이용하십시오."

그제야 웅성거리던 사람들이 자리를 털며 일어났다. 그룹 측에서는 '축 자매결연 세웅그룹'이라 쓰여진 큰 타월 한 장씩을 나누어주었다.

서울에서 온 사람들은 전세 낸 웅진호로 올라가 낚시 준비를 서둘렀다. 마을 청년들 몇과 유지들도 대기해 있는 청해호로 향했다.

"송 교감, 날 좀 보게."

일행을 따라 교문까지 어정어정 따라나섰던 백 교장이 송 교감을 뒤로 불러내었다.

"나 몸이 불편해서 낚시대회에 못 갈 테니 교감이 알아서 하게."

그는 대답도 듣지 않고 직원실로 걸어왔다.

"왜 낚시 안 가세요."

직원실 현관에 서서 포구 쪽으로 몰려가는 사람들을 내다보던 순희가 힘없이 들어서는 교장을 보고 웃었다.

"너 있었구나."

그는 순희를 보자 반가웠다. 모두들 서둘며 야단들인데 혼자 조용히 직원실을 지키는 그녀가 기특하게 느껴졌다.

교장실로 들어와 앉으니 물에 젖은 솜처럼 기운이 빠졌다. 선착장 풍경이 한눈에 들어오는데, 낚시하러 걸어가는 사람들 움직임이 생소했다. 청해호 선상에는 교감도 보이고 마을 이장들도 보였다. 그들은 처음 낚시 가는 어린아이처럼 싱글벙글 즐거운 모습이다. 서울에서 온 사람들의 울긋불긋한 복장도 이채로웠다. 그들은 선착장에 서 있는 사람들에게 미소 지으면서 손을 흔들었다. 아이들은 구경거리를 만난 듯이 즐거워했다. 선착장 사람들은 서울 사람들을 부러운 눈으로 바라보았고, 서울 사람들은 해풍에 그을린 섬사람들을 연민의 눈으로 내려다보면서 속에 있는 말을 숨기는 것 같았다.

청해호가 먼저 선체를 돌렸다. 그 뒤를 웅진호가 뒤따랐다. 선착장에 있는 마을 사람들이 손을 흔들었다. 배에 탄 서울 사람들도 손을 흔들었다.

배가 포구 밖으로 완전히 나가서 배에 탄 사람들 얼굴이 아물아물 안 보였다. 선착장 섬사람들이 그제야 흩어졌다. 순희가 차를 들고 들어왔다.

"피곤해 뵙니다. 댁에 들어가 쉬시지요."

그녀는 찻잔을 탁자 위에 놓고서 창밖 바다를 바라보았다. 낚시대회를 떠나는 배들이 그녀의 눈에도 자그맣게 보였다.

"순희도 서울 사람들이 부럽지."

교장이 불쑥 물었다. 순희는 화들짝 놀라더니 빙긋이 웃으면서 대답을 하지 않고 얼른 나가버렸다. 그는 순희 거동도 마음에 걸렸다. 서울 사람 조금도 부럽지 않습니다, 그런 대답을 기대했다.

낚시는 밤새 계속되었다. 두 척의 배에서 낚은 고기는 산 채로 곧장 웅진호로 넘겨졌다.

뒷날 아침에야 사람들은 돌아왔다. 변 회장과 기획실장이 잠시 교장실로 들어와 작별인사를 했다. 낚시가 너무 즐거워서 밤새는 줄도 몰랐다고 웃었다. 섬사람들은 서울 사람들이 가져온 양주에 낚은 고기로 회를 쳐서 안주 삼아 마시면서 시간 가는 줄 몰랐다고 했다.

"다시 놀러 오겠습니다."

변 회장은 현관으로 나온 교장과 악수를 하고서 떠났다.

그날 자매결연 뒤에 섬에는 풍성한 이야기들이 기세 좋게 돌아다녔다. 내년 봄에는 '청세회관'이라는 다목적용 건물이 지어질 것이라는 소문이 제일 화제였다. 소문대로 겨울방학이 가까워올 무렵 세웅그룹에서 그 건물 설계도를 학교로 보내왔다.

음력설을 며칠 앞두고서 그에게로 변 회장이 보낸 편지가 한 통 왔다. 설계도를 검토해보셨느냐는 안부와 함께, 날이 풀리는 대로 우선 부지정리 공사부터 시작하는 게 어떠냐는 내용이었다. 그는 건물 짓는 일에 별로 관심이 없어서 설계도를 검토도 못했다. 도서관과 강당을 겸한 건물이 필요한 것은 물론이나, 그냥 공으로 지어준다니 부담이 컸다. 그저 책이나 몇백 권 보내주고 서울 구경이나 시켜줄 때에는 다소 미안할 뿐이었으나, 이렇게 많은 돈 들여 건물을 지어주겠다니 걱정이 앞섰다. 그러나 마을 사람들은 그저 좋다고만 했다.

"그리고 또 하나 부탁드릴 일이 있습니다. 청해도 젊은이 중 직장이 없는 20세 전후의 남녀를 한 20여 명만 추천해주시면 우리 그룹 내 여러 회사에 취업을 알선해드리겠습니다. 교장 선생님께서 마음을 쓰셔서 건실한 젊은이들을 보내주시면 저희 회사에도 큰 도움이 되겠습니다."

반가운 소식이었다. 젊은이들은 배타기를 싫어하고, 더구나 스물 전후 처녀들이 도시로 나가 직장을 얻으려고 하지만 마땅한 곳이 없었다. 일부러 추천을 의뢰해 오는 것을 보면 믿을 만한 직장일 것이라 생각되었다. 그러나 한편 그런 좋은 소식을 받을수록 그는 마음이 무겁고 한편 두렵기도 했다.

교장은 편지를 받고서 이장들을 불러들였다. 그리고 변 회장의 서신을 내보였다.

"한 마을에서 네댓 사람씩 꼭 원하는 사람만 추천해주고, 어떤 일을 하게 될지 잘 모르긴 하지만 도시로 가고픈 젊은 사람들에게는 좋은 기회니까."

교장은 각 마을별로 추천 인원을 배당했다. 그런데 그날 저녁에 이상한 소문이 들려왔다. 그룹에서 지난번 낚시하러 갔던 서단도라는 무인도 바위섬을 통째로 사버렸다는 것이다. 숲이 우거졌지만 원래 온통 바위뿐인 섬이었다. 그 섬은 국유나 군유가 되어 있지 않고 청송리 송 교감 부친네 형제 명의로 되어 있었다. 전에도 그런 말이 돌긴 했으나 누가 그런 섬에 관심을 두지 않아서 그냥 지내왔는데, 이번에 괜찮은 값을 받고 팔아 넘겼다는 것이다. 돌산에 불과한 섬이지만 희귀한 식물들과 나무들이 많고 벼랑 기슭에 돌밭이 널려 있어서 낚시터로는 안성맞춤이라 사들였다는 것이다. 값은 알려지지 않았지만 상당히 받았을 거라는 소문이 은근히 사람들 입에서 나돌기 시작했다. 또 전문학교만 나와 빈둥거리는 송 교감 사촌동생이 세웅그룹에 취직되었다는 소문도 들려왔다.

백 교장은 소문을 듣고는 눈앞이 뿌옇게 흐려갔다. 이제 그들이 무인도를 하나 사서 차지했으니, 그다음에는 무엇을 사들일 것인가. 마음만 먹으면 이 청해도도 통째로 사버릴 것만 같았다. 그러나 그로서는 별 도리가 없었다. 이미 엎질러진 물이었다. 정말 그들은 섬에 욕심을 가지고 있는가. 그 서단도 같은 바위섬을 많은 돈을 주고 샀다는 것은 이제 이 청해도 어느 쪽을 욕심내겠다는 것이 아닌가.

교장은 썰렁한 교장실에 앉아서 부옇게 파도에 휩쓸려 있는 포구를 내다보며 한숨을 쉬었다. 생각할수록 교감의 처사가 섭섭하고 괘씸했다.

4.

교장실로 인기척이 점점 가까워오더니 노크 소리가 들렸다.

"들어와요"

순희가 들어왔다.

"의논드릴 말씀이 있어서."

그녀는 고개를 모로 숙이고서 망설이다가 겨우 그를 바로 쳐다보았다.

"무슨 일인데……?"

교장은 미소를 지으면서도 순희의 거동이 예전과 같지 않아서 궁금했다.

"저, 저도 서울 가서 공부하고 싶은데요, 교감 선생님께서 세웅그룹에 소개해주셨습니다. 그래서……."

교장은 숨이 컥 막히는 것 같았다. 벌써 서울 가기로 다 작정해놓고 이렇게 인사를 하는구나 생각하니 예전 순희로 보이지 않았다.

"서울이 좋으냐?"

교장은 전에도 한 번 그렇게 물은 적이 있다. 그때 순희는 그저 웃기만 했다. 지난 대입검정에서 수학 한 과목이 점수 미달되어서 전과목 합격을 못했다. 그러나 새해에는 틀림없이 합격할 것이다. 대학 진학 후 학비까지 생각하고 있었다.

"교육대학을 가면 학비는 어떻게든 될 텐데. 할머니도 계신데 꼭 서울 가야 하겠니."

교장은 그녀의 눈치를 살피면서 겨우 한마디했다.

"할머니도 계시니까 직장에 다니면서 야간대학에 다닐까 해요."

순희는 교장 어른의 말을 거역하는 것 같아서 미안했다. 그러나 교육대학을 나오면 이 섬에 와서 교편을 잡아야 하고, 그러면 어쩔 수 없이 섬에 갇혀 살아야 한다. 섬이 좋기는 하지만 일생을 섬에서 살기에는 마음이 내키지 않았다. 서울, 얼마나 좋은 곳인가. 멋지고 아름답고 없는 물건이 없고. 순희는 학생들과 같이 한 번 서울을 다녀온 후 이따금 그때 생각을 하면 가슴이 두근거리고 공부할 마음도 달아나버리곤 했다. 그동안 청해도를 드나드는 서울 사람들을 만나면서 그들은 섬사람과는 다르게 사는 것 같았다. 더구나 세웅그룹같이 큰 회사에서 일한다니 꿈만 같았다. 순희는 자기를 버려두고 떠난 어머니를 원망한 적이 있었으나 요즘은 이해가 되었다.

"가고 싶으면 가는 거지."

교장은 혼잣소리처럼 말했다.

바람이 며칠 동안 심하게 불었다. 청해산 동남쪽 기슭을 향해 들이친 바람이 산자락을 휘감으면서 학교가 들어앉은 곳으로 몰려들어왔다. 학교 유리창들이 '드르릉 드르릉' 소리 내어 울었다. 백 교장은 방학인데도 학교에 나와 교장실을 지켰다. 울담 하나 너머에 있는 관사보다 교장실에 앉아 지내는 것이 훨씬 자유롭고 편했다.

축항 방파제 위로 넘쳐드는 파도가 눈을 시원하게 해주었다. 포구 안에 대피해 있는 모터보트들이 몸을 쭈그리고 앉아 있다. 선창가에 새로 생긴 주막들도 문이 꼭꼭 닫혀 있다. 학교 공사가 시작되고 섬에 사람들이 많이 드나들면서 밥과 술을 파는 술집이 몇 개 늘더니, 어느새 술 따르는 여자까지 둔 어엿한 술집도 두어 개 생겼다. 그뿐이 아니다. 여인숙이라는 숙박업소도 생겼다. 돈이 되니 한다는데 말릴 수도 없었다. 예전 같으면 호령을 하면서라도 만류할 텐데. 이제는 교장의 말이 먹혀들지 않았다. 더구나 개발위원회에서나 유지회에서도 별다른 조치를 하지 않았다. 만류해보라는 투로 이장에게 은근히 말은 꺼냈으나 자본주의 사회에서 장사는 자유라고 그럴듯한 이유를 대는 바람에 더 말하지 못했다.

토요일 오후에 낚시하러 온 세웅그룹 사원들도 파도 때문에 나가지 못하고 갇혀 있는지 웅진호가 포구 안에 떠 있다.

교장실은 바람 소리에 끼어 들려오는 중장비 소리로 시끄러웠다. 학교 뒤 경사진 잔디밭을 이층 계단식으로 깎아 터를 만드는 공사를 하고 있다. 추석을 지낸 후부터 시작해서 3월 신학기 전에 마칠 예정이다. 산을 깎아 평지를 만드는 일을 시뻘건 기중기 하나가 모두 해냈다. 인부라야 고작 대여섯 명이고 괴물 같은 기계가 모든 일을 했다.

작업이 시작되면서 섬은 전에 듣지 못했던 소리로 요란스러워졌다. 전에는 일 년 사철 바람 소리와 모터보트 소리가 고작이었다. 앞으로 무슨 소리가 몰려올지 백 교장은 기중기 소리를 들을 때마다 소름이 돋았다.

책상 위 전화기가 울렸다.

"안녕하십니까? 저 변 회장입니다."

저편에서 들려온 목소리가 점잖았다.

"방학인데도 나와 계셨습니까. 참 터 정지작업은 잘 되어갑니까?"

상대는 교장이 정지작업장을 돌아보기 위해 학교에 나와 있는 것으로 아는 모양이다. 교장은 듣기만 했다.

"설계도를 검토해보셨습니까? 그대로 공사를 해도 괜찮겠지요? 별다른 생각이 없으시다면 그대로 추진하겠습니다."

교장이 대답을 하지 않자 그편에서 결론을 내렸다. 그는 별로 할 말이 없으나, 변 회장의 말투에서 전과 다른 낌새를 느꼈다.

"언제 저도 낚시하러 한번 가겠습니다. 어쩌나 거기서 잡은 생선이 맛이 좋은지, 서울 회는 먹지 못하겠습니다."

저편에서는 공사 이야기보다 잡담을 늘어놓다가 통화가 끝났다.

그는 낡은 소파에서 일어나 바람이 이는 운동장을 건너다보면서 전화 내용을 다시 생각해보았다. 바람에 공사장 흙먼지가 풀풀 날려와 운동장이 뿌옇다. 마치 누런 눈발이 몰려오는 것같이 운동장에 자욱했다. 그것을 보노라니 자꾸 생각이 중단되었다. 무슨 일로 전화를 걸었을까? 정지작업 진척 상황을 확인하려 했을까? 아니면 그저 통화하고 싶어서였는가?

갑갑한 생각을 하고 있는데 교문 안으로 중년 사내가 급히 들어왔다. 바람을 피하며 얼굴을 모로 숙여서 얼굴이 확실히 안 보였다.

사내는 직원실 현관 앞에 와서야 얼굴을 들었다. 청송리 송 씨였다.

"방학인데도 나와 계셨습니까?"

교장과 마주 앉자, 그는 사택에 들렀다가 안 계셔서 학교로
왔다고 인사 겸 말했다. 그러나 얼른 용건을 꺼내지 않았다. 담
배에 불을 붙이고서야 송 씨는 어려운 집안 사정을 털어놓기
시작했다. 전문학교를 나온 큰아들이 직장도 없이 인천에서 놀
고 있고, 군대 갔다 와서 대학에 복학한 둘째와 인천에서 여고
와 중학을 다니는 딸들 이야기를 늘어놓더니,

"교장 선생님 이거 이상한 청입니다만, 제 밭을 팔아주십시
오."

어려운 청을 할 때처럼 고개를 바로 쳐들지 못하고 말했다.

"땅이라니?"

"예, 청송리 포구 옆에 둔덕 위에 제 솔밭이 있습니다. 해송을
심어 한 10여 년 되었는데, 제게는 놔둬도 쓸모가 없고 그래서
사정이 하도 어려워서……."

그는 그 하찮은 돌섬도 큰돈을 주는 세웅그룹이라면 그 솔밭
이야 더할 나위 없는 좋은 땅이 아니겠느냐고 덧붙였다.

"내가 복덕방 하는 줄 아나?"

교장은 목구멍까지 치밀어오른 화를 꾹 참고는 겨우 한마디
하고는 사내를 물리쳤다.

"이장에게 의논했더니 교장 선생님께 여쭤보라고 해서, 전

교장 선생님이 소개를 하는가 생각했습니다."

"죽을 처지 아니면 땅을 팔아 살겠나? 더구나 조상님께 물려받은 밭인데."

백 교장은 바람이 이는 밖을 내다보면서 중얼거렸다. 송 씨는 더 말을 하지 않고 일어났다.

"큰일인데. 사람들이 땅을 팔겠다고 덤비니."

전혀 생각하지 못한 일이었다. 그는 그제야 생각이 잡히기 시작했다. 세웅그룹이 그 쓸모없는 바위섬을 비싼 돈 주고 사들인 의도를 알 것 같았다. 이제 청해도 사람들은 그 돌섬보다 더 좋은 땅을 들고 사달라고 몰려올 것이다. 아까 전화기를 통해 들었던 변 회장 음성이 다시 윙윙 들려 귓바퀴를 울렸다. 잘못하다가는 이 작은 섬을 그들에게 빼앗기듯 모두 팔아치울 것이다.

기중기 소리가 윙윙 툭툭 툴툴 계속 들려왔다. 바람과 파도 소리보다도 기중기 소리가 더 요란스러웠다. 그는 귀가 멍멍했다.

5.

백 교장은 바람이 좀 누그러지자 관사를 나왔다. 슬레이트 지붕과 콘크리트로 포장된 길바닥에 햇살이 튀었다.

그는 학교 운동장으로 들어갔다. 터 정지작업을 끝냈는지 기중기 소리가 들리지 않았다. 토요일 수업을 마친 아이들이 좁은 운동장에서 축구를 하느라 소리 지르고 있다. 그는 직원실 앞에 세워둔 자전거를 끌고 교문을 나왔다.

그는 청해리 마을길을 벗어나서야 자전거에 올라탔다. 청송리에 사는 순희네 집을 찾아가보고 싶었다. 내일쯤 서울에 간다고 순희가 어제 인사를 왔다 갔다.

섬은 청해산을 중심으로 경사가 완만한 남쪽 지역과 낭떠러지로 절경을 이룬 북쪽 지역이 서로 대조를 이루고 있다. 남쪽에는 밭과 작은 포구들, 틈틈이 모래밭도 형성되어 인가들이 모여 있다. 그중에 제일 큰 마을이 섬의 동남쪽에 있는 청해리이고, 거기에서 해안선을 따라 서쪽으로 가면 곳곳에 작은 동네가 있다. 청해산이 정남향으로 길게 바다로 뻗어가면서 틈틈이 동네가 이루어졌다. 섬의 끝 마을이 청송리이다. 90여 호나 되는 큰 동네로 송 씨 집성촌이다.

청해리에서 청송리까지 달구지가 다닐 만한 길이 나 있다. 새마을운동이 한창일 때에 마을 사람들이 나서서 길을 넓혔다. 그 사업을 하는데, 백 교장이 사람들을 독려했다. 그래서 그는 새마을훈장까지 받았다. 그때만 해도 섬사람들은 그의 말을 잘 따랐다. 섬에 크고 작은 일이 생길 때마다 그가 나서서 해결했다.

백 교장은 자전거 페달을 밟으면서 지난 일들을 생각해보았다. 초등학교 교감 때는 섬 청년들을 모아 청년회를 조직했고, 교장이 되어 돌아와서는 섬 어른으로 대접을 받았다. 그러나 그는 한 번도 섬의 어른이라거나 청년들의 지도자로 자신을 생각해본 적은 없었다. 그저 청해도 일을 자기 집안일처럼 여기고 뛰어다녔다. 학교 일도 마찬가지이고, 학생들에 대한 관심도 그렇다.

백 교장은 제일 남쪽 끝에 있는 용미개라는 바닷가를 지나면서, 바로 앞에 따로 떨어져나간 그 서단도 돌섬을 바라보았다. 겨울이지만 섬의 반쪽이 상록수 숲으로 덮여 있다. 남쪽 낭떠러지 절벽에는 겨울새들이 앉아 있다가 하늘로 날아올랐다. 그 낭떠러지 아래로 크고 너른 바위들이 버티어 있어 낚시하기에 적당하다. 변 회장이 탐낼 만한 섬이었다.

그 용미개를 지나자 청송리 마을이 나타났다. 그는 자전거를 세웠다. 100년 넘은 해송들이 들어차 있는 절벽을 뒤로 업고 바람막이처럼 움푹 들어앉은 곳에 좁은 백사장이 펼쳐져 있었고 그 옆에 작은 포구가 있다. 그것을 껴안은 절벽에서 내려오면 완만한 경사지대에 밭이 있어 마을이 이루어졌다. 약간 높직한 곳에서 동네를 내려다보니 참 아늑했다. 지금까지 이곳을 드나들면서 이 마을을 제대로 알지 못했다.

해가 서쪽으로 기울어져서 햇살이 모래에 부서지고 있었다. 간조가 되어 넓게 펼쳐진 모래밭에는 잔잔한 물결이 흐느적이

듯이 머물고 있었다. 마치 병아리들이 어미 닭 주위에 모여 있는 것처럼 오밀조밀 어깨를 붙이고 집들이 앉아 있다. 백 교장은 그중에 순희네 집을 눈으로 찾았다. 내일이라도 혹 만날 수 있겠지만, 그래도 직접 그 집을 찾아가고 싶었다. 순희가 서울 가는 것을 노인이 어떻게 생각하는지, 교장은 이제라도 그녀가 마음을 돌린다면 다시 학교에 눌러앉게 하고 싶었다.

"교장 선생님, 어쩐 일이십니까?"

포구 옆 너럭바위에 앉아서 바다를 내려다보던 노파가 그를 알아봤다.

"아시겠습니까?"

그는 자신을 알아보는 노인이 심상하게 생각되지 않았다.

"교장 선생 아니시우. 우리 순희 선생이고, 순희 애비 선생도 되고."

노인은 그가 모르는 일까지 알고 있었다. 노파는 얼른 일어나더니 치마를 한 손으로 걷어 챙기면서 앞장서 집으로 들어갔다.

"선생님!"

순희가 얼굴이 빨갛게 상기되어 마당으로 나왔다. 두 칸 슬레이트 집 좁은 마당에 햇살이 튀었다. 둥글둥글 먹돌로 울담을 쌓은 마당에는 검불 하나 없이 깨끗했다. 순희는 그를 보더니 울먹일 듯했다.

"이렇게 누추한 곳에 귀헌 걸음을……."

노파는 흐트러진 허연 머리칼을 몇 번이나 쓸어 올리면서 허둥댔다.

"요 앞 교감 선생 댁에 왔다가 생각이 나서 이렇게 들렀습니다."

교장은 자전거를 한쪽에 세우고는, 두 평쯤 되는 툇마루에 걸터앉았다. 포구와 백사장이 눈앞에 가득 펼쳐졌다. 노파도 그의 곁에 와 앉았다.

"손녀딸이 서울 가버리면 적적허시겠습니다."

교장은 노파 곁으로 다가앉으면서 곁에 서 있는 순희 눈치를 살폈다.

"나 혼자야, 뭐, 아무러면 못 살겠우. 지가 가고 싶어 가는 거니꺼. 서울 가야 제 에미도 만나고, 혹 제 애비도 만날 수 있을 테지."

노파는 흘끔 그의 얼굴을 살피고는 얼른 고개를 돌려 바다를 향해 중얼거렸다. 그는 하나 남은 혈육을 뭍으로 내보내는 노파의 심중을 헤아릴 수 있었다.

"지 애비는 죽어도 섬에 와 안 살겠다고 하더니 제대하고 와서는 아니, 배 탄다고 나가서는 소식도 없지만도 그건 지 팔자이고, 섬이 싫으니까 죽어서도 섬에 돌아오지 못허는 건데……. 아니, 지 각시는 또 뭍 여자를 데려오니……. 어느 누가 이 섬에서 살아준다고, 그 애도 도망가기 잘 했지. 그러니 난 저 에미

달아난 후에도 한 번도 원망을 안 했어. 이년도 지가 떠나고 싶어서 떠나니 이 할미는 다행이라 여겨."

노파는 말을 하다가 갑자기 정색하고 순희를 쳐다보았다. 그녀는 마당에 선 채 고개를 수그리고 훌쩍거리고 있었다. 교장은 모른 척하고 바다만 바라보았다.

"할머니 안심허십시오. 손녀가 서울 가서 돈 많이 벌어오면 할머니 모셔갈 테니까."

교장은 생각하지 않았던 말을 불쑥 해버렸다. 돈을 많이 벌어온다. 노인에게 돈이 필요할까. 이제 다시 손녀까지 기다리며 매일 저 지는 해를 바라보며 죽음보다 더 진한 외로움을 먹으며 살아가겠지. 아들이 달아나고 며느리가 떠나고 이제 손녀까지 가버리면, 노인에게는 저 포구와 지는 해와 모래사장과 뒷산 소나무만 남겠지. 교장은 그런저런 생각을 하며 자리에서 일어났다.

"전 가겠습니다. 너무 섭섭하게 생각 마시고……."

그는 좁은 마당을 나오면서 왜 이 집을 찾아왔는지 자신이 의아했다. 순희가 따라 나왔다.

"서울 가서 열심히 살아야 한다. 몸조심하고."

그는 호주머니에서 준비해둔 봉투를 꺼내 그녀의 손에 쥐어주고 손을 꼭 잡았다. 순희는 울먹이면서 인사말도 제대로 하지 못했다.

자전거를 끌고 동네를 벗어나다가 뒤를 돌아봤다. 얼마를 따라 나오던 순희가 길가에 서 있었다. 안 볼 것을 본 것처럼 그는 황급히 고개를 돌려버렸다. 기분이 묘했다. 공연히 왔다고 후회했다. 순희가 떠나는 것을 만류하러 왔는데, 노인에게서 응원이라도 얻으려 했는데 모두 허사였다.

자전거 길을 따라 이어지는 바다 위에는 지는 햇살이 부서지는데 그 위에 수없이 많은 물결들이 만들어지다가 사라졌다.

"선생님, 안녕하십니까."

아이들이 갯가로 내려가다가 자전거를 타고 가는 교장 선생님을 보고는 놀란다.

"바다에 가니?"

교장은 정신을 수습하고 아이들에게 반가운 인사를 건넸다. 검게 그을린 아이들은 수줍어하며 흰 이를 드러내어 웃었다. 4학년이 둘이고 5학년이 한 놈이다. 그들은 꾸벅 인사를 하고서 모래사장으로 달음질쳐 내달았다.

"지금 가서 뭘 허니?"

교장은 저만치 뛰어가는 아이들 등을 향해 소리를 질렀다. 아직도 쌀쌀한 바람이 아이들 정강이를 후려치는데도 그들은 바다로 뛰어들어갔다. 그네들은 이 섬 어딘들 학교 운동장처럼 생각한다.

"축구해요."

골목에서 공을 굴리며 내려가던 또 다른 놈이 웃으면서 소리를 질렀다. 공 가진 아이가 모래사장에 도착하자 어느 곳에 숨어 있었던지 아이들이 많아졌다. 교장은 자전거를 세워두고 하얀 모래밭에서 공 차는 아이들을 눈여겨봤다. 좁은 운동장에서 노는 아이들보다 그들의 몸놀림이 파도처럼 힘차고 자연스러웠다.

"교장 선생님이 어인 일이십니까?"

송 교감이 허겁지겁 달려오더니 눈망울을 뒤룩뒤룩 굴리며 긴장하는 표정을 지었다.

"그렇지 않아도 송 교감을 만날까 했는데."

교장은 순간 거짓말을 해버렸다. 만날 계획은 애초에도 없었다. 이 동네까지 왔으니 교감을 만난다는 것은 자연스러운 일인데도, 어쩐지 교감 집으로 발길이 돌려지질 않았다.

교감네 집은 동네 한가운데 있는데 이 마을에서 몇 채 안 되는 옛날 기와집이다. 울담도 바닷돌을 깎아 좀 높직이 쌓았다. 그 조부 때부터 배를 부려 돈을 모았고, 그 부친은 외지로 돌아다니면서 공부도 했고 사업을 해서 세상 물정에 밝았다. 몇 년 전에 세상을 떠났지만 그래도 청해도 송 씨 집안 종손이라는 자부심을 가지고 살았다. 그래서 젊어서는 밖으로 돌아다니다 송 교감 조부가 세상을 떠나자 다시 고향에 들어와 여생을 마쳤다.

"제 집으로 모시겠습니다."

송 교감은 그가 이곳까지 온 일이 자꾸 마음에 걸렸다. 직접 자기를 만나러 왔을지도 모른다고 생각하니 조급해졌다. 그러나 집으로 모시는 것이 예의라고 생각했다. 혹시 서울에서 무슨 소식이 왔을지도 모른다고 생각했다.

"순희가 내일 서울로 떠난다기에 그 할머님을 뵈러 왔다가."

그는 사실대로 말해버렸다.

"그래도 제 집을 그냥 지나치셔야 되겠습니까."

교감은 안방으로 그를 안내하면서도 여전히 얼굴에 긴장을 풀지 않았다.

"여기서 바다를 바라보니 참 절경이네. 선대께서 풍류를 즐기셔서 자리를 잘 잡으셨어. 청해리는 복잡한데, 이 마을은 아주 아늑하고 또 경관도 좋고. 마침 해가 질 때라 신선놀이 하는 기분이겠는데."

백 교장은 이곳에 처음 와보는 것처럼 말했다.

"아니, 교장 선생님께서는 이곳 절경을 아직껏 모르셨습니까?"

송 교감도 그 말이 이상하게 들렸다.

"참 새삼스럽기는 한데, 이렇게 와보니 전혀 새롭게 느껴져서 그래."

안방 문을 여니 포구와 바다와 동서 양쪽으로 뻗어나간 해안선 굴곡이 모두 한눈에 들어왔다. 교감은 전에 없이 전망에 감탄을 늘어놓는 교장의 모습이 무슨 집터라도 얻으러 다니는 사람처럼 보였다. 언젠가 이 자리에서 변 회장도 그런 말을 하면서 풍광을 찬탄했던 적이 있다. 교감 부인이 술상을 차려왔다.

"이거, 여쭤보지도 않고 상을 차렸습니다만……."

교감 부인이 부끄러운 표정을 지었다. 생선회에 흔치 않은 양주병이 나왔다.

"이거 이상한 술이네."

"예, 전에 변 회장이 제 집에 들러서 하룻밤 묵었다 가면서 놔둔 것입니다."

교감이 어색한 표정을 지었다.

"우럭회입니다. 요즈음 밤낚시가 잘됩니다."

교감은 회 접시에 젓가락을 가져가면서 설명했다.

"이곳 사람들도 낚시에 재미를 붙였군. 세웅그룹 사람들의 청해도 낚시 바람에……."

그는 송 교감이 채워준 잔을 들면서 웃었다. 그러나 기분은 웃고 싶지 않았다.

"참, 저 서단도가 여기서도 보이는군. 변 회장이 탐낼 만도 했어."

그는 아까 오면서 보았던 섬 이야기를 했다. 그러나 교감은 못 들은 척했다. 섬을 팔아버린 일 때문에 교장과 얼굴 맞댈 일이 있을 때마다 가슴을 조아렸다. 그 바람에 청해도의 땅값을 올려놓기는 했다. 그러니 땅을 팔겠다는 사람들이 늘어났고, 변 회장은 어렵지 않게 많은 땅을 사들일 수 있었다. 그 때문에 그는 그 서단도를 팔아버린 일이 이런 사태를 가져왔다고 생각하고 있었다. 그런데 일이 그 정도로 끝나지 않았다. 섬사람들이 땅을 비싸게 팔고 난 후 한 달 만에 땅값이 뛰기 시작했다. 그래서 결국 돈을 번 것은 세웅그룹뿐이었고, 땅을 잃어버린 것은 섬사람들이었다. 그러나 아직도 송 교감은 서단도를 판 것은 잘한 일이라고 생각하고 있다.

술이 두어 잔씩 돌 때까지 둘은 별 말을 하지 않았다.

"선생님, 이거 외람스러운 말씀입니다만."

교장의 묵직한 눈길 때문에 교감은 얼른 말문을 열 수 없었다.

"계속하게."

그는 시선을 다시 바다로 돌리고서 교감의 말을 기다렸다.

"선생님께서는 지금까지 제 모든 일을 아시고 처리해주셨습니다. 그래서 드리는 말씀입니다. 앞으로 이 섬은 어떤 형태로든지 변할 것 같습니다. 섬이라고 하지만 옛날처럼 갇혀서 살아갈 수만은 없습니다. 그래서 저는 앞으로 이 섬을 다르게 생각합니다. 섬사람들이 언제까지 연안에서 고기나 잡고 굴이나 따면서 살아갈 수만은 없지 않겠습니까. 얼마 동안은 그런 대로 버틸 수 있을 것입니다만, 언젠가는 그런 생활이 한계에 부딪힐 것입니다."

말을 하면서 교감은 자꾸 교장의 심기를 생각했다. 그는 여전히 바다로만 눈을 준 채 아무런 내색도 나타내지 않았다.

"죄송한 말씀입니다만, 그래서 저는 이번 기회에 섬을 떠날 생각을 했습니다. 앞으로 아이들 교육문제도 있고, 지금까지는 제 선친이 지켜온 곳이라 떠난다는 것이 조상을 배반하는 것 같기도 해서 그저 교장 선생님을 의지해서 살려고 했습니다만……."

교장의 눈에서 번쩍 불이 튀었다.

"떠나?"

"예, 내신을 해주십시오. 학교에서 말씀드리려 했습니다만, 차마 말이 나오지 않았습니다. 마침 이렇게 저희 집을 찾아오셨으니 교감이라 생각하시지 마시고, 어린 제자가 투정부린다고 생각하셔서……."

육지부로 전근을 가겠으니, 교장의 의견서를 써달라는 청이다. 그는 자신의 뒤를 이어 교감이 이 섬에서 오래오래 교장 노릇까지 해줄 것을 기대했었다.

"순희도 떠나고 자네까지 떠나버리면……."

그는 울음을 삼키며 겨우 말했다.

"선생님, 선생님께서도 떠나십시오. 어디 이제는 지원하시는 곳 학교로 진출하실 수 있지 않습니까. 경력으로나 경륜으로 봐서 이 경기도 초등계에서야……."

송 교감의 말이 들리지 않았다. 나에게 떠나라는 말까지 하는 교감이 낯모른 사람처럼 생각되었다. 지금까지 궂은 일, 좋은 일 가리지 않고 내 일처럼 같이해온 처지였다.

"내 써주지."

그는 쉽게 응락하고 홀떡 일어섰다. 떠나는 사람 옆에서 술잔을 기울일 생각이 없었다.

"저녁이나 드시고 가십시오. 모처럼 이렇게 오셨는데."

교감은 인사말을 하면서도 일어서는 그를 다행스럽게 느꼈다. 그처럼 며칠 동안 망설이던 말을 해버렸고, 대답까지 받았으니 홀가분했다. 고무신을 끌고 교장 뒤를 쫓아가는데도 그는 뒤를 한 번 돌아보지도 않았다.

교장은 청송리 마을 전체가 낯설었다. 끌고 가는 자전거가 무겁고 거추장스러웠다. 뒤에서 교감이 따라오는 것을 알았으나 모른 체했다. 좁은 골목 길가에 늘어선 집들을 안 보려고 약간 고개를 쳐들어서 자전거 위에 올라앉았다. 눈앞에 뿌옇게 엷은 안개가 끼면서 머리가 텅 빈 듯이 아무 생각도 없었다. 몸이 자꾸 흔들리는 것 같아서 자전거가 불안했다.

용미개 근처에 이르니 자전거 페달을 밟는 게 힘들었다. 온몸에서 힘이 죽 빠져 털썩 주저앉고 싶고 속도 메슥거렸다. 교장은 겨우 고개를 올랐다. 눈앞이 탁 트여서 동서 해안이 한눈에 들어왔다. 이 용미개 마루턱은 바람이 거세어서 바람코지라고도 한다. 여름 한낮 찌는 더위에도 이곳에 이르면 한겨울처럼 바람이 싸늘하다. 청해산 한 자락이 용의 꼬리처럼 완만하게 바다 쪽으로 뻗어오다가 막 바닷가에 이르러서 꼬리를 한 번 펄떡거렸다 해서 용미개라 불려왔다. 기기괴괴한 모양으로 우뚝 서 있는 바위들이 절경이다. 길은 그 용의 꼬리 부분을 뎅겅 가로 잘라서 만들어놓았다.

교장은 자전거를 세워두고 바다를 바라보며 섰다. 바람은 얼굴을 모질게 핥아갔다. 그러나 햇살은 따스했다. 그는 추운 줄을 몰랐다. 청송리 쪽을 바라보다가 고개를 돌려버렸다. 혹시 교감이 뒤따라올까 두려웠다. 그때 어떤 여자가 이쪽으로 달려오고 있었다. 여자는 고개를 숙여서 누구인 줄 몰랐다. 허위허위 달려오던 여자가 우뚝 서 교장을 쳐다보았다. 그제야 그는 순희를 알아보았다.

"저 애가!"

교장은 못 본 척 자전거 손잡이를 잡았다.

"선생님!"

순희가 숨 막힌 소리를 고함처럼 지르며 달려왔다. 그는 덜컥 가슴이 내려앉았다. 그러나 그녀를 쳐다보지 않았다. 사람들이 두려웠다. 전에는 섬 어디서나 누구든 만나면 반가웠다. 아이들을 만나면 더욱 반가웠다. 그러기에 그가 한 번 동네에 나가면 인사 받기 바빴다. 교장 선생님, 안녕하십니까. 섬사람들은 그를 선생님으로, 삼촌으로, 아저씨로, 형님으로, 섬의 어른으로 대해주었다. 그런데 지금은 사람 만나는 일이 두렵다.

그러나 교장은 뒤따라 달려오는 순희를 알면서 자전거 페달을 빨리 밟을 수 없었다. 순희가 숨이 턱에 받히도록 헐떡이면서 자전거 옆에 따라붙었다. 그는 자전거에서 내렸다.

"선생님, 이거 제 성의입니다. 그동안 너무 고마웠습니다. 서울 가서도 열심히 공부하겠습니다."

그는 순희를 바로 쳐다보았다. 그녀는 고개를 숙인 채 큰 종이봉투를 내밀었다.

"이거 바삐 뜨느라고 잘 안 되었습니다만."

교장은 그녀의 얼굴에 아롱지는 눈물방울을 보면서 그것을 받았다.

"어델 가서도 열심히 살아라. 어려운 일이 있으면 알리고."

그 말을 잊지 말아달라는 당부처럼 생각하고 했다. 언제나 수줍은 듯한 얼굴로 철 따라 들꽃을 꺾어 화병을 아름답게 꾸미고 교장실에 먼지 하나 내려앉지 않게 마음 쓰던 그녀가 영영 곁에서 떠난다니 섭섭했다.

교장은 훌쩍이는 순희 곁에 더 있을 수 없어 자전거에 올라 페달을 힘 있게 밟으면서 뒤돌아봤다. 순희는 눈물을 글썽이며 멍청히 그를 쳐다보고 있었다.

6.

청해리 포구 앞 바다에 엊그제 큰 화물선이 들어와 정박해
있다. 아침이 되어 물이 들기 시작하자, 고깃배 모터보트 서너
척이 다가가 짐을 내려 싣고서 청송리 쪽으로 향했다. 모터보트
는 부지런히 화물선에서 짐을 받아 싣고 청송리로 운반했다. 그
러다가 11시쯤 되어 물이 써기 시작하자, 짐을 나르던 종선들
이 포구로 들어왔다. 백 교장은 교장실에서 바다를 내다보다가
그 화물선과 종선들이 궁금했다. 그러나 누구에게 물어볼 수 없
었다.

작년까지만 해도 섬 안에서 일어나는 일이면 공사를 막론하
고 그가 모르지 않았다. 일부러 알려고 하지 않아도 마을 어른
들이나 이장이나, 그들이 아니더라도 송 교감이 모두 알려줬다.
심지어는 어느 집에 부부 싸움한 이야기에서부터 누구의 아들
이 인천에서 연애를 해서 이제 곧 혼삿길이 트일 것이라는 말
까지 모두 들려왔다.

아침 직원회의가 끝나면 교감은 교장실에 들어와서는 의례
적으로 밤사이 섬에서 일어난 일들을 한담 삼아 말했다. 그리고
오후쯤 되면 마을 이장이나 유지들이 교장실로 드나들어와 교
감이 귀띔한 내용을 자세히 말했다.

세웅그룹 사람들이 드나들면서 섬사람들의 뭍 나들이가 잦

아졌다. 식구들 중에 한 사람이 취직되어서도 그렇고, 더러는 땅을 팔아 다른 살길을 마련하느라 아예 뭍으로 떠나버렸다. 하다못해 구멍가게를 하는 사람들까지도 뭍 출입이 빈번해졌다.

과거에 섬사람들이 그를 찾아와 모든 일을 말한 것은 그럴 필요가 있었기 때문이었다. 그 필요라는 것이 무엇인지 딱 꼬집어 말하지 않더라도 섬사람들은 교장의 주변을 맴돌면서 살아가는 것을 흐뭇하게 생각했다.

그런데 바깥출입을 하게 되고 세웅그룹 사람들이 드나들면서, 사람들은 교장보다 더 잘나고 더 덕을 볼 수 있는 사람들이 세상에 많다는 것을 알게 되었다. 더구나 그들은 교장의 말과 의견이 그들이 살아가는 데 별로 도움이 되지 않는다는 것도 깨닫게 되었다. 그보다는 오히려 이장이나 복덕방 주인, 하다못해 세웅그룹 사원을 가까이하는 것이 훨씬 실속 있다는 것을 알게 되었다.

"저 화물선은 무엇을 싣고 왔는가."

마침 교감이 들어오자 그는 바다에 떠 있는 배를 쳐다보면서 물었다.

"모르셨습니까? 세웅에서 청송리에 콘도를 착공할 모양입니다. 그 자재를 싣고 온 배랍니다."

교감은 전출한 송 교감 후임으로 부임한 화성군 출신이다. 승진되어 처음 발령을 받은 신참 교감이지만 세상 물정에 밝았다.

그는 아직도 교장이 그런저런 섬 사정을 모르고 있다는 게 이상했다.

"참 교장 선생님, 청해도가 천지개벽하게 되었습니다. 그 세웅그룹 변 회장이 보통 사업수단을 가진 사람이 아니랍니다. 이섬을 대대적인 해상관광단지로 만들겠다는 포부를 갖고 있답니다. 인천에서 불과 뱃길로 한 시간 남짓한 섬이 도시 사람들의 휴양지로 최적지라는 것이지요. 물이 좋고 산수가 수려하고, 해수욕장이 될 만한 모래밭이 있고, 낚시터로도 알맞고 모자람이 없다는 거지요."

교장은 듣노라니 짜증이 났다. 일부러 교감이 자기가 듣기 싫은 말을 골라가며 하는 것 같았다.

"그나저나 돈이란 게 있는 사람이 더 벌게 되는가 봅니다. 처음에 세웅에서 이 섬 땅을 확보할 때에는 사람들이 그를 보고 미쳤다고 했답니다. 송 교감네 돌섬을 비싼 값에 샀으니 말입니다. 그러고 나니 섬사람들이 다투어 땅을 사달라고 졸라댔고 그래서 약간 시세보다는 비싼 값에 사들였는데, 일 년도 못 가서 땅값이 그 몇 배로 뛰었으니 세웅 그 변 회장은 이제 그 땅만 팔아도 한몫 잡게 되었습니다."

교감은 이어 송 교감 이야기를 했다. 그의 이야기는 직원실에서도 화제이다. 섬을 팔아서 숙부와 반씩 나누어 갖고서 수원으로 가서 집을 샀는데, 그 집값마저 엄청나게 뛰었다. 발령도 수

원 시내로 받았으니 머리 잘 돌아가는 사람이라고 선생들 입에 오르내렸다.

"세웅그룹 변 회장 무서운 사람 아닙니까. 처음에는 섬 아이들 서울 구경 공짜로 시켜줘서 인심 얻은 후에 컴퓨터 몇십 대, 책 몇 권 사들고 와서는 200여 평짜리 강당을 한 채 지어주고 생색을 내더니, 이제는 섬을 절반이나 차지하게 되지 않았습니까? 보석 가진 어린아이에게 사탕 사주면서 그거 빼앗는 격입니다."

교감은 백 교장에게 은근히 그 책임의 일단이 있다는 투로 말했다.

"그때 교장 선생님은 그들의 호의를 별로 달갑게 생각하지 않았다는 말, 그래서 서울 구경도 안 가셨다고 들었습니다."

교장은 자리에서 일어나 창가로 가면서 교감에게 등을 돌려 버렸다. 교감이 더 말을 하려다가 잠잠했다.

"이 섬도 이제 곧 외지 사람들이 모여들어 법석을 떨 겁니다. 여름이나 주말만 되면 복잡하고 야단스럽게 될 겁니다. 혹시 그 바람에 정기적으로 여객선이 다닐지도 모르지요."

교장은 그런 말들이 하나도 들리지 않았다. 순간 송 교감의 당찬 모습이 스쳐지나가더니 다음에는 순희 모습이 나타났다. 토요일이나 일요일에 낚시꾼들을 싣고 온 배가 보일 때마다 교장은 그녀를 생각하곤 했다.

순희는 떠난 그해 가을까지는 종종 얼굴을 나타냈다. 작년 여름에는 회사 사람들과 같이 와서 며칠을 지내러 찾아오기도 했다. 그리고 작년 겨울에 실시한 대입검정에 합격을 했고, 겨울에는 야간대학에 들어갔다는 편지를 받았다. 음력설에 그녀가 고향에 왔을 때 그는 딸을 만난 것처럼 반가웠다. 그런데 금년 들어서는 편지도 뜸해졌고 출입도 없었다.

교감이 나가버리자 교장실은 갑자기 조용했다. 며칠 후면 여름방학이 시작된다. 아이들이 쉬게 될 학교는 한여름 동안 오랜 잠에 빠져 있을 것이다. 그러나 그는 매일 출근한다. 뭍이 고향인 선생들도 떠나고 나면 그가 학교를 지킨다. 이번 여름에도 피서객들이 몰려와 섬이 들끓을 것이다. 몇 년 전까지만 해도 낚시꾼 정도가 드나들었는데, 최근에는 사람들이 심심찮게 몰려들었다. 작년에는 세웅그룹이 청송리에 방갈로를 지어놓으면서 그 그룹 직원들로 섬은 만원이 되었다. 사람들이 몰려들수록 그는 더 외로웠다.

젊은 여자가 운동장으로 들어섰다. 긴 차양을 한 모자를 쓰고 폭이 넓어 펄렁이는 물빛 스커트와 소매 없는 윗도리 차림이 섬에서는 못 보던 여자였다. 여자는 천천히 걸어오면서 학교 주변을 두리번거렸다. 그러다가 운동장 가운데쯤 와서 모자를 벗어 들었다. 창밖을 내다보던 그는 "순희야" 하고 부르려다가 멈칫했다. 그 모습이 예전과 달랐다.

"교장 선생님."

여자가 창가로 잰걸음으로 달려오면서 소리 지르듯 불렀다. 백 교장은 빙긋이 웃으면서 달라진 그녀를 건너다보았다. 순희는 직원실로 들어오지 않고 화단을 건너뛰어 교장실 창 밖으로 다가왔다.

"안녕하셨어요?"

교장은 그녀의 인사를 받고도 아무 대답도 하지 못했다. 전혀 그 모습이 생소했다. 솜털이 보송보송 났던 얼굴은 짙은 화장으로 꾸며 있었다. 긴 손톱에 칠해진 주홍빛 물감이며 그려놓은 눈썹이, 이따금 수협 사무실에서 보았던 여성잡지 모델같이 보였다.

순희는 교장실로 들어왔다.

"교장 선생님, 그동안 많이 늙으셨습니다."

그는 손님처럼 앉아 있는 순희를 가까이서 보니 더욱 낯이 설었다.

"참 많이 컸구나."

그는 많이 변했다는 것을 이렇게 말했다. 이런 때는 '예뻐졌다'고 해야 하는데, 생각은 하면서도 말이 되지 않았다.

"학교는 잘 다니냐? 회사도 할 만해?"

"예."

순희는 교장실이 너무 쓸쓸해 보였다. 화병이 교장실 서류 상자 위에 덩그러니 놓여 있다.

"이제 곧 여름방학이네요."

"그래, 토요일부터 방학에 들어가거든."

순희는 방학이 되어도 매일 출근할 교장을 생각했다. 참 갑갑한 생활이다. 그렇게 마음이 넓고 실력도 있으신 분이 왜 이 섬에서 일생을 썩히시는 걸까, 생각해보았다.

"방학엘랑 한번 서울을 다녀오시지요. 회장님도 그런 말씀하시던데요."

"뭘 허려고 서울 가. 오히려 서울 사람들이 섬으로 오는 판인데."

순희는 고집이 여전한 그를 답답하게 생각하였다.

"이거 교장 선생님, 몸에 맞으실지 모르겠네요. 모시 내의입니다. 이건 사모님 화장품이에요."

순희는 선물 상자를 내놓았다.

"뭘 이런 것을……. 이러면 찾아오는 데 부담이 되어서 발길이 어려워진다고."

"아니에요, 전 자주자주 찾아오겠어요."

그는 움직이는 순희 입술을 쳐다보며 생각했다. 참 착한 아이다. 서울 가서 외모는 변했지만, 속마음은 변하지 않았구나.

말이 잠시 끊어졌다. 교장은 할머니 안부를 물었다. 언젠가 청송리 마을로 나들이 갔을 때, 그 노파를 본 적이 있다. 너무나 섬뜩해서 말도 걸어보지 못하고 달아나듯 비켜나와버렸다.

교감과 새로 부임한 선생들에게 섬 안내를 하기 위해서 드나들고 싶지 않은 청송리를 간 적이 있다. 선생들은 섬 절경에 탄복했고, 교감은 전임 송 교감 이야기를 했다. 교장 선생님도 이 섬을 떠나세요. 가지신 토지의 절반만 팔아도 뭍에 가서 어엿하게 지내실 수 있지 않습니까. 이 청송리에 콘도가 들어선다는데요. 세웅그룹 사장이 땅 보는 데는 도가 트였다면서요. 새로운 교감이 교장보다 더 아는 것이 많았다.

그는 이장을 만나서 새로 부임한 교원들을 소개해주고 나오는데, 이상하게 뒤통수가 섬뜩해서 뒤돌아봤다. 포구로 내려가는 길가 편편한 너럭바위 위에 어떤 노파가 앉아서 그들 일행을 노려보듯 했다. 까맣게 탄 얼굴을 반쯤 가린 허연 머리칼이 바닷바람에 어지럽게 휘날렸다. 그는 눈곱이 끼어 있는 노파의 좁은 눈 가장자리에 고여 있는 물기를 보았다. 노파는 사람들을 보더니 눈길이 팽팽해졌다. 아들과 며느리와 순희의 얼굴이 떠올랐다.

"아이고, 우리 선생님."

노파는 그를 알아보고 소리를 지르면서 너럭바위에서 일어나서는 선생들 앞으로 다가오다가 홱 몸을 돌려 포구 쪽으로 달려갔다. 두 손으로 넓게 반원을 그리면서 활개치듯 내려가다가 다시 우뚝 멈춰 서더니 홱 돌아서 눈을 부라리고 뭐라고 중얼거렸다.

"동네에 낯선 사람이 나타나면 늘 저러지요. 아들과 며느리를 기다리는 모양입니다."

이장이 말했다. 그는 서둘러 그 자리를 피하면서 순희에 대한 불길한 예감이 스치곤 했다.

"앞으로 회사에서 이곳에 여러 사업을 할 예정입니다. 콘도 공사도 곧 시작할 겁니다. 그러면 제가 자주 드나들게 되고, 종종 교장 선생님을 뵙겠습니다."

순희는 자리에서 일어났다. 점심이나 같이하지. 괜찮습니다. 자재를 싣고 온 과장님을 제가 안내해야 합니다. 이곳에는 큰 식당이 없어서 손님 모시기가 어렵네요. 선생님, 건강하세요. 다시 오겠습니다.

교장은 방을 나가는 순희의 뒷모습을 소파에 앉은 채로 바라보았다. 점심시간도 가까웠으니 순희와 같이 교문까지 나갔다가 집으로 들어가고 싶었으나, 전혀 몸이 움직여지지 않았다. 순희가 지금 운동장 한가운데쯤 가서 다시 교장실을 뒤돌아보고 있을 거라는 생각을 하면서도 그는 소파에서 일어나지 않았다. 그녀가 교문을 나서는 뒷모습을 보고 싶기도 했으나 그대로 앉아 있었다. 문이 닫혔다. 그녀가 영영 다시 이 교장실을 찾지 않을 것이라는 예감이 순간 그의 뇌리를 스쳐 지나갔다.

7.

　말복이 지났는데도 더위는 여전했다. 아침마다 방송국 기상 캐스터는 신바람 나게 최고치를 바꾸는 수은주의 높이를 말했다. 그 덕분에 예년에 없는 피서 인파가 이 청해도까지 몰려들었다. 섬은 바글바글 끓었다. 그 바람에 배를 가진 사람들은 낚싯배 삯을 받아 수입을 올렸다. 미리 피서객을 받을 준비를 한 집들은 민박을 쳐서 돈을 벌었다. 개발위원회에서는 모래밭에 텐트 치고 자릿세를 받는 등 피서객의 호주머니를 털어내는 방법을 강구했다.

　여름 내내 학교도 시달렸다. 숙박시설이 모자라자 학교를 기숙지로 빌려달라고 해서 거절하지 못했다. 학교만이 아니다. 학교 뒤 잔디밭이 온통 야영장이 되어버렸다. 우선 시급한 것은 대소변 처리였다. 마을 청년들을 동원해서 잔디밭에 텐트를 치지 못하도록 감시하기도 했다.

　백 교장은 개학을 앞두고 학교를 정리하기 위해 사람들을 데리고 일을 시작했다. 신축한 청세관 2층으로 올라갔다. 청해도와 세웅그룹의 첫 자를 따서 지은 이름이다. 1~2층은 강당처럼 쓰도록 터 있고, 3층은 도서정보실로 쓰고 있다. 한여름이지만 위층에 올라가 앉으면 시원했다. 더구나 파란 바다가 눈앞에 쫙 펼쳐져서 전망이 더할 나위 없이 좋았다.

그는 여름 내내 학교 도서실에 와서 공부도 하고 놀기도 하는 아이들을 보면서, 세웅그룹에서 이 건물 지어준 것을 고맙게 생각했다. 돈이라는 것이 이렇게 좋은 것이로구나, 어쩐지 그간 이상한 눈으로 그들을 대했던 것이 미안하기도 했다.

그는 책 읽는 아이들 얼굴을 하나하나 살펴보다가 건물 뒤 잔디밭으로 나왔다. 여름 내내 사람들이 들락거려서 군데군데 잔디가 망가져 있었다. 일꾼들에게 일일이 작업지시를 하면서 그는 해신당까지 올라갔다. 그런데 해신당 앞에 앉아서야 그는 이상한 변화를 보았다. 청세관 건물이 청해리 포구를 가려버렸다. 전에는 이곳에 앉으면 마을 집집이 한눈에 들어왔는데, 이제는 겨우 포구 끝 방파제만이 보였다. 순간 그는 가슴이 덜컥 내려앉았다. 해신당에서 포구가 안 보인다면 이것은 문제다. 이제 그 해신당신은 섬사람들이 나가는 것을 감시하지 못하게 되었고, 나갔던 사람들이 돌아오기를 기다릴 수도 없게 되었다.

교장은 맥이 풀렸다. 지금까지 청세관이 준공된 후 여러 번 이곳을 드나들었으나, 한번도 이 사실을 확인하지 못한 것이 이상했다. 그는 무슨 급한 일이라도 있는 것처럼 서둘러 산을 내려왔다. 눈앞이 뿌옇게 흐려졌다. 갑자기 신이 난 듯이 부풀어 오른 청해리 마을과 포구가 죽은 마을처럼 생각되었다. 고삐 풀린 망아지 모양 멋대로 날뛰다가 바다 속으로 뛰어들어 익사해 버릴 듯한 섬이 두려워지기 시작했다. 이미 그 증상이 나타났는데도 교장은 오늘에야 그 사실을 알게 되었다.

"교장 선생님, 세웅그룹에서 오늘 열두 시에 기공식이 있답니다. 가보셔야지요."

일을 마치고 일꾼들을 돌려보낸 교감이 교장실로 들어섰다.

"기공식이라니?"

"아니, 어제 안내장 보시지 않으셨습니까. 청해콘도 기공식을 한답니다."

교감 말을 듣고 보니 안내장을 받은 기억이 났다. 이제는 안내장 한 장으로 일을 처리하는 그룹 측의 처사가 서운했다. 변 회장이 직접 찾아올 법도 한데, 요새 그는 섬을 자주 출입하면서도 그와 만나는 일이 별로 없었다. 혹시 섭섭한 일이라도 있는가 생각했다.

교장은 별로 가고 싶지 않았으나 교감과 같이 기공식장에 참석하기로 했다. 11시가 조금 넘은 대낮 더위는 무더웠다. 자전거 페달을 밟기도 힘이 들었다.

"이제는 청해도가 완전히 관광지가 되었습니다. 이렇게 된다면 더 많은 시설이 필요할 텐데, 변 회장 그 콘도 사업 잘 생각했는데요. 아마 그 부지도 내버린 땅이라고 몇 푼 안 주고 구입했을 것이고, 참 그 허가 받는 데도 어려웠을 텐데……. 그래도 쉬운 사람들에게는 모든 일이 쉽습니다. 서울 놈들이나 다 해먹게 되었으니 말입니다, 원."

그는 교감의 말을 건성으로 들으면서도 모두 옳다고 생각했다. 금년 봄이 지나면서부터 술집이 늘고 다방도 하나 생겼고, 길가에 나앉은 집은 구멍가게로 내놓은 경우도 많았다.

"이거 술집이 많아서 문제입니다. 저러다 보면 여자들도 데려다놓게 될 것이고, 하여튼 사람 모이는 곳에 여자 따르니."

교감은 외지에서 온 총각 선생님들이 집을 구하기 어렵게 되었다고 걱정했다.

기공식은 콘도가 자리 잡을 터에 지하공사를 하기 위한 발파 작업으로 시작되었다. 교장은 변 회장의 간곡한 청에 못 이겨 흰 장갑을 끼고 기공 삽질하는 데 참여했다. 삽을 든 인사는 변 회장네 부부와 군수, 시공을 맡은 회사 사장, 그리고 청해도 주민 대표로 백 교장과 노인 한 사람이었다. 변 회장이 스위치를 누르자 섬을 뒤흔드는 폭파음이 울렸고, 마을 뒤 경사진 언덕에서 연기가 하늘로 올라갔다. 이어 삽을 든 사람들이 다가가 흙을 한 삽씩 더 던졌다.

축하연이 시작되었다. 모인 마을 사람들에게는 마른안주와 맥주가 나왔고, 큰 기념타월도 한 장씩 나누어주었다. 변 회장은 몇몇 유지들과 삽을 들었던 사람들을 공사 사무실로 쓰는 방갈로로 안내했다. 절벽을 끼고 백사장에 맞붙이도록 2층으로 지었는데, 위층은 사무실이다. 짓는다는 소문을 들었으나, 그는 처음 와보았다.

꽤 넓은 홀 가운데 놓인 너른 탁자 위에는 음식과 술이 준비되어 있었다.

"이제 이 콘도가 완성되는 날에는 청해도도 아주 달라지게 될 것입니다. 일 년 사철 사람들이 끊이지 않을 것이니, 그들이 남겨놓고 가는 돈이 얼마겠습니까."

교장은 아까 변 회장이 주민들에게 자랑스럽게 한 말이 떠올랐다. 정말 사람들 발길이 끊이지 않을 테지. 금년 여름에 이 청송리 사람들이 괜찮게 돈맛을 보았다는 소문을 들었다. 이미 식구가 적은 집은 방을 한두 개 도배하여 민박으로 내놓았다. 그래서인지 마을이 환하게 달라졌다.

"교장 선생님."

순희가 그의 옆으로 다가왔다. 소매 없는 윗도리에 짧은 바지를 입고 발가락이 다 보이는 슬리퍼를 신었다.

"오신 줄 알면서도 제가 준비를 하느라고 뵙지 못했습니다."

그녀는 옆으로 바싹 다가와서 반가워하였다. 교장은 그녀가 전혀 낯설었다. 예전 순희가 아니었다. 짧은 바지를 입은 키가 훤칠한 몸매와 가무잡잡하게 그을린 동그스름한 얼굴과 슬리퍼를 신어 내보인 발톱에는 페디큐어가 빨갛게 칠해져 꼭 여성 잡지 표지 얼굴이었다. 모여 있는 사내들 시선이 온통 그녀에게 쏠렸다.

"미스 송, 여기 좀 와봐요."

안경을 쓰고 하늘색 원피스를 입은 회장 부인이 순희를 불렀다. 그녀는 황급히 옆방으로 들어가버렸다.

"교장 선생님, 이리로 오십시오."

변 회장이 그의 손을 잡고 방 가운데 있는 탁자 주위로 갔다.

"자, 샴페인을 터뜨리십시다. 우리 청해도와 세웅의 영원한 우의와 발전을 위해서."

변 회장이 샴페인 병을 백 교장에게 내밀었다. 그는 얼떨떨했다. 의외의 장소에서 낯선 모습으로 나타난 순희 때문에 머리가 어지러워 있는데, 생전 처음으로 샴페인을 터뜨리라니 더욱 곤혹스러웠다.

"아니, 제가 무슨 주인이라고."

교장은 손을 내저으면서 물러섰다.

"그래도 교장 선생님 덕분에 우리 세웅이 여기에서 이 큰일을 하게 되지 않았습니까."

회장은 일부러 주위 사람들이 다 들으라는 듯이 큰 소리로 말했다.

"아니, 이 무슨 망발인고."

교장 얼굴이 굳어졌다. 그러나 이 자리에서 회장의 말을 정정할 수 없었다. 그는 어이가 없었다. 자리를 뛰쳐나오고 싶었으나 체면 때문에 어쩔 수 없었다. 그가 주춤거리면서 뒤로 물러나자, 변 회장은 샴페인 병을 군수에게 갖고 갔다. 펑펑펑. 샴페

344

인이 터지면서 거품을 뿜어내자 사람들은 박수를 쳤다.

"교장 선생님, 한 잔 하셔야지요."

변 회장이 반쯤 남은 샴페인 병과 잔을 들고 그에게 다가왔다. 교장은 무표정하게 잔을 받았다.

"자, 우리 청해도와 세웅의 영원한 우의와 발전을 위해서."

사람들은 잔을 높이 들었다.

교장은 한 모금 마시고는 그냥 창밖으로 눈을 주었다. 이 청송리가 온통 세웅그룹 천지가 되는구나. 하얀 모래밭에 나돌아다닐 수영복 입은 서울 사람들 모습이 선했다. 그 속에 순희도 거의 벗은 모습으로 다닐 것이다. 순희뿐이 아니다. 청송리 처녀들도 나돌아다니겠지. 밤마다 모래밭과 솔밭에서는 사람들의 고함이 터질 것이고, 저 콘도라는 집에서는 어떤 일들이 벌어질 것인가. 생각할수록 가슴이 답답했다. 어쩌다가 이렇게 되었는가. 민박 좀 해서 돈맛 보고, 한여름 자릿세 받아 마을 경비에 쓴다고 사람들 살림이 나아지는 것은 아닌데, 마을과 섬은 온통 난장판이 될 것이다.

"선생님, 무슨 언짢은 일 있으세요."

순희가 곁으로 다가와서 근심 어린 눈길로 물었다. 그녀도 노란 맥주잔을 들고 있었다.

"제가 선생님께 한 잔 권해드릴까요. 저, 많이 변했죠. 서울 가서 살다보니 그럴 수밖에 없었어요."

순희의 빨간 입술이 오물거렸다. 그는 꿈을 꾸는가 생각했다. 들꽃을 꺾어와 화병에 꽂으면서도 부끄러워하던 아이가 어느새 너무 성숙한 여자로 앞에 서 있었다. 교장이 무심결에 잔을 내밀자 잔 가득히 술이 채워졌다.

8.

새 정부가 들어서더니 교원 정년 단축에 대한 소문이 나돌았다. 그러나 교장은 그 일에 관심을 쓰지 않았다. 순희에 대한 안좋은 소문이 오히려 걱정되었다. 콘도 공사가 시작되면서 그녀는 토요일마다 회장의 밤낚시에 따라왔다. 그러나 교장실에 들르지는 않았다. 선생들이나 마을 사람들 입에서 순희를 향한 부러운 소문들을 많이 만들었다. 사람들은 순희를 두고서 서울로 가고 봐야 한다는 결론을 내렸다.

교장이 점심을 하러 관사를 가는데, 포구로 들어오는 배에서 울긋불긋한 옷을 입은 낚시꾼이 내렸다. 손님을 내린 배가 포구를 떠나는데, 내리지 않고 뱃전에 기대선 사람들 중에 변 회장과 순희가 보였다. 그는 안 볼 것을 본 것처럼 눈길을 돌려버렸다.

며칠 전이다. 교장은 직원실로 들어서려는데 선생들이 떠드는 소리가 들렸다. 순희가 변 회장 비서라면서? 비서? 비서 좋아하네. 말이 비서지 무슨 비서야, 세컨드라고 하던데? 그 말도 맞겠군. 낚시터에서 무슨 비서가 필요해? 에끼 사람들, 어디서 허튼소리 들었어. 허튼소리라고? 청송리 사람들이 눈에 시도록 봤다는데. 섬에 회장이 올 때마다 순희가 따라오고, 밤에도 붙어 지낸다면서. 자네가 봤어? 제 눈으로 안 본 것 말하지 말게. 교장 선생님이 들으시면 역정 내시네.

교장의 가슴에는 교육대학을 졸업하고 이곳 초등학교에서 교편을 잡아주었으면 기대했던 순희가 여전히 살아 있었다.

가을바람이 전에 없이 거세었다. 10월 중순이라 날씨가 맑고 하늘이 높을 때인데, 어제 저녁부터 바람이 불어닥치더니 새벽녘에는 비까지 내렸다.

교장은 잠자리에서 일어나는 즉시 학교로 나왔다. 일요일인데 오늘 오후에 각 마을 원로회의를 열기로 되어 있다. 젊은 이장들에게 연락을 할까 하다가 그가 직접 했다. 요즈음 젊은 사람들은 예전 같지 않았다. 그는 남이 싫어하는 일을 시키지 않는다. 원로 회의에서 해신당제를 하기로 생각해두었다. 이미 몇몇 어른들과 의논했다. 그동안 섬이 조용하여 당제를 지내지 않았다. 당제를 하게 되면 흩어졌던 섬사람들 마음을 한데 모을 수 있으려니 믿었다.

바람이 점점 거세어졌다. 마을 집들이 바람 때문에 꼭꼭 숨어 있듯이 조용했다. 포구에는 집채만한 파도가 방파제 위를 넘쳐 들고 있었다.

일요일이라 학교 안은 조용하니 바람 소리뿐이었다. 학교 관리를 맡은 직원도 아직 출근하지 않았다. 그는 바람에 몸이 휘청거리는데도 학교를 한 바퀴 돌았다. 문단속을 잘 하지 않아서 비라도 들이쳤는가 살폈으나 별 이상이 없었다. 청세관을 돌아보기 위해 본관 뒤로 돌아갔다. 높직한 건물이라 바람도 더 받았다. 문단속이 잘되어 있었다. 교장은 올라간 김에 잔디밭 건너에 있는 해신당까지 돌아보고 싶었다. 마을 수호신으로 모시기는 하면서도 요즈음에는 사람들 관심이 떠나 있다.

그는 중턱을 오르다가 바람에 힘이 부치고 숨이 차서 몸을 돌려 포구 쪽을 내려다보았다. 청세관에 가려서 포구가 보이지 않았다. 순간 가슴이 답답했다. 교장은 약간 서쪽으로 비켜서서 아래를 내려다보았다. 학교와 포구가 제대로 보였다. 그리고 운동장으로 어떤 여자가 들어오고 있었다. 바바리코트를 입었는데 그 앞자락이 바람에 너풀거렸고 흐트러진 머리카락이 날리는 바람에 여자의 온몸이 온통 흔들리는 것 같았다. 여자가 학교 건물에 가려서 보이지 않았다. 그는 일요일 이른 아침에 학교를 찾아오는 여자의 정체가 심상치 않게 생각되었다. 어찌 보면 미친 여자 같기도 했다.

그는 서둘러 아래로 내려왔다. 여자는 보이지 않았다. 이상하다고 생각하면서 학교 건물 뒤에서 우측을 통해 교실 앞으로 돌아갔다. 아무도 없었다. 허깨비를 보았는가 그렇게 생각하면서 현관 앞으로 다가가는데, 교장실 앞 국기 게양대와 화단 사이에 쪼그려 앉은 여자의 뒷모습이 보였다. 그녀는 교장실을 향해 고개를 숙여 얼굴을 숨기고 있었다.

"누구요, 이 새벽에."

교장은 술집 여자가 어슬렁거리는 줄 알았다. 그런데 여자는 기척을 안 했다.

"여보시오. 무슨 일인데, 이 새벽에."

그렇게 말하면서 여자에게 다가가는데, 이상하게 긴 머리와 하얀 목덜미가 눈에 익숙했다. 그때 흐느끼는 소리가 들렸다. 그는 마음에 부담이 되었다. 술집에서 일하다가 화가 나서 약이라도 먹지 않았는가. 아니면 총각 선생과 이상한 관계로 일부러 학교에 와서 일을 벌이려는 것이 아닌가. 최근에 섬이 하도 달라졌기에 몇 년 전만 해도 전혀 예상할 수 없는 사태를 상상했다. 그런데 여자의 뒷모습이 섬뜩하게 다가왔다. 순희였다.

"순희 아냐!"

그는 버럭 소리를 질렀다. 여자의 어깨가 몹시 흔들렸다. 막상 순희라고 확인하니 더욱 처신이 막막했다. 생각 같아서는 얼른 등을 안아 일으켜 교장실로 들어가고 싶었으나, 어쩐지 손대기가 두려웠다. 이제는 옛날의 순희가 아니다. 하얀 목덜미 위에서 바람에 흩날리는 노란 머리카락을 보는 순간 변 회장 얼굴이 떠올랐다.

교장은 슬며시 물러서버렸다. 그녀를 바로 볼 수 없을 것 같았다. 순희가 아닐지도 모른다. 그는 운동장으로 나오면서 자꾸 뒤돌아보고 싶었으나 참고 교문을 나와버렸다. 파도가 방파제를 뒤덮으면서 포구 안으로 밀려들어왔다. 배들이 오금을 못 펴고 쭈그려 앉아 있었다. 순희 일이 궁금했다. 이른 아침에 학교까지 와서 무엇을 하려는 것인가. 왜 세웅그룹 비서실에서 있지 않고, 이 섬으로 돌아왔을까? 지난 토요일 낚시패들과 함께 와서 밤새 술이라도 마시다가 학교 생각이 났던 것인가?

그는 순희를 만나 사정을 듣고 싶어서 되돌아섰다. 그녀 모습이 눈에 안 띄었다. 그는 교장실로 들어왔다. 순희라면 틀림없이 이 방으로 들어올 것이다. 바람에 문이 덜커덩거리기만 해도 깜짝깜짝 놀라면서 순희가 들어오는가 했다. 밖으로 나가 직접 찾아보고 싶었지만 흐트러진 모습을 보게 될까 두려웠다.

"불이야!"

그는 환청처럼 들었다.

"교장 선생님!"

교장실 문이 벌컥 열리더니 관리 직원이 겁먹은 얼굴로 더듬거렸다.

"해신당에 불이 났습니다. 거센 바람에 불길이 학교로……."

그는 직원을 따라 밖으로 나갔다. 청세관 뒤를 돌아 오르는데 해신당은 불길에 휩싸여 보이지 않았다.

"저 여자 보십시오."

교장은 정신없이 불길에 사라져가는 해신당을 바라보고 있는데, 불길 뒤에 한 여자가 산 정상을 향해 달려가고 있었다. 바바리코트 자락과 긴 머리카락이 바람에 날리면서, 마치 미친 사람처럼 산을 오르고 있었다.

마을 사람들이 모여들었다.

"저 여자가 해신당에 불을 지른 거 아닙니까?"

지서에서 온 경찰관 둘이 교장을 쳐다보더니 산으로 여자를 쫓아갔다. 바람이 좀 잔잔해지면서 불길도 수그러졌다. 해신당은 순식간에 완전히 사라져 담벽만이 엉성하게 드러났다. 모락모락 피어오르는 연기를 보는 순간 교장은 정신이 몽롱해졌다. 그는 비틀거리면서 산언덕을 내려왔다.

교장은 이틀째 출근을 하지 못했다. 평생 교직에 근무하면서 병으로 결근하기는 처음이다. 자리에서 일어나려면 불타는 해신당과 그 속으로 뛰어들어가는 순희 모습이 크게 확대되어 눈앞을 덮쳤고, 때문에 눈이 어질어질하고 현기증이 나서 한 발자국도 옮겨놓을 수 없었다. 그날 경찰에 붙잡힌 순희는 방화 혐의로 경찰서로 넘어갔다는 소식을 들었다.

교장은 어서 일어나야 마을 원로회의를 소집하여 해신당을 복원할 의논을 해야 할 텐데 생각했다. 이참에 해신당을 새로 짓고, 이것을 기회로 섬사람들 생각을 되돌려놓아야겠다고 작정했다. 내가 나서면 그동안 섬사람들의 생각을 되돌려놓을 수 있다고 자신했다.

결근하고 사흘째 되는 날 인천에 사는 큰아들이 왔다. 아들은 아예 이 기회에 여기를 떠나자고 제 어머니를 설득했다.

"어머님, 아버님께 말씀드리세요. 이참에 살림을 옮기십시다. 어머님이 나서시면 아버님도 어쩔 수 없으실 것입니다. 어머님, 일평생 아버님께 순종하시지 않으셨습니까? 결단을 내리십시오. 이제 손자손녀들 재롱을 보고 싶지 않으세요?"

교장 부인은 아무 말도 하지 않았다. 그의 고집을 꺾을 자신이 없었다.

"내 생각 같아서는 나 혼자라도 너희 따라 가고 싶다만······."

부인이 한숨을 쉬었다.

퇴근 시간이 되어서 교감이 관사로 찾아왔다. 하루에 한 번씩 교감은 관사에 들러 학교 일을 보고했다. 그는 병석에서도 업무를 보고 있었다.

교감은 누워 있는 그의 옆에 앉더니 들고 온 봉투를 내밀었다.

"교장 선생님."

"뭔가?"

"정년 단축으로 내년 2월에 퇴임하실 명단이 내려왔습니다.
퇴임시까지 몇 달 안 남으신 교장 선생님들께 휴가를 하시도록
내려왔습니다."

옆에 앉았던 아들이 얼른 그 공문을 받고 줄줄이 이어진 이
름들 가운데 아버지 이름을 찾았다.

"잘 되셨습니다."

아들은 기다렸다는 듯이 일어났다.

"아직도 하실 일이 많으신데 이렇게 떠나시면……."

교감은 말로는 섭섭해 하면서도 속으로는 후련하였다.

"이제 내가 이 섬을 떠나야 해?"

교장은 역정을 내듯 소리를 질렀으나 그 소리는 입 안에서
만 맴돌았다.

섬, 그 욕망의 정치학

이재복(문학평론가, 한양대 국문과 교수)

1. 섬과 운명의 형식

현길언에게 '제주도란 무엇인가?'는 곧 '소설이란 무엇인가?'와
맞먹는 무게를 지닌다. 그의 태생이 제주도라는 사실은 작가에게
하나의 무의식적인 심리 기제로 작용하면서 그의 소설의 정체성
을 형성해왔다고 할 수 있다. 어느 작가에게나 이러한 무의식적인
심리 기제가 작동하지만 그것이 좀 특별한 경우가 있는데 그가 바
로 그렇다. 그에게 제주도란 단순히 물리적이거나 고정적인 차원
의 의미를 넘어 끊임없이 살아 움직이는 의식의 흐름 그 자체라고
해도 과언이 아니다. 이 흐름은 작가로 하여금 한시라도 제주도로
부터 떠나는 것을 용납하지 않을 뿐만 아니라 그것과 관련된 새로
운 의미 생산의 과정을 검열하고 또 통제하기까지 한다. 이런 점에
서 볼 때 작가의 의식 저변에 굳건히 자리하고 있으면서 그의 소설
세계를 형성하는 가장 중요한 원천인 제주도는 그에 의해서 발견
되고 들춰지는 그만큼만 우리 앞에 그 모습을 드러낸다.

작가에 의해서 탈은폐 되는 제주도에 우리가 주목해야 하는 이유는 그것이 제주도라는 섬의 특수함을 넘어 인간이나 존재 일반의 보편성을 지니고 있기 때문이다. 그가 드러내는 제주도가 섬과 섬사람들의 이야기 차원을 넘어서지 못한다면 굳이 우리가 그의 소설에 귀 기울일 일이 없을 것이다. 하지만 그가 형상화하고 있는 제주도에는 그 어떤 소설적 대상보다도 치열한 인간과 존재 일반에 대한 이야기가 내재해 있으며, 특히 제주도라는 섬이 태생적으로 지니고 있는 '주변'과 '변방'의 존재성은 '중심'과 '중앙'과의 관계 속에서 역설적으로 더 치열하고 보편적인 문제의식을 불러일으키기에 이른다. 중심이나 중앙에 있을 때 보지 못하거나 가지지 못하는 세계의 면면은 주변이나 변방에 있을 때 그것을 보거나 가질 수 있는 것이 사실이다. 세계에 대한 보다 깊이 있고 참신한 이해를 위해서 우리가 가져야 하는 것이 바로 아웃사이더적인 의식이며, 이러한 의식의 소유자는 결코 세계에 함몰되지 않고 그 세계를 객관적으로 반성하고 성찰할 수 있는 태도를 견지한다.

　안과 밖의 경계에서 하나의 세계를 들여다본다는 것은 언제나 불안을 전제하는 것이지만, 그 불안으로 인해 대자적인 의식을 통한 세계와의 긴장을 획득할 수 있게 된다. 작가에게 제주도는 대자적인 의식을 가능하게 하는 '거울'과 같은 존재라고 할 수 있다. 자신의 존재를 거울과 같은 제주도에 투영시킴으로써 아무리 숨기려고 해도 숨겨지지 않는 자신의 '얼룩'을 늘 대면하게 된다. 이 얼룩 때문에 그는 불안을 앓고 또 괴로울 수밖에 없다. 제주도가 거기에 버티고 있는 한 그는 그곳으로부터 벗어날 수 없을 뿐만 아니라 설령 벗어난다고 해도 그것은 죽음을 통해서나 가능한 일이다. 이것은 그의 의식이 제주도로부터 벗어나려고 하는 욕망과 동시에, 그럼에도 불구하고 그곳으로부터 결코 벗어날 수 없다는 이중적이고 양가적인 상태를 드러내고 있다는 것을 말해준다. 그의 의식의 추가 제주도와 제주도를 벗어난 뭍 혹은 육지 사이에서 끊임없이 진동하고 있다는 사실은 그의 소설이 은폐하고 있는 세계의 이면을 들춰내는 중요한 징표라고 할 수 있다.

　이러한 일련의 사실은 그의 소설과 글쓰기가 지니고 있는 운명적인 형식으로 볼 수 있다. 우리가 '왜 내가 여기에서 이 사람들한테서 태어났느냐'고 항변할 수 있지만 그것을 어쩌지 못하는 것처럼 그에게 제주도 역시 태생적인 운명 그 자체인 것이다. 어쩌면 그가 태생적으로 지니고 있는 운명은 중심과 주변 사이의 갈등과 대립, 경계인 혹은 아웃사이더로서의 불안과 공포, 타락하고 부조리한 상황에서의 진정한 가치 추구 등 진정한 소설의 세계를 닮았는지도 모른다. 이런 점에서 그의 소설은 세계와의 화해를 겨냥하지만 손쉽게 해결되거나 해피엔딩으로 귀결되는 법이 거의 없다. 우리는 종종 세계와의 화해를 도모하려는 소설에서 그것의 진정성을 의심하는 경우가 있다. 세계에 대한 치열한 탐색과 반성이 없는 섣부른 화해나 작가에 의해서 의도된 화해는 불화의 이면에 존재하는 세계에 대한 많은 진실을 은폐하거나 훼손한다. 그의 소설이 보여주고 있는 세계와의 불화는 과거형이 아닌 현재진행형이다. 그에게 제주도는 하나의 소설적 대상으로 존재하기보다는 그의 삶의 과정 혹은 연장 선상에 있다. 그 자신이 제주도가 되고 또 그 세계의 의식이 되는 상태를 그의 소설은 보여주고 있는 것이다.

2. 바라봄과 보여짐으로서의 섬

현길언의 소설에서 섬은 바라봄의 대상이면서 동시에 보여짐의 대상으로 존재한다. 작가의 의식의 원천이 여기에 있다는 것은 곧 섬이 욕망의 대상으로 존재한다는 것을 의미한다. 섬이 하나의 삶의 기반이 되는 이들에게 바라봄은 숙명적인 것이나 다름없다. 이들의 바라봄의 대상은 어떤 경우에는 바다가 되기도 하고 또 어떤 경우에는 육지가 되기도 한다. 멀리 고기잡이를 나갔거나 다른 곳으로 간 사람을 기다릴 때 바라봄의 대상은 바다가 된다. 이들은 모두 바다를 거쳐 섬에 들어올 수 있기 때문에 그 바다는 자연스럽게 바라봄의 대상이 될 수밖에 없다. 이들이 바다를 거쳐 섬으로 들어오면 그 바라봄은 끝나게 된다. 하지만 바라봄의 대상이 바다를 넘어 육지라면 사정은 달라진다. 육지에 대한 이들의 바라봄은 끝이 나지 않는 보다 근원적인 차원의 바라봄이 된다. 이들에게 육지가 하나의 욕망의 대상이 되는 것이다.

육지가 거기 있기 때문에 이들에게 바라봄의 대상이 되고, 그 대상을 손에 넣기 위해 주체는 작동되지만 결코 그것을 손에 넣을 수는 없다. 이들이 그 대상을 손에 넣었다고 생각하는 순간 그것은 또 저 멀리서 이들을 유혹한다. 이들과 육지의 관계에 있어서 언제나 주체는 결핍이고 욕망은 환유인 것이다. 이런 점에서 이들에게 육지는 환상으로 가득 찬 신기루와 같은 존재이다. 마치 사막에서 신기루처럼 저 멀리서 유혹하는 오아시스를 향해 길을 떠나지만 막상 그곳에 당도하면 오아시스는 없고, 다시 또 저 멀리서 이들을 유혹하는 오아시스 혹은 신기루. 섬사람들이 육지를 지니지 않고 있다면 그것은 섬사람들이 욕망이 없다고 말하는 것과 다르지 않다. 섬사람들은 누구나 그 안에 육지를 품고 있다고 할 수 있다. 이것은 이들이 섬을 떠나 육지로 갔느냐 아니냐 하는 차원을 넘어서는 보다 근원적인 존재의 문제를 제기한다는 것을 말해준다. 육지로 떠난 사람이든 섬에 눌러 있는 사람이든 육지에 대한 환상(환멸)은 이들의 삶을 추동하는 에너지임에 틀림없다.

그러나 육지에 대한 욕망의 모습과 그 정도가 모두 같은 것은 아니다. 섬사람들의 육지에 대한 욕망은 이들에게 섬이 결핍의 공간으로 인식될 때 잘 드러난다. 이러한 인식은 기본적으로 섬이 자신들의 욕망을 충족시켜줄 수 없다고 판단한 데서 기인한다. 이 판단의 기저에는 현실적으로 섬에서의 실존이 어렵거나 불가능한 경우가 있는가 하면 또한 섬에 대한 뿌리 깊은 피해의식과 콤플렉스, 육지에 대한 막연한 환상 등이 작용하고 있다고 할 수 있다. 먼저 현실적으로 섬에서의 실존이 어려운 경우를 〈섬을 떠나며〉의 양현을 통해서 확인할 수 있다. 섬으로부터 양현을 떠나게 만든 원인은 '이념'이다. 이념이란 특히 해방 이후의 우리 역사에서 중간 혹은 중도가 없다. 좌냐 우냐, 이쪽이냐 저쪽이냐 어느 하나를 선택해야 하는 상황에서 그것은 상대에 대한 이해와 배려보다는 증오와 배제라는 감정을 불러일으키게 되고 결과적으로 자신과 상대에게 깊은 상처를 남기게 된다. 양현의 사회주의 이념에 대한 선택과 포기는 더 이상 그를 제주도라는 섬에서 살아갈 수 없게 한다. 그의 사회주의 이념의 선택은 그것과 대척점에 놓인 자유주의와의 결코 회복할 수 없는 상황을 야기할 뿐이다. 그가 '섣부른 혁명의 꿈을 포기하고, 새로운 땅을 찾아 떠남'에도 불구하고, 한 번 들여놓은 사회주의 이념의 흔적은 결코 그를 자유롭지 못하게 할 뿐만 아니라 그의 삶 전체를 불안하게 한다. 양현이 목숨을 걸면서까지 섬을 떠나려는 이유는 이 불안으로부터 헤어나오기 위해서이다. 그의 앞에 내던져진 실존의 절박함이 그를 섬으로부터 탈출하게 하지만 그것이 곧바로 새로운 땅에 닻을 내리는 것을 의미하는 것은 아니다. 섬과 땅 사이에는 바다가 있기 때문이다. 그에게 바다는 '육지로 나가려는 사람을 가둬놓는 절벽 같은 감옥 곧 죽음의 공간'으로 이해된다. 실존의 절박함으로 인해 섬을 벗어나 땅으로 향하는 그의 의식 저변에 강하게 드리워진 어둠은 비록 주체의 결핍이 그러한 욕망을 가능하게 하지만 그것이 결코 충족될 수 없다는 것을 말해준다.

이념이 야기한 실존의 절박함이 섬에서 육지로의 욕망을 추동하는 경우보다 더 문제적인 것은 섬에 대한 뿌리 깊은 피해의식과 콤플렉스이다. 우리는 종종 섬을 '귀양'이나 '유배'와 동일시하는 경향이 있다. 이것은 섬을 육지와 비교하여 열등한 것으로 인식한 데서 비롯된 것이라고 할 수 있다. 섬과 육지를 우열의 논리로 보면 섬사람들에게 육지는 선망의 대상으로 존재할 수밖에 없다. 이렇게 되면 섬사람들은 자신의 존재 기반인 섬을 드러내려고 하지 않을 것이다. 섬사람들이 섬을 은폐한다는 것은 그것이 무의식화된다는 것을 의미하며, 억압된 것은 보이지 않을 뿐이지 소멸한 것이 아니다. 언제든지 다시 의식의 층위로 드러날 수 있다는 점에서 이들의 삶의 기반을 송두리째 뒤흔들 수도 있고 또 파괴할 수도 있다. 무의식의 층위에 섬을 은폐한 채 살아간다는 것은 불안의 요소를 지닌 채 살아가는 것에 다름아니다. 이러한 불안의 일단을 우리는 〈누구나 그 섬에 갈 수 없을까〉의 성균을 통해 확인할 수 있다.

"고향 출입은 종종 하나? 나는 청해도를 떠나 이제 삼십 년이 다 되었는데도 한 번도 찾아가지 못했다. 어른들도 오래전에 서울로 솔가를 하셨고 또 호적까지 옮겼으니, 내게는 청해도 사람이라고 내세울 것이 없지. 이렇게 서울에서 출마를 했으니 이제 서울 사람임에 틀림없다."

성균은 다소 어눌한 말투로 제 처지를 말했다. 그동안 재야 변호사로 활동하던 그가 여당 공천을 받아 서울 지역에서 출마한 것이다.

"자네가 내 처지를 이해할 줄 알고 하는 말인데, 내가 청해도 출신이라는 말을 누구에게도 하지 말아줘. 아내나 자식들도 모르는 사실이야. 일부러 숨긴 것은 아니지만 꼭 알릴 필요도 없어서 그렇게 되었는데, 그래도 청해도 출신이라고 내세우지 않더라도 청해도 사람 만나면 반가우니 내가 그 섬 출신이라는 것은 떨쳐버릴 수도 없는 일 아니겠어?"

성균이 고향 친구인 연수에게 자신이 '청해도 출신이라는 사실을 누구에게도 하지 말아 달라'고 말하는 대목이다. 성균의 말의 행간에서 읽을 수 있는 것은 그의 무의식에 자리하고 있는 '청해도'라는 섬의 존재이다. 그는 그 섬의 존재 자체를 부정하고 자신의 기억에서 지우려고 한다. 겉으로 드러난 명목이야 서울 지역에서의 여당 공천 때문이라고 하지만, 그 이면을 자세히 들여다보면 '섬 출신'이라는 사실에 대한 부끄러움과 열등감이 내재해 있다. 육지의 중심인 서울은 청해도 출신의 이러한 부끄러움과 열등감을 가리기에 더없이 훌륭한 상징이라고 할 수 있다. 서울이 지니고 있는 상징 권력을 통해 성균은 청해도에서와는 다른 삶을 꿈꾸었던 것이다. 하지만 '서울로 솔가하고 호적을 옮기고 서울에서 출마'를 한다고 해서 청해도 출신이라는 사실이 사라지는 것은 아니다. 사라지지 않고 그의 무의식 속에 남아 있기 때문에 자신이 청해도 출신이라는 것이 알려질까 불안한 것이다.

그의 불안이 클수록 서울이라는 상징 권력에 더욱 집착하게 되고, 이는 그의 온전함 삶을 방해하는 요인으로 작용하게 된다. 그의 서울에 대한 집착은 자신의 부끄러움과 열등감을 가리기 위한 것이기 때문에 그것은 허위의 양상으로 드러날 수밖에 없고, 그의 말로가 '비리'로 얼룩진 것이 그렇게 놀랄 만한 일은 아니다. 진실이 아닌 허위의 탈을 쓰고 살아간다는 것은 삶의 실체에 접근하지 못한 채 환상을 좇는 것과 다르지 않다. 이러한 환상은 순식간에 환멸로 바뀔 수 있다. 이 환상은 비단 그에게서만 나타나는 것이 아니며, 섬에서 육지를 욕망하는 사람들에게서 나타나는 일반적인 현상이다. 섬에서 보면 육지는 이곳의 구체적인 삶의 현실과는 다른 어떤 환상을 유발한다. 이 환상을 좇아 육지로 가게 되면 육지 혹은 육지에서의 삶 역시 환상의 형태로 인식하게 된다. 하지만 이 환상은 오래 지속되지 않고 곧 환멸로 바뀌게 되며, 환멸 속에서는 더 이상 삶을 이어갈 수 없게 된다. 육지에 대한 막연한 환상이 만들어내는 비극을 〈흔들리는 성(城)〉의 순희에게서 발견할 수 있다.

청해도의 순진한 섬 처녀인 순희의 서울행은 삶에 대한 구체적인 계획 속에서 이루어진 것이 아니다. 그녀의 서울행은 '섬에 갇혀 살아야만 하는 것에 대한 두려움'과 '한 번 서울을 다녀온 후 이따금 갖게 되는 그곳에 대한 막연한 동경'이 만들어낸 합작품이다. 한 번이지만 그녀에게 서울은 환상의 형태로 존재하면서 그녀로 하여금 지지리 궁상맞은 자신이 처한 삶의 현실을 잊게 한다. 이 상황에서는 일방적으로 서울만 바라볼 수밖에 없다. 누가 아무리 서울이 하나의 환상의 형태로 존재하는 것이라 말해도 그것이 그녀의 귀에 들릴 리가 없다. 친자식 이상으로 자신을 돌봐주고, 교육대학 진학 후 섬의 초등학교 교사가 되는 길을 구체적으로 제시해주는 교장 선생님의 진정 어린 우려와 충고도 저버린 채 서울행을 단행하는 그녀의 모습은 마치 무엇에 단단히 홀린 자와 다르지 않다. 서울에 대한 그녀의 바라봄에는 제3자가 끼어들 틈이 없을 정도로 집착이 강하게 나타난다.

그러나 그녀의 서울에 대한 집착은 차츰 고착의 상태에 이르게 되고, 결국에는 섬과 섬사람들을 오랫동안 지켜보고 또 지켜준 그들의 정신적인 표상인 '해신당'에 불을 지르고 그 속으로 뛰어든다. 순진한 섬 처녀인 그녀가 이렇게까지 극단적인 행동을 하게 된 데에는 그녀 자신을 성찰하게 하고 반성하게 하는 기제가 부재했기 때문이다. 그녀는 자신의 서울에 대한 욕망이 하나의 환상에 지나지 않으며, 자신을 불행하게 만든 대상이 '세웅그룹'으로 표상되는 자본의 논리에 있다는 것을 알아차리지 못한 채, 해신이 자신을 지켜주지 못한 데에 있다고 생각하여 해신당에 불을 지르고 그 속으로 뛰어든 것이다. 이런 점에서 그녀는 바라봄을 넘어 보여짐이라는 또 다른 욕망의 구도를 읽어내지 못했다고 할 수 있다.

소설에서의 보여짐은 섬을 통해 이루어진다. 자신이 섬에 있을 때 육지에 대한 바라봄에 갇혀 보여짐을 망각한 채 살아가다가 이 바라봄이 한낱 환상에 불과하다고 깨닫는 순간 그 시선을 교정하게 된다. 시선이 섬으로 향하는 순간, 거기에 자신의 모습이 하나의 대상으로 존재하면서 객관적으로 보이게 된다. 이번 소설에는 유독 이러한 인물이 많이 등장한다. 〈누구나 그 섬에 갈 수 없을까〉의 성균과 연수, 〈3일간의 자유〉의 사장, 〈섬을 찾는 길에서〉의 위영, 〈지상에서 마지막 여행〉의 나 등이 바로 그들이다. 이들은 하나같이 섬에서 자신이 놓친 혹은 외면한 모습을 되찾으려고 한다. 이들이 찾아낸 섬에서 자신의 모습은 부끄러움 그 자체이다. 이들이 자신의 모습에 부끄러워하는 것은 그것이 '허위로 가득 차 있기'(〈지상에서 마지막 여행〉) 때문이다. 이것은 이미 이들의 육지를 향한 바라봄 속에 내재해 있는 것으로, 이들의 바라봄이 보여짐을 전제하지 않을 때는 이런 자신의 허위를 자각하지 못한다.

그러나 이들 모두가 허위로 가득 차 있는 자신의 맨얼굴과 대면하는 것은 아니다. 〈누구나 그 섬에 갈 수 없을까〉의 성균과 연수, 〈섬을 찾는 길에서〉의 위영은 자신의 맨얼굴과 대면하지 못한다. 자신이 가고 싶어도 섬이 거부하면 대면하지 못하는 것이다. 섬이 이들을 거부하는 이유는 간단하다. 섬 혹은 자신의 맨얼굴과 대면하기 위해서는 먼저 자신이 맨얼굴을 보여줘야 하는데, 그렇지 못하기 때문에 섬이 이들을 거부하는 것이다. 이런 점에서 위영의 다음 말은 의미심장하다.

> (……) 고향을 뒤편으로 놔두고 소설로 그 문제를 풀려고 노력해왔습니다. 그러던 어느 날 그러한 제 소설이 모두 허위라는 것을 깨닫게 되었지요. 제 소설에는 고향 이야기가 많고, 또 고향 문제를 진지하게 탐색해보려고 썼지만, 결국 그것은 근본적으로 고향으로 돌아가기 위한 염원에서 출발한 것이 아니라 잃어버린 고향을 소설로 대신해보려는 음험한 제 의도가 있었음을 제 자신이 눈치 채게 되었습니다.

이런 그의 고백을 통해 알 수 있듯이 섬에 돌아가기 위해서는 '고향에 대한 근본적인 염원에서 출발'해야 한다. 단순히 자신의 결핍을 보상 받으려는 태도로는 결코 섬으로 돌아갈 수 없다. 고향이 먼저이지 소설이 먼저가 아니라고 고백하는 그의 태도에서 진정한 섬에 대한 이해가 무엇인지를 알 수 있다. 위영처럼 독도를 가기 위해 배를 탄 사람들 대부분이 그러한 허위로 가득 차 있다면 어떻게 그 섬의 진실이 드러날 수 있겠는가? 이들이 탄 배가 독도 가까이 접근했지만 '갑작스러운 안개를 뿜어내'며 섬이 얼굴을 보여주지 않는 데에는 이런 이유가 있는 것이다. 한바다호가 안개로 인해 독도 상륙을 포기하고 울릉도로 회항한다는 소식을 듣고도 별로 안타까워하지 않는 사람들을 통해 이들의 의도가 독도에 있는 것이 아니라 다른 데에 있음을 확인할 수 있다. 이 허위로 가득 차 있는 사람들이 할 수 있는 일이란 '자기방어 기제'를 공고히 하는 것 말고 또 무엇이 있겠는가?

위영의 반성은 섬으로 가기 위한 입문에 불과하며, 보다 철저하고 진정성 있는 자기고백과 과감하게 자기를 버리고 온전히 섬으로 돌아가려는 태도가 전제되어야 섬은 비로소 그 맨얼굴을 드러내게 된다. 이런 점에서 〈지상에서 마지막 여행〉의 나는 주목에 값한다. 얼마 남지 않은 지상에서의 시간을 깨닫고 자신을 던져 섬과의 관계를 회복하려고 하는 나에게 섬은 그 모습을 하나둘 드러내기에 이른다. 나의 고백은 '금궤 밀수'와 '영애와의 핏빛 사랑'에 와서 절정을 이룬다. 제주도라는 섬을 기반으로 금궤 밀수를 하고 그것을 가리기 위해 초등학교에 '1천만 원을 희사'한 자신의 파렴치한 행위와 영애라는 여인과의 핏빛 사랑이 서려 있는 동굴을 탐색함으로써 나의 고백은 그 진정성을 인정받게 된다. 나의 진실한 고백은 곧 섬의 고백에 다름 아니며, 그것은 섬을 통해 보여진 나 자신의 적나라한 모습이다. 나는 임종하기 전 두 줄의 글을 남긴다. '섬은 내 모든 것을 다 내게 말해주었다. 나는 이제 편안하게 이 섬을 떠난다'가 바로 그것이다. 섬으로부터의 떠남이 육지에 대한 바라봄, 다시 말하면 욕망으로 들끓는 것이 아니라 보여짐을 통해 자신을 반성하고 성찰한 이후의 그것은 커다란 차이를 낳는다. 후자의 과정 이후의 떠남은 구속과 억압이 아닌 자유와 해방의 의미를 강하게 드러낸다고 할 수 있다.

3. 욕망의 회로, 회로 속에 놓인 섬

현길언의 이번 소설집에서 우리가 주목해야 할 것 중의 하나는 섬과 인간의 관계가 현재진행형이라는 점이다. 그의 이번 소설을 현재진행형으로 만든 것은 '자본'의 전면적인 부상과 맥을 같이한다. 그의 소설에서 제주도로 대표되는 섬은 주로 이념과 주변부 의식의 차원에서 이야기되어 온 것이 사실이다. 하지만 이번 소설집에서 섬은 이념이나 주변부 의식의 차원에서 더 나아가 자본에 의해 규정되고 구조화되어 가는 모습까지 포괄하고 있다. 섬의 이러한 모습은 자본의 전지구화라는 시대의 흐름 속에 섬이 놓여 있다는 것을 의미한다. 자본의 전지구화라는 흐름 속에서 섬 역시 자유로울 수 없다는 사실은 섬에 대한 새로운 인식을 요구한다. 지금까지는 섬에서 육지로의 욕망의 투사가 주를 이루었다면, 이제는 육지에서 섬으로의 욕망의 투사가 주를 이루게 될 것이다.

자본에 의한 욕망 안에 섬이 놓임으로써 그 섬의 모든 것들은 결핍의 상태를 유지하게 된다. 섬사람들이 자본에 노출될수록 그만큼 결핍은 커지게 되고, 자본가는 이것을 노려 그 섬을 자신의 소유로 만들어버리려고 한다. 자본가는 섬사람들에게 욕망을 불어넣는 존재이다. 자본가의 욕망에 대한 전략은 음험할 뿐만 아니라 집요하고 철저하기까지 하다. 자본가의 철저함에 비하면 섬사람들은 허술하기 짝이 없기 때문에 언제나 자본가에게 이용당하거나 희생양으로 전락할 수밖에 없다. 섬과 섬사람들이 자본가의 욕망의 논리에 이용당하거나 희생양으로 전락하는 모습은 연민이나 동정을 넘어 두려움을 불러일으킨다. 섬이 자본가에게 욕망의 대상이 되는 순간, 그 섬이 유지해온 고유한 정체성과 관계는 파괴되거나 소멸되기에 이른다. 이번 소설집에는 그의 여느 소설에서 볼 수 없었던 이러한 자본가가 등장한다.

〈흔들리는 성〉의 세웅그룹 변 회장이 바로 그런 인물이다. 그가 자본의 논리를 앞세워 어떻게 청해도를 차지하게 되는지를 살펴보면 그의 욕망을 읽을 수 있다. 그가 청해도를 차지하기 위해 내세운 전략은 그곳 사람들에게 욕망을 불어넣어 자신을 결핍된 존재로 만드는 것이다. 섬사람들에게 욕망 불어넣기의 방법으로 그가 먼저 택한 것은 '보여주기'이다. 그는 집요할 정도로 끈질기게 '청해초등학교 재학생 전원 서울 견학'을 추진한다. 그의 의도는 백 교장이 정확하게 간파하고 있듯이 섬사람들에게 서울에 대한 환상을 불어넣는 것이다. 서울에서 환상을 본 아이들은 그것을

섬 구석구석 전파했고, 결국에는 섬 전체가 그 환상에서 헤어나오
지 못하게 된다. 서울 구경 간 사람들에게 세웅그룹에서 안긴 '옷
과 유명 상표 운동화 한 켤레, 고급 라디오, 그 외 여러 학용품, 비
디오, 컴퓨터, 도서' 등은 그대로 환상을 불러일으키는 상징 권력
이 되기에 이른다. 이것들은 모두 우월한 것이 되고 자연스럽게 섬
의 모든 것은 열등한 것이 되어 서울 혹은 세웅그룹을 선망하게 만
든다.

변 회장의 전략을 간파하고 있는 이는 백 교장 외에는 없기 때
문에 섬을 통째로 삼키기 위한 음험함을 한껏 노출시켜도 섬사람
들은 인식하지 못한다. 이미 이들은 욕망의 노예가 되어버렸기 때
문이다. 변 회장은 청해도 주변의 '서단도라는 무인도 바위섬'을
교감으로부터 사들이고 그 소문은 삽시간에 섬 전체로 퍼져 너도
나도 자신의 땅을 팔려고 한다. 변 회장은 이들이 내놓은 땅을 사
들인다. 자신의 땅을 판 사람들은 땅을 비싸게 팔았다고 생각하지
만, 그들이 팔고 난 후 땅값이 뛰기 시작해 결국 '돈을 번 것은 세
웅그룹'이 된다. 이들이 세웅그룹에 의해 땅을 잃고 간 곳은 육지
이다. 이런 점에서 이들의 떠남은 전적으로 세웅그룹의 탓으로 돌
릴 수만은 없다. 이들이 가지고 있던 욕망과 세웅그룹의 욕망이 서
로 손을 잡은 데서 발생한 결과라고 할 수 있다. 이것은 순희의 경
우도 마찬가지이다. 순진한 섬 처녀가 비극의 길을 걷게 된 것은
세웅그룹의 음험함이 동기가 된 것이기는 하지만, 여기에 더하여

서울에 대한 그녀의 막연한 동경과 거짓 환상이 만들어낸 합작품이라고 할 수 있다.

섬이 자본의 논리에 지배당하면서 섬사람들의 의식은 몰라보게 변한다. 이들은 사람과의 관계나 공동체적인 가치보다 물질적이고 개인적인 실속에 더 높은 가치를 부여한다. 이제 이들은 백 교장의 '말과 의견이 그들이 살아가는 데 별로 도움이 되지 않는다'고 여긴다. 반면에 '이장이나 복덕방 주인, 세웅그룹 사원을 가까이 하는 것이 훨씬 실속 있다'고 생각한다. 이들이 백 교장을 멀리하고 그의 권위를 인정하려 들지 않는다는 것은 단순한 구세대에 대한 반발을 넘어 섬의 역사와 전통에 대한 부정과 해체의 의미를 지닌다고 할 수 있다. 백 교장이 가장 우려한 것도 바로 이것이다. 변 회장의 욕망에 의해 점점 위기에 당면하게 된 섬의 운명을 상징적으로 보여준 사건은 '청세관 건물' 신설로 인한 '청해리 포구의 가려짐'으로 볼 수 있다. 백 교장은 어느 날 해신당 앞에 앉아서 '이상한 변화'를 감지한다. 변 회장이 청해초등학교에 지어준 '청세관 건물이 청해리 포구를 가리고 있다'는 사실이다. 해신당에 앉으면 '포구와 마을 집집이 한눈에 들어왔'는데 청세관 건물로 인해 그것들이 보이지 않게 된 것이다. 이렇게 되면 '해신당신은 섬사람들이 나가는 것을 감시하지 못하게 되고, 나갔던 사람들이 돌아오기를 기다릴 수도 없게 된'다.

해신당신이 기능을 발휘하지 못하는 섬이란, 사람들이 삶의 좌표를 설정한다든가, 믿고 의지할만한 절대적인 존재가 부재하다는 것을 의미한다. 해신당신의 부재를 절감한 백 교장의 눈에 섬이 '죽은 마을처럼 느껴지고, 고삐 풀린 망아지 모양 멋대로 날뛰다가 바다 속으로 뛰어들어 익사하는 것'처럼 느껴지는 것은 어쩌면 당연한 것인지도 모른다. 하지만 해신당신이 사라짐으로써 발생한 섬의 위기를 백 교장 이외에는 누구도 감지하지 못한다. 오히려 섬 사람들은 청해도가 세웅그룹에 의해 더 발전하리라는 기대를 드러낸다. 변 회장의 음험한 계략을 눈치 채지 못한 채 기대에 부풀어 있는 섬사람들의 미래는 해신당에 불을 지른 순희의 모습이 상징적으로 보여주듯이 사기파멸이나 비극으로 귀결될 것이 뻔하다. 해신당신의 부재와 백 교장의 퇴임은 그 불길함의 전조라고 할 수 있다. 백 교장마저 섬을 떠나게 된다면 자본에 의한 욕망의 음험함에 대한 반성과 성찰의 주체가 더 이상 섬에는 존재하지 않는다는 것을 의미하며, 그것은 곧 섬이 회복 불가능한 상태에 빠진다는 것을 말해준다.

〈흔들리는 성〉의 결말을 이렇게 끝내는 작가의 의도는 무엇일까? 섬에 대한 어떤 비전도 제시하지 않은 채 철저하게 자본의 논리에 패배하는 이 소설의 결말이 섬의 현실을 리얼하게 형상화한 것이라고 할 수도 있을 것이다. 섣부른 비전이나 서툰 화해를 모색하는 소설에 비하면 작가가 선택한 이 방법이 진정성 있게 다가오는 것이 사실이다. 또한 자본의 논리에 철저하게 패배한 섬사람들의 모습은 역설적으로 자본의 음험함에 대한 부정성을 더 강하게 환기시키는 효과를 불러올 수 있다. 하지만 이 소설을 이런 맥락으로만 이해하는 것은 문제가 있다. 소설의 문맥을 자세히 읽어보면 자본의 음험함에 대응하고 저항하는 방법을 분명하게 제시하고 있음을 알 수 있다. 작가는 백 교장을 통해 자신의 이러한 의도를 드러낸다. 가령 백 교장이 이장들한테 한 다음과 같은 말 속에는 그 나름의 분명한 논리가 드러나 있다.

"조상들이 외부 사람들이 들어오지 못하도록 애쓴 데에는 그만한 이유가 있어. 그들이 들어오면 어차피 우리가 쫓겨나게 되니까 그런 거야. 그러면서 우리 스스로가 섬을 가꾸기 위해 마음 썼지. 그렇다고 옛날식으로 살 수 없는 세상이 되었다는 것도 모르는 바는 아니지. 섬을 개발하더라도 우리 식대로 하자는 말일세. 돈 가져 사업하는 사람은 결코 밑질 장사를 하지 않는 법이네. 나도 그 변 회장이 그럴 사람이라고 생각하고 싶지는 않고, 또 그에게 호감을 갖고 있네. 그러나 그것은 내 개인 생각이고, 그러한 호감을 이 청해도 문제와 관련지어서는 안 되네."

백 교장의 현실 인식의 일단을 잘 드러내는 대목이다. 그의 말을 통해 알 수 있는 것은 그가 현실 상황이나 시대의 변화를 무시한 채 무조건 섬의 전통과 문화를 지키려고 하는 그런 폐쇄적이고 수

구적인 사람이 아니라는 점이다. 그 역시 '섬의 개발'에 반대하지 않는다. 다만 그가 말하는 개발은 변 회장이 추구하는 것과는 차원을 달리한다. 그는 섬이 변 회장과 같은 타인에 의해 상업적으로 개발되는 것을 반대한다. 그가 생각하는 개발이란 섬사람들이 주체가 되는 그런 '우리 식의 개발'을 말한다. 세웅그룹 같은 거대 자본이 들어와 섬을 개발할 경우 섬사람들은 개발의 주체가 아니라 여기에서 배제되고 소외된다는 사실을 백 교장은 간파하고 있었던 것이다. 그가 말하는 주체적인 개발의 문제는 비단 청해도라는 섬에만 국한된 것이 아니다. '지금', '여기'에서 자행되고 있는 개발이 모두 청해도에서 벌어지고 있는 개발과 다르지 않다.

이런 점에서 볼 때 작가가 이 소설에서 형상화하고 있는 세계는 섬 이야기라는 특수한 차원을 넘어선다고 할 수 있다. 자본의 음험함은 육지와 섬을 가리지 않는다. 그것은 육지와 섬 사이의 욕망의 구도를 이용해 섬을 결핍의 상태로 만들어버린다. 한번 욕망의 회로 속에 놓이면 여기에서 헤어나기가 쉽지 않다. 자본이 섬에 깊숙이 침투한 상태에서 뒤늦게 바라봄이 아닌 보여짐에 대해 자각하게 되더라도 그것은 자칫 개인적인 반성과 성찰에 그칠 공산(公算)이 크다. 이미 섬은 회복 불가능할 정도로 자본의 지배하에 있기 때문에 섬 전체의 욕망의 구도를 바꾸기가 쉽지 않을 것이다. 하지만 문학의 정치성이란 부조리하고 모순에 찬 세계에 가지는 저항과 부정의 문학적 응전(應戰)이라는 점을 상기한다면 작가가 제기하고 있는 문제의식은 중요한 의미를 가진다고 볼 수 있다. 백 교장의 상황에 대한 저항과 부정성이 강한 응전의 양상을 드러내기에는 약한 구석이 있지만, 이 상황에 대한 비판적인 거리 유지는 지식인의 문학적 정치성을 이루는 하나의 토대라는 점에서 의의가 크다고 할 수 있다.

4. 섬이 말해주는 것들

〈지상에서 마지막 여행〉의 주인공이 죽기 전에 남긴 '섬은 내 모든 것을 다 내게 말해주었다. 나는 이제 편안하게 이 섬을 떠난다'는 말은 두고두고 상기할 만한 의미를 지닌다. 그의 말은 작가가 섬과 바다에 관한 소설을 쓰는 이유와 목적이기도 하다. 섬이 자신(섬과 나)의 모든 것을 다 말해준다는 것은 작가의 섬에 대한 온전한 이해와 그것의 진정성을 인정한 연유에야 가능한 일이다. 이것이 전제되지 않은 상태에서 섬으로 들어서는 것이 불가능하다는 사실을 작가는 여러 소설에서 '안개'나 '바람', '파도' 등의 질료를 통해 보여주고 있다. 섬은 그것이 이념이 됐든 아니면 자본이 됐든 그것들로 인해 상처를 받으면 말문을 열려고 하지 않을 것이다. 작가의 글쓰기의 원천인 제주도의 경우는 이념과 자본으로 인한 상처가 깊다. 이 상처의 깊이를 헤아리고 그것을 들춰내기 위해 자신의 글쓰기의 대부분을 할애했지만, 상처에 대한 치유는 여전히 진행 중이라고 할 수 있다. 이념과 관련하여 작가는 대하소설《한라산》으로 여기에 대한 총체적인 시도를 단행하여 일정한 성과를 거두었지만, 미완의 서사가 말해주듯 섬은 모든 것을 그에게 말해주지 않았다고 볼 수 있다.

현재진행형인 이념 못지않게 지금 제주도에 닥친 가장 현실적인 문제 중의 하나는 자본에 의해 섬 전체가 욕망의 도가니가 되었다는 사실이다. 국내 자본뿐만 아니라 국외 자본까지 침투하여 섬이 다양한 자본의 각축장이 되고 있는 현실은 〈흔들리는 성〉의 현현이라고 해도 과언이 아니다. 자본이 침투하면 섬이 어떻게 바뀌는지에 대해서는 말을 하지 않아도 이미 여러 사례를 통해 드러나고 있기 때문에 작가나 백 교장처럼 의식 있는 지식인들의 불안감은 더욱 커질 수밖에 없다. 좌우의 이념에 의한 섬의 비극이 채 아물기도 전에 불어닥친 자본의 음험한 논리의 문제는 작가에게 또 다른 고민을 안겨주었다고 할 수 있다. 이 사실은 좌우 이념의 갈등과 대립 과정에서 언제나 객관적이고 비판적인 입장을 견지해온 작가의 세계 인식 태도와 글쓰기 전략이 그 어느 때보다 절실하게 요구되고 있다는 것을 의미한다. '이념이란 무엇인가?'에 대한 질문처럼 작가는 '누구나 그 섬에 갈 수 없을까?'라는 질문을 던진다. 이 질문에 대한 답은 섬이 말해주지 않은 한 그 누구도 말할 수 없다. 이것이 바로 우리가 편안하게 섬을 떠날 수 없는 이유이다.

이 소설집에 수록된 작품들의 원 출전은 아래와 같다.

〈누구나 그 섬에 갈 수 없을까〉, ≪문예중앙≫ 1966, 봄 호.
〈3일 간의 자유〉, ≪문학사상≫ 1999, 9월 호.
〈섬을 찾는 길에〉, ≪소설과사상≫ 1998, 가을 호.
〈섬을 떠나며〉, ≪해양문학≫ 1999, 가을 호.
〈지상에서 마지막 여행〉, ≪21세기문학≫ 1999, 가을 호.
〈흔들리는 성(城)〉, ≪민족문학≫ 1990, 겨울 호.